微笑心中国

吴声怡 著

上海大学出版社
·上 海·

图书在版编目(CIP)数据

微笑心中国/吴声怡著. —上海：上海大学出版社，2016.12
ISBN 978-7-5671-2535-3

Ⅰ.①微… Ⅱ.①吴… Ⅲ.①中国文学-当代文学-作品综合集 Ⅳ.①I217.2

中国版本图书馆 CIP 数据核字(2016)第 256630 号

策　　划　农雪玲
责任编辑　农雪玲
封面设计　缪炎栩
技术编辑　章　斐

微笑心中国

吴声怡　著

上海大学出版社出版发行
(上海市上大路 99 号　邮政编码 200444)
(http://www.press.shu.edu.cn　发行热线 021—66135112)
出版人：郭纯生
*
南京展望文化发展有限公司排版
上海华教印务有限公司印刷　　各地新华书店经销
开本 710×1010　1/16　印张 22.75　字数 360 千
2017 年 1 月第 1 版　2017 年 1 月第 1 次印刷
ISBN 978-7-5671-2535-3/I·418　定价：56.00 元

序

最近几年，我出版了《自在人：管理学的人性揭竿与价值革命》(2011)、《文化心中国》(2014)、《文化麦田的守望者》(2015)等几部拙作，于是学界一批有心人把我的言说归类为“轻学术”。我挺喜欢“轻学术”这个定位，因为它让我有点标新立异、“独步天下”的感觉——尽管无范式的“轻学术”跟西方舶来科学的“理性”“逻辑”以及按部就班的“范式”相去甚远，甚至有点“离经叛道”。

“轻学术”的思维风格，在我无心插柳、玩索有得的治学过程中，契合了华夏古代书院的文化精神。随风起舞，立处皆真。由此，我常常由衷庆幸生于这个伟大的互联网时代，有时我甚至喜极而泣。人身难得，中土难生。

开始时，我并不了解微信的“真空妙用”，甚至对它毫无兴趣。但自从我一位相交 20 多年的老友老唐同学——他是实至名归的互联网“大咖”，网龙(中国)公司的“创新领袖”，在一个偶然的机会把我引入微信世界以后，局面便一发不可收拾。我就像一夜顿悟《九阴真经》，一跃成为“武林至尊”。除了“朋友圈”，我建立或加入了近 30 个“朋友群”，涉及哲学、文化、中医、农业、管理、企业、教育、传统养生、宗教、民俗、经济等广泛领域。现在我对微信乐此不疲，简单的原因是：在我看来，其实它是华夏古代书院的“互联网版”。超越时空，纵横捭阖，致心于“道”的修行者、士子骚人，再也不需要像宋明理学时代那样翻山越岭，汇集到什么山什么洞，听老夫子谈“理”论“气”了。

当然,尽管我试图传承华夏古代书院的文化薪火,守望华夏文化广袤麦田的半亩方塘,但是,我的"传道"形式并没有丝毫道貌岸然的酸腐味,更拼死摒弃夫子们所谓"传道、授业、解惑"的使命感或曰出发点,因为在我看来,传承不是亦步亦趋,东施效颦,传承是遗貌取神。在我参与的"群"和"圈"中,我最用心"经营"的是"灵空崖书院·院士群",入这个群的"学术门槛"是:具有国家正规学籍的,我的少部分博士、硕士、MBA 硕士、高师硕士、农业推广 MBA、课程班研究生等,既有在学的也有已经毕业的。被我遴选进入此书院的学人分为三阶:第一阶是博士;高一阶是院士;之后,若要取得"灵空崖书院"大学士职衔,那就凤毛麟角了!说到这,我还真有点孤独和寂寞。我比达摩老祖还惨,也许面壁几十年也等不到一个"不受人欺的人"。但登顶大学士的条件其实是很简单的:不管你原来是博士还是院士,你只要能够推翻我的"学术观点"就行。有一次,有位院士同学问:先生,你提出了那么多学术观念和学术观点,比如什么"自在人""新农人""S 理论""S 管理模式""负宇宙"等,假若有朝一日我们中的谁推翻了你的"理论""言说""观点",或搞出了什么"一手管理""和合论"之类的新流派,就像荣格之于弗洛伊德,亚里士多德之于柏拉图,你怎么看?你怎么办?我答:我正在培养这个人!

可以想象,在我来往穿梭于各个"群"和"圈"的时候,我和朋友们的思想碰撞与脑力激荡是何等的"血雨腥风""骇浪惊涛"。天地定位,山泽通气,雷风相薄,水火不相射。有言道:登"灵空崖书院·院士群"而小天下。我由此迸发出无尽的思想火花,思如泉涌。由此,与其说本书的文章是我写的,不如说它是"集体智慧的结晶",因为我的写作灵感大多来自与朋友们思想碰撞时的火花。我是一支风笛,传送大自然的鸟语虫鸣,溪声天籁,但我自己空空如也,甚至没有自己。

在本书的编辑、出版过程中,我的博士生黄凌云同学付出了艰苦的劳动,是她从我的微信朋友圈中一篇篇地查找、遴选原创文章并进行认真校阅,编辑成书的。黄凌云同学心如止水,专心致志于学问而一丝不苟,心无旁骛,是一位有着卓越潜质的学术苗子。在本书的出版过程中,上海大学出版社责任编辑农雪玲女士更是付出了宝贵的时间和精力,在此一并致谢!

鹫峰山上壁立千仞的灵空崖岸，
有一朵百合花，
轻轻绽放，
那是迦叶尊者的微笑，
笑看人间两千五百年。
芳香四溢，
无声亦无息！

此为序。

吴声怡

2015.7.18.于鹫峰灵空崖

目 录

立此人间，观彼世态

驻此崖岸,游彼灵空

拭此语锋,映彼心印

立此人间，观彼世态

真情年代

我是“粉碎‘四人帮’”后的“新三届”，1979 年上大学，1983 年 6 月毕业分配留校，9 月回学校报到，11 月系里指派我担任 80 级同学毕业实习指导老师，奔赴泰宁县，实习课题是：泰宁县农业区划中农业经济专题报告。

由于半年多前我自己的毕业实习和毕业论文做的就是这个内容，在仙游县，所以，接受这个任务，我轻车熟路。

但毕竟是上下届，实习组共 8 位同学，有的同学，比如老马(同学都这么叫他)年龄还比我大呢！为了把自己搞得“老成持重”一点，我穿起了我的标志性“制服”：蓝色中山装。口袋上有时还插上两支钢笔，连风纪扣都扣上。

回首 30 年前我和 80 级泰宁实习组同学朝夕相处的日子，真是：恍若隔世！

印象最深的，还是老马。这位来自莆田的“老学生”，30 年来，让我一想起他就有一点心酸、心痛、心疼的感觉。也许我这个人天生就很容易被人信任，在泰宁相处的 100 个日日夜夜，老马几乎把他以往的人生经历都给我讲了一遍。老马比我大两三岁，上大学前当过知青农场场长。他的学习成绩在班上名列前茅，而且思想富于创新。在泰宁县农业区划农业经济专题报告中，我们运用线性规划模型对该县农业生产结构进行优化，这一学术创新，完全出自老马同学的“大胆尝试”，它获得了全国农业区划优秀成果三等奖。老马当年对我说，他毕业前有个愿望就是：入党。但就是这样一个品学兼优的好学生，在毕业前并没有实现他的愿望，不是他不够优秀，而是当年对学生入党卡得实在太严。由此，给老马以后的仕途带来了诸多不便。当然，是金子终究是会发光的，尽管老马其后的人生道路艰苦卓绝，但功夫不负有心人，他终成正果。不过作为老师，我总感到母校当年欠老马一张“党票”，我因此为他心酸，为母校心酸。如果当年给了他那张“党票”，30年后的老马绝不仅仅是“厅级干部”，但人生没有“如果”。

是的，没有“如果”！谁能想得到，8个同学中，严同学现在是某市分管农业的市长，而他到现在还不是党员呢！严同学毕业后加入了某民主党派，有人说，他就是靠这“不断进步”的，我不同意！我以为严同学是自从跟玲同学结婚后“平步青云”的。玲同学是我们泰宁实习组的两位女生之一，那时候她就经常偷偷地帮助男同学洗衣服，当然洗得最多的是严同学的衣服。这么贤惠的女孩，谁娶了她不发？这叫“帮夫运”。玲同学和严同学是农经80级一对璀璨的爱情钻石，当然，成就他们爱情的，是30年前我这个“指导老师”，不是我“指导”他们谈恋爱，而是当年我睁一眼闭一眼。现在的同学可能无法理解，那年头学生是不允许谈恋爱的，就像你们现在也无法理解，老马为什么会对一张“党票”那么魂牵梦绕。那就是真情年代。

我们泰宁实习组不仅开出美丽的爱情花朵，出了“厅官”、市长，而且还有两位大学教授，连年龄最小的争葵同学现在也是高级经济师呢！

昨天，是80级同学毕业30周年聚会，我应邀参加。作为老师，我辈份最低；作为同学，我辈份最高。见到80级同学，有一种无言的亲切感，这种亲切感来自每一位同学的那颗温暖的心，它是那么淳朴、真诚、厚实、无拘。还有，那白发苍苍的我们共同的老师，他们像关心自己的孩子一样，30年来一直关心着我们的成长。

乾坤屹立

福建农林大学校园简直太美了！美得令人窒息，美得让人嫉妒。

第一次听到对西大门建设的愤懑和非议，是来自一位老干部、农大退休多年的老领导，他在微信中贴出了几张照片，照片上堆满切片好的大理石方块，还有大棵大棵的正在种植中的棕榈样的树，并写道：哪来的钱？花谁的钱？有必要这样折腾吗？我当即给老同志回了几句话：老师息怒！花钱还能为国家做点事，那应该还是好干部！那些"名校"，国家一年数以亿计地往里扔钱，钱用到哪里了？鬼才知道！俺这学校，国家没给几毛钱，学校也没有举一毛钱的债，纯粹是"省吃俭用"搞建设呢！

说完，我拍拍屁股走人，也不管老先生高兴不高兴。他是一个正直的人，而且通情达理。

接着，就是今晨我发出校大门夜景图之后，朋友们赞叹如潮。但也有朋友发出不同声音，说"像个公园""像城市广场""像个商业中心"。我为自己生逢这个时代感到高兴，深感自豪！这才是一个正常的社会，对一件事有不同的看法，并且有地方表达。

我"拜访"过国内几乎所有大家认为"很漂亮"的大学校园，老的，新的。回来后我怀疑我是否有点"自恋"了。比如福州新兴的大学城，各学校哪像是校园？简直就是一座座"开发区厂房"。某大学老校区面向海滩的那个门，我搞不懂东南西北，但实在是小气得很，而在漳州那边的新校区，地理地貌则过于单调。浙江、上海两所名校的新校区，共同的缺陷是没什么水面。至于武汉那边的几所大学校园，除了其中一所老校的建筑有一些文化积淀外，其他的简直就是一片片荒郊野地。

1992年，我在南京一所大学进修学习，我甚是喜欢它那份古朴、雅致和柔美，但20年后，当我带着美好的记忆再次踏入紫金山下这座校园时，恍如隔世！最根本的问题是，大拆大建，乱拆乱建，把校园的"魂"拆没了。更让人揪心的是，20年前的"偶像派"女生，如今都换作"实力派"了，时间去哪了？

福建农林大学校园之美在于，它的天然地理条件良好，校园里的"石仓书院"遗址曾是明末大学问家曹学佺的"私家庭院"，南明最后一位小"皇帝"的"皇宫"就设在这里，"帝王之气"自不待言。校园里有湖，有山，有田，沟壑纵横，水网密布。北固淮安，南临妙峰。福建的母亲河闽江由北向东入海，在福建农林大学所处的南台岛，分叉成闽江和乌龙江，然后再合抱奔向大海。从高空往下看，闽江因南台岛"写"下了一个巨大的"人"字，而福建农林大学正地处"人"字一撇一捺的交叉点，是谓谷神，谷神不死，天地之玄牝也。

南台岛是目前全中国最大的城市岛，大过厦门岛、哈尔滨太阳岛。农大西大门的乌龙江边，原来是一片广袤沙滩，那沙滩美得无法形容。沙中富含石英，傍晚在夕阳的映照下，星星点点，闪闪发亮。20世纪80年代在福州各大学上学的大学生，没人不知道农大沙滩的，我们一到周末，就到那烧烤，我经常和我的学生在那篝火露营，朗诵《青春》，幕天席地。

但后来，不知咋了，整个沙滩被封锁，上面盖了很多移动房，接着来了很多大船大舶，沙子被一船船挖出运走。再后来，我打听到那沙子是被运到日本卖钱，我还听说日本人进口这些沙子并不急着用，是拿去填埋起来，以备将来之用。

学校是"弱势群体"，眼睁睁地看着沙滩被挖个精光，没地方告。据说"有关部门"告知学校，学校的地盘只到江水涨潮的最高点，凡江水能淹到的沙滩之类，"土地局"也管不到，它属管河管海管水的一个什么叉叉部门。无奈学校只好通过担任"全国人大代表""全国政协委员"之类的大牌教授到处"呼吁"，什么用都没有，人家照样挖沙，而且挖得更快更猛。有一次，我和某位校领导，好像还有一位部长之类在一起，他们说起此事，捶胸顿足，我说这有何难哉，交给我，一晚上就可以让中央出面解决！领导好奇，就问我有何良策，我说，给我一个班的学生，明天我带着他们，举着红旗到省政府绝食，若上面不解决此事，我就饿死在震海楼下。领导一听，当场就要昏死过去，大把大把地往嘴里塞高血压药片。

现在好啦！大老虎抓起来了，老老虎也吓得打吊针了！对于福建农林大学而言，西区沙滩要重建，这是多么值得高兴的事喔！而且重建沙滩的事开展起来，市某某局最近在广泛征询沙滩命名呢！有人骂说，养了一群酒囊饭袋，连个沙滩名字都不会起。我可不这么看，悲喜交加，我给重建后的农林大新沙滩命名：半岛沙滩。

当然，某些部门是无法理解这个“半岛沙滩”的寓意和商业及文化价值的，但咱们读书人当学孔夫子，知其无可奈何而安之若命。就像福建农林大学 80 年的校风校范：日夜长浮，不用千篙争上游；乾坤屹立，独能一柱砥中流。

谨以此文，献给福建农林大学校园的设计者和建设者！献给福建农林大学 2014 级新同学！献给海内外福建农林大学校友！献给福建农林大学校园的开拓者、已故杨浩林校长和吴中孚校长！

乘风破浪

出福建农林大学东大门，南江滨环岛路横贯南北，这里道路宽敞，车马稀疏。在校门口“左右开弓”的马路边，不知什么时候支起了一溜大排档，到了晚上，灯火通明，生意红火，各式各样的小炒、铁板烧、麻辣烫、烤鸡烤鸭烤肉，引来了福建农林大学等周围十几所大中专院校源源不断的吃货。在营业期间，附近有两辆警车警灯长明，为“吃货街”站岗放哨。大排档马路对面的闽江边树林里，停放着十几二十辆环保垃圾车，一到下半夜大排档打烊，它们便出动，把“吃货街”打扫得干干净净，清清爽爽。

这是我见过的管理最有序的自由市场，但我们可以肯定，这一定是一个“非法市场”。这块地盘属于某个村，它的村委会就在大排档后面那排陈旧的建筑物楼上。他们向大排档业主收取“管理费”，或者叫“入场费”。而且，这地方“山高皇帝远”，什么工商、税务、城管、交警、卫生，皆不见踪影。“吃货街”有时也会突然关闭，记得有一次关了一个礼拜，说是全市“卫生大检查”，其实是有大领导来榕过节日，就住在河对岸。

且不讨论这条“吃货街”合不合法，今天我要告诉你的是：市场的秘密。

市场就是这样来的，所谓的政府，比如环保、公安等，你一边站着，随时为我服务。还有所谓工商、税务、卫生、城管、交警，都默默地为我守候，就像大排档附近的那两辆警车，有事我呼你，而不是有事没事你到我摊位上颐指气使，白吃白喝，因为我是纳税人，我给了你钱，你要为我服务。将来的某一天，我在这里生意做大了，我要就地开旅馆，办幼儿园，建电影院，你依然要为我服务。这就是市场秩序、市场规则、市场规律。或者叫：政府角色。

我刚从闽北山乡做调研回来，回来之前，我在一个小镇赶圩，赶圩也叫赶集，是闽北许多乡镇绵延几百上千年的习俗，很是热闹。

这是个新建的集市，在一块刚填埋起来的旷地上，搭起了高高的蓝色顶棚，一排排水泥板浇灌的台案，整齐划一，那些卖肉卖水果、杀鸡杀鸭的小商贩，在台案上摆满了要卖的东西，琳琅满目。

乡领导随我一起考察市场，我信口开河道："你这个新市场，风水不佳，不聚财。"领导大感讶异，好像是被我讲准了，问我道："教授所言极是，这是什么原因呢？"

其实风水之说是假，是忽悠，但市场规律昭然：这新市场四面空空荡荡，没固定店面，烈日炎炎下赶圩的人连坐下来吃碗扁肉的地方都没有，怎么"聚财"？

老集市在离这里约 0.75 千米的老街上，我小时候来过，那是一条长长的马路，赶圩的时候当街圩用，街两旁面店、扁肉店、包子铺、馒头店、豆腐坊、榨油坊、五金店、理发店、小人书店，应有尽有。到了赶圩的日子，一般是每月逢一逢五天，附近十几个村落、乡镇的农民挑着自家的土特产品，在街两旁排成长长的一溜，一幅"清明上河图"的盛世图景。

我跟那乡领导说，你们当时正确的"顶层设计"是应当把马路西移，去除这条街的交通功能，把这条老街扩展成纯粹的集贸市场，而不是在那块不毛之地建新集市，前不着村后不着店。他告诉我说，这方案他们当时考虑过，但考虑到公路西移涉及拆迁，他们后来放弃了。我很直率地对他说，拆迁难是借口，恐怕另有隐情，领导看着我，会心一笑，我们是多年的朋友，新市场也不是在他手上建的。

我讲这个小乡镇新集市和老集市的事，是想再重复一个道理：市场，你只能适应它，而不能去改变它！这叫按经济规律办事。

由此，我引出一个更大的市场规律问题，那就是我们本市的所谓"农改超"，这种违背市场规律的事还曾经是全国的"学习典型"，而且到现在还在闹腾着。关于这，我无需再多做分析批判，你看看人家台湾地区是如何做便利店的，你就知道什么叫"国际化"，什么叫"商机"，什么叫"历史大势"了。

关于便利店，韩国人在北美等诸国发展得也很不错。在加拿大，几乎每一个社区，以及地铁口等人流量大的地方都一定会有 Convenient Store，就是便利店，在居民区一定还有蔬菜水果生鲜小超市，或者叫生鲜水果便利店，这些基本上是韩国人在经营。现在，这批经营 Convenient Store 的韩国人都已老迈，他们的孩子是“80 后”“90 后”，就业目标是世界 500 强企业，于是，赚得盆满钵盈的韩国人为了告老还乡休息，只好把店卖给中国人。结合台湾地区过去几十年的经验，今后乃至相当长的一段时间里，在中国最有创业价值的是实体店，但很多人被媒体误导了。一个颠扑不破的“真理”是：社会上鼓噪着什么风潮，你若跟着做什么，一定血本无归。这不能怪别人，只能怪自己没脑，不懂得“顺则凡，逆则仙”的道理。有一家便利店在 4 年前已经看到了做实体店这个商机，在北京开了近百家分店，它的方向是正确的，但它的业态和服务模式还没完全找对，所以，它的未来喜忧参半。

当我每次在学校门口附近晃悠，看着农大的老头老太拉着一个拉杆箱式的买菜推车到至少 1 千米外的洪山桥头超市买菜，然后顶风冒雨，或在烈日炎炎下拖着几把奄奄一息的青菜走在乱糟糟的马路上，心中总不免悲悯和伤痛。

所谓按市场规律办事就应该是，像农大门口某村委会楼下那排“供销社”式的杂货店，在未来 20 到 30 年内，都将被便利店自然淘汰，政府不是去到处拆迁，驱赶小商小贩，搞什么大超市，而是顺水推舟，让星罗棋布的便利店上档次，更便民。

在农大校内的映辉楼对面，有一家便利店，虽然店面不大，经营的商品也太少，但环境和业态是未来实体店的发展方向。国家现在鼓励大学生创业，不一定都得往互联网上砸钱，这种样式的大学生创业店不妨也加以鼓励，比如给大学生以三五十万元的无息贷款、贴息贷款，说不定哪一家就是 20 年后的“7－11”便利连锁店。20 世纪 80 年代，苏昌培老先生当副省长分管农业，那岁月人们吃水果还很难，苏省长只用了一招，鼓励水果上山坡地，鼓励农民种水果，收效甚显：政府免费提供果苗，银行提供无息、贴息贷款。我们家老房子后山上的那片果园，就是当年在这个优惠贷款下发展起来的。

很多中国人最近这些年养成了“非此即彼”的思维方式，总喜欢把一件事跟另一件事对立，比如我今天讲便利店、实体店有人就一定开始怀疑网店，怀疑“互联网＋”，尤其是怀疑“互联网＋”农业。在这里，我郑重说明，“互联网＋”也一定是充满商机的未来商业模式，“互联网＋”农业亦将在未来二三十年中大放异彩，但生鲜水果、蔬菜绝对不适合网购、“村淘”，什么农产品适合

“互联网＋”，全中国现在都在闹腾，这当中我看到一家已经搞对了方向，它叫“千村万＋”，项目发起人是自由投资人、网龙(中国)公司高级副总裁老唐同学。事实上，现在举国上下都在喊的“互联网＋”概念，老唐同学早在20年前就已经未雨绸缪。要不然，他的“91”项目，不可能一卖就19亿，还是美元呢！但这对唐同学而言，还只是“小试牛刀”，他有《渔说》七把刀，“千村万＋”又是一把刀，刀起，芝麻开门，洋洋喜气！

乘风破浪会有时，直挂云帆济沧海。

又见琅岐岛

侄女考上东方学院,我内心欣喜万分!昨天亲自驱车送她上琅岐岛,这个我久违的小岛,早在20世纪90年代末就被定位为“海峡两岸蔬菜副食品基地”,我是该课题的主持人。连续好几年时间,我带着我的一群研究生,足迹踏遍琅岐的山山水水,村村户户。

琅岐是一块神秘的土地,九龙山脉横卧在天风海涛、绿野阡陌间,白云山是它的顶峰,山上有望月台,旁边是白云寺,我很留恋那寺里的饭蔬,尤其是那几棵肉菊做成的美味,它让我的学生们知道,世界上竟有这么好吃的花。那年月,我常领着他们,爬长长的山路,上白云寺观月台露营观月。漱石枕涛,观自在;幕天席地,月追云。

不过我听说后来修了上白云山的盘山公路,车子可以直接开到白云寺门口,就再也没去过那。

办完了注册手续,我领着弟弟一家人,去寻找泰山庙。车子穿过小镇,那店那人那棵盘旋在镇“中心大道”中央的老榕,依然那么古朴、热情、闲适,空气中弥漫着蛏干和红鲟的味道。泰山庙更加巍峨庄严,大殿里光线很弱,无法看清一排排一尊尊神灵的面目,但灵气洋溢,祥云缭绕。20年前,我在春节元宵期间亲历过琅岐岛的游神民俗活动,镇上的每一户人家门口,摆满瓜果五畜、香烛鲜花,被抬出泰山庙的一尊尊神若在谁家门前停下,便鞭炮轰鸣,惊天动地,整个小镇的每一条街每一条巷,硝烟弥漫,“伸手不见五指”。

最爱还是老榕树旁边一家小菜馆的海鲜,那虾,才叫虾。“但一盘70元呢!还不到3两。”“很便宜嘛!金榜题名,光宗耀祖,大伯请客!”还有梭子蟹、红鲟、蛏干炒豆腐，吃!

从镇政府街道到东方学院，沿途的田园风光，淡水鱼塘，绿油油的稻浪，阳光、海浪、沙滩、礁岩，不时扑入眼帘。天朗气清，惠风和畅。

去往马尾、福州方向的柏油路两旁，摆满了芭乐果，还有其他各色时令果蔬，它们就采自公路旁的果园菜园，你也可以自己下去采。

为什么琅岐的最高山脉叫九龙山？因为，琅岐这地方非常适合农业，具备农业生产需要的山、水、林、田、路，还有淡水、咸水等 9 种地利条件。咸淡交冲，江海融汇。

偶尔听说，东方学院很快就要搬出琅岐岛了，我的意见是：不要搬了！不仅不要搬，还应当依托福建农林大学，再办一所大学，校名就叫：海峡新农人大学。

立念回天

有报道称，中国富人移民的主要原因包括：子女教育39%；寻找安全感31%；国内投资环境不好，还有各种税费太高27%；其他3%。

看过这组数据，我的内心充满忧伤和喜悦。我喜悦的是，我们这个民族的人民，是多好的人民喔！为了孩子的教育，总是“孟母三迁”，含辛茹苦，离乡背井，无怨无悔。我忧伤的是，这么一个有着5 000年文明积淀的古老大国，却不能为我们的百姓提供令他们满意和放心的教育，作为一名有着30多年教龄的大学老师，我怆然泪下。

回眸中国过去近40年的改革路程，我总结出一条：改革从来都是自下而上的，而不是谁谁谁设计出来的。人民之所以纪念那些改革者，不是因为他们有先知先觉的“天才设计”，而是因为他们总是顺应着人民的呼声，顺应着历史的潮流。

以“大包干”为开端的农村改革，肇始者是小岗村几户没有活路的农民；城市个体户的蓬勃兴起，是因为几百上千万回城“知青”就业面临困境；搞“特区”，是因为广东等沿海省份，几十上百万人逃港讨生活。

所以，既然人民对现有的教育不满意，都愿意投身到欧美国家、海外地区求教育，我们何不顺水推舟，把欧美及海外大学请进来，让它们在我们的土地上为人民办教育？以福建为例，我曾经说过，至少可以再办3所大学：东方海洋大学，选址琅岐岛或马尾；福建财经大学，选址厦门；闽南工商大学，选址泉州。

福建是个侨乡，台湾与福建一水之隔，这些新兴的大学完全可以放手让侨胞们投资兴建,请海外或台湾同胞,甚至欧美教育家做大学校长,引进西方先进的大学管理制度和办学理念。曾经辉煌的“福日公司”等,不就是这么干起来的吗？我就不相信,到时国人还会舍近求远,往国外大学涌。我也从来不相信,我们办不出比新加坡及西方国家更好的教育,关键是制度。制约制度的无形之手是观念。

佛说：立念回天。这4个字镌刻在鼓山十八洞通往涌泉寺的岩壁上。

海天佛国

丛林以无事为兴盛，山门以耆旧为庄严。但每次来鼓山，它总是不断地“旧貌变新颜”。

十八洞洞口那几间饮食店，现在正在大兴土木，装修拆建，涌泉寺入口处的牌门前的停车场，更是“面目全非”。寺内“放生池”边上那排商店，上次我来送鳖入池时正搞得像个工场，四处一片狼藉，噪音喧天动地，今天“豪华装修”已隆重展现，“高档”法物，金佛金链金镯子，琳琅满目，但顾客稀少。涌泉寺内挂着大红布条，对面的大梁上悬挂着的是一只老旧的、大大的木鱼，木鱼的笑脸，很慈祥。

整个城市都在折腾！我也搞不懂，这庄严的寺庙里住着的是人是鬼是佛，还是神。

已经有将近一年没进城，前几天为了去安泰中心图书城买几本书，来到津泰路。哇！在搞“形象工程”呢！整条路被整得像繁忙凌乱的大工地，施工架像蜘蛛网一样爬满沿街窗户高墙，渣土车在街道上满地穿梭。某日，偶然经过湖东路，应该是叫湖东路，就是宏利大厦那条路，扒墙敲地，更是让路人诚惶诚恐，个个如过街老耗子，抱头鼠窜。

去年这时候，我在多伦多 Yangs St. 晃荡，住妹妹家，她家在 Eglinton 公园旁边，附近有一座图书馆。我常到那图书馆看书，好书太多，我过于专注，好长一段时间，我竟没发现，就在我常坐的位置窗户下，有一个大工程正在施工，但悄然无声，紧张繁忙，一切看起来是那么井井有条。

但在这个城市，已经多少年了，它已变成一座战场，那地铁到底要建到何年哪月，无人知道，没有人会告诉你。

有一次，我有幸被这个城市的地铁公司请去开会，说是论证地铁文化。客观地说，那公司老总还是个干事情的好官，据说是市里某局调到地铁公司做老总的，公司的员工更是高素质，连看门的都是大学学历，个个气质优雅，我说的是女员工哈！男员工我一般没注意看。说实话，我挺喜欢这地铁公司的。

但我真的很搞不懂，这么光明正大的一家公司，却搞得神神秘秘，连办公地点也搞得像地下工作者，这么个巴掌大的城市，我已经住了30多年了，出了那“地铁办”，我竟然找不到它的门了！好像是在一个什么地方往地底下钻的，那天为我开车的是贝贝同学。

喔！说多了，这些都是红尘闲事，置身鼓山这片净土，还是静神养气吧。你瞧，这照片拍得，人是没法看，Leona同学委婉地说：技术太差！不是叫你看人，是叫你看字，那是鼓山的摩崖刻，我瞻仰过全中国几乎所有名山大川的摩崖刻，结论是，鼓山的摩崖刻全国第一！天下第一！

前几年，福州在折腾所谓的“城市精神”，请了上海、湖北等全国各地的所谓“顶级专家”，最后搞出了所谓“锦绣榕城，有福之州”“有容乃大”之类的口号，还以为很有文化，到处挂，我的看法是，不知所谓。

中旅集团有我的一个好朋友，某日一起喝茶，谈及福州的城市精神，他说了4个字：海天佛国。我以为，它至少比“专家”们的提法精到。要体会这位仁兄的福州城市精神，你必须到鼓山来，在灵源洞头顶的那间小茶楼，泡一壶浓露香永，眺望闽江——那直写蓝天的“新大陆一号”，是我大学时代的梦中情人阿芳的杰作，那首《鼓山观止》，就是我30年前写给她的。

哀悼书店

我是20世纪80年代初随福建农学院迁来福州的。那时的金山校园，还算是很偏远的郊区，校领导为了教工子女读书升学的方便，把全校教职员工、学生的户口搞成了鼓楼区的，所以，福建农学院早期的所有师生，都是“鼓楼区居民”。那时的校领导，真牛喔！我听说，当时为了学校能搬迁福州，杨校长他们是坐等在省委常委会议室门口，跟省里的书记理论学校搬来福州的利和弊，农林大学才有了今天这方好山水的。

我清楚地记得，1981年前后的福州东街口，还没立交桥(当然，现在又没了!)，街口四方，起码有两方的“热店”是书店，一家是新华书店，一家是古籍书店。

南门兜有一家树人书店，店大不过30平方米，长条形，那店卖的书，是我的最爱。那时我还是个学生，囊中羞涩，但到了树人书店，总还是要淘上一两本好书。

不过，这些书店，后来慢慢地就消亡了，不知踪影。

再后来，“城市绿洲”成为福州城一道亮丽的文化风景线，它的主店在津泰路。店主老唐那时就是我的好朋友，他利用“城市绿洲”的平台，搞起了“正源管理顾问公司”。同时，老唐还和我搞了个论坛，叫“正源经理人论坛”，每两周一次聚会，来的都是爱读书的企业高管，还收门票，地点是在福州五一广场边的福州大饭店。论坛成员主要来自老唐的“城市绿洲”读者群。

不知咋的，老唐后来不做书店了，我很是心酸，福州没了我的精神家园。我问老唐，为什么经营好好的书店，现在不做了呢？我清晰地记得，老唐20年前的回答：没法做！民营书店受制度挤压，没有生存空间，它们订的书是要通过新华书店主渠道进的。也就是说假如有一本畅销书面世，新华书店肯定第一时间拿到，而且它要什么时候分发给民营书店，就什么时候给。新华书店还专营着中小学生课本，内行人知道那是一块什么样的肥肉。

我一般是一个月就要逛一趟书店，现在福州还能买到书的只有两个地方，安泰新华图书城和越洋。但它们也一直在萎缩，准确地讲，是书店的功能在萎缩。前年，我出了一趟国，回来有一年没空光顾越洋了，有一天到那一看，那书店基本快搞成文具店了。一句话还是：心酸！

天天都在那高喊“文化强国”，“大力发展文化产业”，文件一个一个地下，钱大把大把地撒，但现实如何？偌大的中国，多少 CBD，多少 Shopping Mall，但你看得到一家诚品书店吗？

曾经读过一篇文章，它说中国人现在不爱读书，很危险。中国人不是不爱读书，而是买不到书读。

那些书店里看上去一片繁荣景象，“学术著作”数不胜数，其实那大都是“学者”花钱出版的，用来评职称、写博士论文用的。各高校现在有用不完的“出版基金”“博士论文基金”，只要你能写，敢抄，出书容易得很，书店里的那些所谓新书、新著作，就像造纸厂，到处收来废纸，扔入发酵池搅拌下，出来就是一张新纸。不信你去书店看看，就看经济管理类的吧，比如《市场营销学》，我估计全中国不下 1 000 个版本，都是你抄我，我抄你，最后谁抄谁的，都搞不清楚了。

把一个文明大国的文化搞成这副惨状，还大言不惭地整天在那“钱学森之问”？问什么问！

整合论

把人，尤其是“人脉”“关系”当“资源”来经营，这让我一直都感到很不爽。但现在，即使是大学课堂，那些“砖家叫兽”们，也是以这些“理论”来教学生的，以致学生们也理直气壮地说“投机取巧是以小搏大”，视之为理所当然。

到了所谓MBA、EMBA，还有EDP之类的什么班，那就不是什么同学关系、师生关系了，它纯粹是“资源整合平台”。发展到“黄山黄河黄浦江商学院”之类，即为“资源整合”的“最高境界”，甚至“二奶小三资源”也能在这个平台上整合得天从人愿，万家欢乐。

有一个观点值得深思，那就是：资源不是被整合的，而是被吸引的。

子曰：无为而治者，其舜也与。

夫何为哉？

恭己正南面而已矣。

如果你的修为到达了做“人”的起码标准，你并不要去做“整合资源”之类从早到晚“卖拐”的事，东摇西晃，自己站都站不稳，却想着“四两拨千斤”，废寝忘食地琢磨着怎样玩人。把别人当“儿子孙子”玩，玩不下去了，又厚颜无耻地向孩子们“众筹”。

人与人之间的关系、友谊、情分、信任，在我看来是无价的，但如果你一脑门子心思，想着如何把这些弥足珍贵的东西当“资源”，说白了，你是在出卖友情，出卖诚信，出卖朋友，出卖你自己。

所谓“众筹”之类，重要的不是“资源整合”，更不是“合伙赚钱”，而是“价值认同”。我认同这个项目、我认同你这个人、我认同你这个团队的“企业价值观”，所以，我投资本、投知本、投资源。不！不是投资本知本资源，而是链接资本知本资源，让那些跟我有关系的人，共享财富和才赋。

所以，所谓“资源整合”，其实是“吸星大法”，是“乾坤大挪移”，如果不是“武林至圣”，没有炼就老唐同学《渔说》中的“心灵七把刀”功夫，你那“资源整合”只能玩成“拉皮条”“当二道贩子”的下三烂东西。我就亲眼目睹有些人，不仅把“资源整合”玩成了下三烂的东西，也把自己玩成了下三烂下五烂的东西，到现在还在那四处躲债，像只过街老鼠，却还在做着春秋大梦，还想着未来某一天能宝马香车，红粉佳人，咸鱼翻身。

这世界不缺所谓“高人”，缺的是老实巴交的搬运工、锅炉工、泥瓦工，缺的是打掉牙往肚里吞，光着膀子跟农民大碗喝酒大块吃肉的“互联网＋”。

古人云：心机重者，生机浅。

仰止唯佛陀，完成在人格。人成即佛成，这才叫“整合”。

道：格物致知，诚心正意

现在，大学里正晃悠着这么一群人，他们被他们的老师和主流媒体教坏掉了，一心想着“创业”，想着怎么搞钱，一夜暴富，于是就想到了“人脉”。一个胡思乱想的“创意”贴到八竿子也打不到边的群里，就在那里目中无人地发起“众筹”，好像全世界的人都是傻子，面对一个活生生的“未来马云”居然熟视无睹。更有甚者，一些毕业多年的大学生，对自己的“职业”讳莫如深，谁也搞不懂他们在忙乎什么，却终日出没在各种“论坛”“研讨会”“创业会”“创意园”“国际研讨会”上，蹭来蹭去。这波人事实上已沦为江湖骗子，他们落魄到连饭都靠骗着吃，却西装革履，满口“一带一路”“商业模式”“互联网＋”“海丝陆丝战略”。教育，罪莫大焉！以其昏昏，使人昭昭。因为那些教授、院士、博士生导师们一直都那样教导他们，要学会“经营人脉资源”，要懂“人脉管理”，要修“人际关系学”。我以为，把朋友、同学、师生、战友等关系当“资源”来“经营”，实在令人无可容忍，友谊、情感、情义这都是很纯粹、弥足珍贵的东西，它又不是商品，怎么会拿去“经营”？经营意味着从中获利，你这不是在卖朋友吗？上升到哲学层，这是：以他人为工具。可以说这是做人品质问题。朋友之间、师生之间、战友之间、同事之间有什么困难，你若有能力就互相帮忙，这是天经地义的事。但若事先下个套，我参加这个 MBA、EMBA、训练营、教导营、研究生班是为了认识“大咖”“名师”“大腕”，圈关系，那你一定会竹篮打水一场空，偷鸡不成反蚀一把米的！但我们的大把“商学院”之类，却靠这种江湖骗术大捞其钱，而且脸不红心不跳。

作为老师，利用社会关系为自己的学生推荐工作什么的，这应该是分内事，如果你做得心甘情愿，无怨无悔，就是“道”，但如果你做这事有目的、有索求，那就是“术”。如今大学里，此类“术”士数不胜数。比如你教一门课，你便认定这是你的“资源”，要想考试通过，学生必须付出一点代价，于是，很多“聪明”的学生便深谙此老师之“术”，还读什么书，期末到了，向爹妈要点钱，打点打点不就得了吗？一届又一届学生就这么流传着这位老师的“佳话”“传奇”“规则”，我在想，这样当老师有意思吗？

有一次，我的一个在隔壁学校读书的小老乡来我家玩。我问他，怎么最近这么忙，好久都没来看老师了？他说，他的辅导员最近买新房，他去帮忙搬家，刷墙壁。我夸他很懂事，于是他又补充了一句，帮助辅导员搬家将来入党、评优、选调什么的就可以被照顾了。我听了以后脑袋“嗡”的一声差点短路掉，我说你们这代人年纪小小，想的东西怎么那么复杂？我读大学的时候，正值学校从沙县、三明往福州大搬迁，帮助老师搬搬家，抄抄写写，刻蜡版刻教案，甚至买米，做卫生，看孩子，扛蜂窝煤上六层楼、八层楼是常有的事，但我们压根儿不会把这种事跟入党、分配、评优之类联系起来，而且我们在给老师做这些事时，打心底里就认为这是我们做学生的应该做的，因为从小父母就教育我们：一日为师，终身为父。你在帮老师做事时，你是发自内心的，没有目的，没有出发点，这叫“道”；有目的，有出发点就是“术”。也许你常常帮老师做事情，老师会对你有好印象，但那是他的事，在我看来，这是人生修养的最简单“功课”，它叫：诚心正意。道，或曰诚心正意就跟你爱一个人道理一个样。你爱一个人，你只是付出你的爱，至于他或她是否爱你，或者他或她爱的是谁，跟你无关。爱到深处了无怨。爱至爱返，福往福来。

《庄子》中说：形劳而不休则弊；精用而不已则劳，劳则竭。又说：纯粹而不杂，静一而不变，淡而无为，动而以天行，此养神之道也。

时时刻刻忙算计，算来算去算自己。但现在，哪怕是那些“高层次”的博士生、硕士生，连老师叫他们做个课题申请报告，都在算计。老师做课题，真的就是把你当“廉价劳动力”来赚钱吗？后面还喊老师为“老板”，简直就是对老师的莫大侮辱！试想看，一个研究生学历拿下来，没有老师手把手地通过一个课题让你历练，你这研究生能合格吗？一些所谓的“研究生”，现在看来已经变味了，不读书不听课，不要说 3 年时间一万小时的阅读量，就是正常的研究生课、学位课也是懒懒散散，“没空”听几节。更有甚者，有些学生连作论文都认为是老师的事,是“要求我作”的,“我是为老师作”,本质上讲,这是奴性。奴性意味着不负责任,对自己的不负责任。从教育的角度讲,现在的大学生缺乏自律、法则、规范的训练和学养修为,讲这么多就是要大学生们记住 8 个字:格物致知,诚心正意。

相忘于江湖

以儒家思想为核心的中国文化认为：人人皆可成尧舜。

人人皆可成尧舜，这在大方向上当然没错，它也有利于一个人格局和气度的修炼，或者准确地说，这话是针对一个修行者说的。但这话若被一个俗人拿去“为我所用”，那就一定会“方便出下流”。这就是我们在现实生活中司空见惯的，那些在权力宝座上高高在上的官僚们老是出丑、经常闹出滑天下之大稽的笑话的文化原因——那群人一旦拥有了没有节制的权力，就忘乎所以了。

正因为“人人皆可成尧舜”，不仅权力大了便以为自己什么都懂，钱赚多了，也以为自己什么都懂，那些土豪大咖，俨然把自己当“心灵导师”，著书立说，牛说马说鱼说，狼说狗说猫说，瞎说浑说乱说，书店里充斥着他们一本又一本的啰里吧嗦，神五神六。民众也乐于把他们当“导师”，当“天使”，当“公知”或“先知”。

有次我到街上晃悠，看见一四星级酒店的停车场高墙上一赫然显目的“企业文化宣传栏”，出于对“企业文化”的好奇和兴趣就走过去看看。天啊，这哪是什么企业文化宣传栏，分明是“领导文化宣传栏”“领导形象宣传栏”。上面张贴着该酒店领导的“重要讲话”，配以领导“红光满面，神采奕奕”的照片。就像报纸头版，排序讲究，通过不同字体把官位大小和内容轻重的“语录”区分得清清楚楚。

后来，我偶然在某高校也观察到同样的“风景”，如诗如画的校园主干道上是一排整齐的宣传栏，那铝合金或是什么不锈钢的框架，装修费用少说也是六位数。宣传栏在中国并不鲜见，但在 20 世纪 70 年代末 80 年代初，宣传的主动权掌握在学生手里。那年月，宣传栏是校园的一道风景，学生们五花八门、五颜六色的广告通知贴满了那墙那栏，形成了独特的校园文化。但现在，这种地方也已经不属于学生，更不属于教师，而属于领导。哪怕只是完全专业性的一面 EMBA 宣传版，也是领导题字、开会、讲话、报告的“工作照”“现场照”“写真照”。它们旨在告诉“全国人民”：单位取得“丰功伟绩”，都是在领导的“英明领导”下取得的。

事实上，这世界并没有至高无上的东西，也没什么东西真的可以永远挂在墙上。挂在墙上的东西，一定是死东西，比如遗像。而生命是鲜活的，它游弋在无边的海洋里，它忘记海，也忘记自己。海洋里的鱼不知道自己，知道自己的鱼一定都已经被捕了，并被晾晒在沙滩上。

泉涸，鱼相处于陆，相呴以湿，相濡以沫，不如相忘于江湖。

灵空，你就变得诚实

打开电视，那些当红的综艺节目，大多数都是抄袭（有些美其名曰"引进版权"）港台地区或韩国、日本、美国的，有的节目甚至连名称都没改，直接翻译成中文，拿来就用。走进书店，那堆积如山的《管理学原理》、《市场营销学》乃至什么概论什么理论之类，都是抄来抄去的"文化垃圾"，多翻几本，最后连谁抄谁的你也弄不清楚了——但就是这一堆堆垃圾，"评"出了一波又一波教授，让那些偷窃思想的人过得十分滋润。

时不时还能看到有人在网上"呼吁"，说美国微软什么的在电脑上调查知识侵权，有一个蓝色还是红色的什么东西，千万不能点击，意思是说，我们的东西都是偷人家的，现在人家要来"查房"了，大家要"团结起来，保家卫国"。

山寨、抄袭、偷窃，在这个国度似乎已成为理所当然，而且理直气壮。

保持"不偷窃的状态"，意味着你是一个诚实的人。要做一个诚实的人，你必须保持空空，进入灵空。不要用偷来的东西充满你头脑的屋子，否则你将丧失所有的原创性。当你的头脑充满着别人的思想、看法、观点、意见，你就失去了你自己的空间。到最后你会发现，它们实际上没有任何价值，唯有那个来自你的，才有价值。

事实上，你只能拥有那个来自你的，而那个你偷窃来的，你无法拥有，它毫无价值。

所以，不要用偷来的思想、宗教、文化、知识、技术、理念来压迫自己，而要让你的原创性绽放。

半亩方塘一鉴开，
天光云影共徘徊。
问渠哪得清如许，
为有源头活水来。

荡妇的眼睛

许多人很困惑，像弘一法师李叔同这种人，世间法都已经玩得那么高了，为什么还要出家当和尚？我的回答是4个字：臣服于神。像李叔同这种天才，对世间法如音乐、书法、文学等，不玩则已，一玩就登峰造极，这对一个人的心性修炼未必是好事——它很容易强化一个人的自我，如果你是一个缺乏灵性和佛学根器的人的话。因为所谓世间法，就是无论你如何出类拔萃，那也不过是雕虫小技。

若论世间才学，有一个人比李叔同牛多了，他叫陈寅恪。陈寅恪出身名门望族，祖父陈宝箴是湖南巡抚、戊戌变法时推行新政的风云人物。父亲陈三立与谭嗣同等并称“清末四公子”。陈寅恪12岁东渡日本，后又游历欧洲多年，懂十几门外语，回国后为清华国学研究院四大导师，与梁启超、王国维等比肩。

但这一切除了能让陈寅恪的“自我”变得越来越强大以外，别无益处。在人间玩到这田地，陈寅恪本来当有更高追求了，但这位仁兄空有一腔学问，却缺乏佛性、灵性和宗教性。在他最后的20年生活里，衰老病残、冷清寂寞、心情郁闷、晚景凄凉。陈寅恪是典型的有知识、没智慧之人。看看陈大师，再反观下自己，我们一大群一大群的教授、博士生导师们又有什么好显摆的呢？你们做的所谓课题、成果、研究，“学科前沿”“国内突破”“世界领先”，不过废纸一张，尤其是“哲学社会科学界”。

智者说：记住自己！

只有研究自己，记住自己，你才能踏上通往神性、佛性、灵性、宗教性的天堂之路。

因为当你记住自己，研究自己，观照自己，自我就会渐渐消失，但是，“你”会留下来，那已经不是“你”，你是一个浩瀚，你是一个浩瀚的空，是为灵空。在灵空中，没有“我”，你是一个浩瀚的“是”，但是在它里面没有“我”。本性存在，但是已经不再有自我，这样才能臣服。

“自我”是一种物质的东西，它是很低级的能量。

据说如果任何东西以光速移动，它就会变成光。是的，哪怕是一块石头，如果你以光速丢出去，它将会消失，它将会变成一道光，因为进入那个速度，物质会消失，能量会留下来。光即是高速的能量。它是能量，但没有重量。

各种宗教经典都在说：神是光。

所以，当我说：臣服于神！臣服于佛！其实是在说：臣服于整体！臣服于存在！

当丑陋的“自我”消失，你就是海洋。你就是整体，你就是存在，你就是神。

没有花，没有微笑，没有灵山，只有纯粹的芬芳。

你是光。

所以，我很欣赏老友林肯(Lincoln Alexander)的画。在我看来，林肯似乎已经化作了一道光，我甚至怀疑林肯是否已经成神了。他的每一幅画，其实都是一个观照，用神的眼睛观照这个光怪陆离、五彩斑斓的世界，观照自己，在悲伤、失望、喜悦的时候，还有漠不关心、愤怒、欲望、挫折的时候，在市井、在高山、在原野、在瀑布、在灵空崖、在咖啡屋，林肯用彩虹的所有颜色来看这个世界、看自己。

与其说林肯是一个人，不如说林肯是一片夕阳下的沼泽地，那么糜烂而又璀璨，像是一个荡妇的眼光，让人魂飞魄散。

香远益清

历史书，是我们家老爷子，就是我的现在已年近九旬的老爹爹的最爱。他是个地道的农民，却博览群书，我很小的时候他老人家就对我说过一句话：看历史书，至少要看隔代人写的，才看得清楚。

胡适说，做学问要在不疑处有疑，待人要在有疑处不疑。这话几近真理。我的老同学清福，就是这样评价我的，说桃花一点点同学做事有谋，做人无谋。我对同窗好友的这句话感怀得几乎愿意为他去“卖身”。

有一次，我资助一位偏远山村的穷苦农民改善家中的饮水条件，这个“善心事业”的最大工程是要在他家的后山建一个水池，以净化水质。我叫这位农民去做预算，他是我童年时的同学，由于过去生活的时乖运蹇，跟我年龄相仿的他，已显得日暮西山。他报给我的水池的预算是 10 000 元，但很快有邻居老农悄悄告诉我，那水池 2 000 多元就可以搞定。

古人说，与人合作做事，能拿六分，只拿四分，叫作义。在做水池这件事上，我看出了我的这位同学，因为做人做事“失义”，40 年来才过得那么潦倒。有些人为什么会去欺骗一个诚心诚意帮助他的人呢？匪夷所思。

做人一定要有“律”，守身如莲，香远益清。比如你和我合作做生意，你经济比我拮据，赚了你多拿一点，甚至全归你都没关系，但是你不能瞒着我，虚报成本，自吞好处。这叫：信。诚信为天下正。

都在问为什么民国大师云集而我们这个时代出不了大师，我的回答是：我们这个时代已经有比民国人物更伟大的大师，只是我们离他们太近，在大师的光环下，我们无法睁眼，看不到他们的光芒。就像你看乐山大佛，你就站在它的脚下,你只能看到大佛的脚趾。如果你站在对岸,大佛就会显相。

民国是一道千里沟壑。我们既已越过沟壑,铸造丰碑,我们就再也不可能回去了!

新纪元,我们走向蔚蓝。

没头没脑，能儿童乎？

人活得很累！越是有知识有学问，活得越累。我的身边围绕着的，都是一群身心疲惫的人，他们都是“大教授大学问家”。“大教授大学问家”的最大特点就是有一个“喋喋不休的头脑”。为什么他们的大脑总是那么的“喋喋不休”，每天有一千零一个问题萦绕着他们？因为他们没有往内走，他们活得不真实。

当你变成真实的、宁静的、全然的，你的问题和难题就消失了。你也消失了。

当你没有问题和难题，生命之于你只是个奥秘，它其乐无穷，你就像个孩子，哪怕一只蚂蚁，一只小鸟，一条小溪，你也会乐在其中，全然地和它玩一个上午，一整天。

一到“六一”儿童节，很多爸爸妈妈表现得很“亲子”很有“亲情”，带着儿子女儿进动物园、游乐园，去博物馆、海洋馆。因为“专家教授”们教导他们说，这样可以开发孩子的智商，丰富孩子的生存环境。“丰富环境论”还包括每天带孩子去音乐、书法等各种班，学武术、下棋等各种技艺。

孩子们的“玩”，现在在“专家教授”们的指导下也变成了“有纪律的玩”，各种比赛、学习班，商家们大赚其钱。事实上，这些理论和活动都是在戕灭儿童的天性！在我看来，玩具是儿童文化的天敌！还有电视、电子游戏也一样。有统计表明，广州、北京 12.45%的儿童现在每天花在看电视、玩电子游戏的时间超过 2 小时，寒暑假增加到 61.4%。我总觉得，我们这一代人的童年是最幸福的，没有中考，没有课外补习班，没有择校。我们的课外活动也没有比赛。我们爬树、玩水、抓螃蟹、摸泥鳅、捉迷藏、过家家。我们的玩具是鹅卵石、树叶、水、沙、泥土、洞穴、树林、金龟子、蚕宝宝。

成人是人类的大脑，它有数不清的问题；儿童是人类的心灵，它没有问题，只有纯粹的奥秘。老子说，专气致柔，能婴儿乎？

桃花一点点说，没头没脑，能儿童乎？

早茶，是崖茶

我和清福同学是30多年的同窗好友。30多年来惺惺相惜，那是非常不容易的。但如果你认为我们是“志同道合”的，那就大错特错了。我从来不相信男人和男人之间有“志同道合”这种事。两只鸡在一起，而且都是公的，只有狠斗，各自展示自己的雄性气质和魅力，才能焕发容光，青春永驻，友谊长存。就人生追求和人生目标而言，清福同学是典型的“处江湖之远，则忧其君；居庙堂之高，则忧其民”那种类型，而我呢？似鹤如云一个身，不忧家国不忧贫；拟将枕上日高睡，卖与世间荣贵人。我和清福合作过很多项目，而且，我很喜欢也很愿意跟他合作，比如城市经营、旅游品牌规划、文化创意与营销、会展策划、茶业经济与文化，像“中国(厦门)9·8投资洽谈会”“海峡西岸经济区”和“福建6·18”“海峡5·18”等项目都是清福为原创人之一的策划杰作，它们深深地烙上了我们精诚合作的影子。清福同学很把它们当一回事，似乎珍视到犹如自己的“亲生儿”，至今他还保留着一把“9·8”LOGO金钥匙、首届“9·8投洽会”剪彩的金剪刀，并且怀揣在他上衣口袋内，经常拿出来秀秀，秀给那些后生男女看看。当然后生中女生偏多，而且个个风采绰约，气质如兰。清福的身边之所以美女如云，不是因为他好色，而实在是他有款有范儿有气质。连我们家红颜知己都对清福赞赏有加，她经常教导我说，你看那清福同学，500块的衣服穿在他身上，就变成5 000块了，而5 000块的穿你身上就是50块的地摊货。我们家闺女骊妮，一个“90后”小朋友，去了一趟清福教授办公室回来也说，陈老师很有小资情调。我笑答骊妮同学，这叫：和而不同。

是的，君子和而不同，小人同而不和。事实上，就我内心追求和内心向往而言，清福30多年“忧国忧民忧天下”所做的一切，我都很不以为然，有时我甚至认为他在浪费时间。比如他昨天讲了大半天的“一带一路”，除非习主席、奥巴马总统、莫迪总理坐在台下亲耳聆听，否则就是对牛弹琴。但也许学术的最高境界就是对牛弹琴。你去看看那些教授专家们写的有价值的文章、专著，哪一篇、哪一本不是对牛弹琴痴人说梦，比如《相对论》，几个人看得懂？我偶尔也做这种事。我曾经写过一本书《自在人：管理学的人性揭竿与价值革命》，这个世界上能读懂我这本书的人屈指可数。我经常抱着这本书甜蜜地入睡，以为它可以传世，并经常发飙，说自己是“自在人……S理论创始人”之类，于是引来“公愤”。有一次，在一个微信群里有位朋友对我的“自在人”理论提出质疑，但他不谈自己的观点，只是在那哼哼唧唧，我以为遇上高人了，穷追猛打把他逼到墙角，想听听他的高见。但是，你知道吗？当他说出他的“观点”的时候，我差点去撞墙死掉。他说：在现实生活中，我活了大半辈子，从来就没见过“自在人”。言下之意是说，你个桃花一点点瞎说啥呢？胡思乱想，痴人说梦。原来他把我的“自在人”当成“农民工”概念了，世间有“农民工”才能写“农民工的就业对策研究”之类的文章。还好，清福也在那群里，他站出来告诉群友说：“自在人”是管理学的人性假设，就像以往的“经济人”“社会人”“复杂人”等人性假设，它在管理学上是划时代的革命性的。哇！纵横捭阖，一泻千里，陈同学简直就是救我一命！要不然，我真会在那个群里气绝身亡。

不过，如果你因此以为我和清福总是一唱一和，那就大错特错了。如前所述，我和他和睦相处的前提是：和而不同。你去观察微信群，它有一个很有意思的现象，那就是，中国人，尤其是网民还没有学会讨论、争论和思辨，绝大多数人只懂得骂人。我就是在各式各样的群里经常挨骂和找骂的那一类，有的朋友很惊叹我的“定力”，能在鸡蛋、砖头、石块横飞的群里，像武林高手一样，兵来将挡，水来土掩，而且即使饱受“侮辱”，也风轻云淡。这道理很简单：你的一个观点，如果会引来群里某人某友对你“人”的评价，无非两种情况，第一种情况是，你的观点虽然有理有据，但你触痛了他的既得利益和既得感情；第二种情况则完全出于人类天生的嫉妒，他知道你说得在理，但无力反驳，为显示他“没有输”，于是他拿你这个人说事。这些都是小人之举，如果你都能看透看淡，你就可以在江湖上游刃有余了。

清福喜欢搞策划，而且30多年来乐此不疲，业绩斐然。在我看来，他是中国策划第一人，甚至 2008 年北京奥运会如果交给他策划，他也一定比张导强——我说的是策划，不是拍电影，术业有专攻嘛！前不久，清福接一个茶叶品牌的营销战略的案子，把我叫去，他问我如何才能让这个现在还没太大知名度的茶品牌一夜走红，一炮打响。我说了个语不惊人死不休的“浴茶节”点子，在座的所有专家、教授、策划家听完我的话，个个当场目瞪口呆，但一回过神来，他们几乎异口同声地赞叹：神来之笔！然而只有清福能够把我的概念做成可操作的商业文案。我的许多“概念”，远比它惊天地动鬼神，撒向人间都是钱，每次随清福行走江湖，当我讲到高潮处总是被他“戛然而止”，考虑到“商业机密”，这里我不一一讲述。

吃茶去！

早茶，是崖茶。

清苦，带着青草味，还有乡下老锅的烟火香。

回到源头

“当清晨面对太阳，问自己是否忘记了初衷……”这是电视台最近在热播的一部电视连续剧中的一句歌词。不忘初心，方得始终。

我认识某高校一位大学生Z，他是现有体制框架下名副其实的“优秀大学生”，在他所在的那所学校里名气很大。Z曾经拜访过我，他很有社交天分，就他本有的素质而言，他确实是个很优秀的年轻人，但一次接触后，我对他便失去了兴趣和信心，因为他读书太少。我从来不喜欢读书少或不读书的学生，我以为这类学生即使天赋再高，将来也后劲不足，发展有限，成不了大器。不过，Z很快就成为那所学校的“名人”“红人”了，什么“创业之星”之类的头衔挂满了他的名片。在校期间，他一人就开了三家公司，牛气冲天。学校有关部门更是像打了鸡血似的，“鸡”动万分。于是，Z上“光荣榜”，拿“项目”，得免租金办公室，做“创业经验报告”，如鱼得水。他的同班同学告诉我，Z在校期间拿到的创业奖励、项目资助等五花八门的钱至少有二三十万元，但他并没有认真创什么业，他的公司也从未做过一单像样的业务，卖过一件产品。顺便提一句，现在不仅在校学生学会了拿“项目”，连山旮旯里只有初中文化的人，甚至文盲也学会了拿“项目”，至于大学老师、科研人员申报“创新项目”“创业基金”“世纪计划”等更是轻车熟路。

国家不差钱，把钱送给有志创业的青年，还有科学技术研究、创新，这都没错，但如果把这些白花花的国家银两，搞成嗟来之食了，那就贻害中华了。为什么有那么多“食”今天用它来嗟知识分子，明天用它来嗟农民、嗟青年创业者？这是令人深思的一个大问题。在北美国家，所有在 convenient store(便利店)等任何商铺出售的商品都是13%的税,而且要求商家在出售商品时在电脑单上单独打出来,比如你买一双袜子,标价是10加元,你要给的钱就是10.13加元,而所有农产品一律免税。这就是对农业最直接的"补贴",一步到位,道理简单得要命。而在本国,农民为了要申报一个"项目",要填一大摞表格,而且像"最美乡村建设"之类的"项目",越有钱的地方,反而拿得越多,以致苦乐不均,腐败丛生。至于给大学的所谓"项目",更是败坏了学校的风气,比如上述某高校的"典型"Z,他的同学看到的是他的腐化,而并没有什么带领、表率作用。关于教育,我们一直没搞懂一个常识性问题:教育是引领受教育者向内走,以天空为目标,以星星为目的,爬高,爬远。但现实的教育却完全把方向搞反了,我们都被教导要追求在我们之外某个地方的目标。那个目标也许是金钱,也许是权力,也许是声名,或者什么叉叉。于是,乱象丛生,群魔乱舞。

目标就在你里面。只要你回到源头,去面对你自己的根,你就是完整的,创新的灵感和泉源也在那。你哪也不用去。是学生,你就读好书;是教授,你就教好课;是和尚,你就敲好钟,当一天和尚敲一天钟。这就是新常态,社会新常态。按禅宗的说法,这就叫:活在当下。

当清晨面对太阳的时候,问自己是否忘记了初衷;当鬓角露出几根白发的时候,看自己是否还似年少时的轻狂;当疲惫侵蚀内心的时候,唯有你点燃黑暗中的烛光;当秋风渐渐吹起的时候,拥抱着迎接另一个严冬;当青春的弧线变成沧桑的脸,你却依然选择与我并肩。我站成一棵树为你遮挡风雨,直到枯枝模糊了我的视线。

神，即是朋友圈

据说，神以它自己的形象来创造出人。在我看来，把神看成一个“个人的”神，是因为人类头脑的不成熟。

人以他自己的形象来创造出神。这是东方文化的观念。如果一个小孩要了解神，他必须以一个个人的存在来了解。当小孩长大、成熟，那个幼稚的、荒谬的神的观念就会死掉，它必须死掉。尼采就是这样一个人，有一天他突然明白：人创造出个人的神，然后人摧毁了它。这个“明白”，对尼采而言，是“开天辟地”的，所以他疯了。他的发疯表示他还没有准备好接受发生在他身上的“顿悟”。

当你是一个小孩的时候，你喜欢玩玩具，后来你长大了，成熟了，你就会把那些玩具扔在屋角，而且这时你看那些玩具，它们已经没有任何意义了。神即是人类童年的玩具。所以，佛家有云：中土难生。

是的，中土难生。无论是北美人、欧洲人，还是日本人、俄罗斯人，只要深入我们这块土地，就无不魂牵梦绕，魂不守舍。日本有位叫吉川幸次郎的汉学家第一次来到中国的江南，回去后他描写道：踏上那片土地，有一种酒后微醉的感觉。多少年来，我一想起日本，心里总有一种说不出的滋味，我一方面很敬畏日本人的精神，另一方面内心又对他们充满着无限的悲悯。有一个叫白鸟库吉的学者，精研中国文化，又想突破，于是提出了“日本文化说”，大意是：日本文化将引领东亚环太平洋区域，它是融汇了中国文化、西方文化以及南太平洋诸岛诸国的“先进文化”。日本更有内藤虎次郎等一批学者，提出了“文化中毒说”，他们的意思是：一种优秀的文化，发展到一定时间会自我中毒，它需要吸收外围或周边文化来使它重生。这一学说,确实很有见地。比如华夏文化,就是能够在不断的中毒、吸毒、消毒中,历久弥新、生生不已的具有强大生命力的一种文化,是为黄河文明。但内藤虎次郎接下去的“学说”就很不靠谱甚至很离谱了。他说:中国文化现在已经处于中毒状态,快要死了,要拯救中国文化,就必须依靠“日本文化”。看来二战期间,日本军国主义泛滥,差点把自己搞亡国了,是有其“理论指导”的。这个国家有了钱,经济上翻了身,政治上“得解放”,就一门心思想把自己搞成“文化人”,希图“超越中国”“引领亚洲”,但是,这是不可能的!因为:中土难生。经济、政治、社会管理等方面中国人都必须向日本学习,这无可置疑。但文化上中国永远是日本的老师、世界的导师,这事同样不可改变。当然,我说华夏文化必将引领世界文化,并不是当今中国一些人在那胡乱搞的所谓“文化输出”。文化究竟是靠什么“深入人心”呢?互联网已经给出了答案,它就是:开放、自由、分享、去中心化。

神不是一个个人,不是一个中心,更不是“太阳”“舵手”“万岁”。神,即是朋友圈;神,是一片海洋。

昨夜，我娶走了血月亮

天有边　天边外
有一湖明净的水
那是你的眼
它叫牵牛星

海有底　海底下
有一炉熊熊的火
那是你的心
它叫血月亮

10 月 10 日
这个时全时美的日子
我娶走了我的血月亮
用一根定海神针
把她从清冷的广寒宫
摆渡入洞房

这夜　我们相拥而睡
天亮　我们静静合十
在喜马拉雅香巴拉洞

那张我和她共筑了千年的
灵魂圣床

回眸宇宙
没有火　没有太阳
没有水　没有月亮

霹雳灵空

经营一桩婚姻，不仅需要爱，还需要信任。

我看着一对恋人甜甜蜜蜜地相爱着，但也许有一天那女孩出去跟人吃了一餐饭，偶尔听“铁哥们”“闺蜜”或什么“干爹”之类说了自己所爱的男人的几句“坏话”，回去就黑了男朋友微信，甚至跟自己已经心心相印的男人断绝关系，这是典型的脑残。

我最讨厌老男人跟一些青春女孩认“干女儿”这种事了。你爱上那个女孩，就大胆直白地说出来，何必拐弯抹角，慢慢“下套”。只要有真爱，年龄根本不是个问题。

信任是婚姻的基础。有的时候，它比爱来得更重要。无数相爱的男女，有些就因为彼此缺乏信任，只能遗憾地分手。

还有更离谱的，有些女孩跟男朋友恋爱谈得好好的，都快谈婚论嫁了，这时来了个算命先生，说他们八字不合云云，于是忍痛分手。这都什么年代了，不相信自己内心的声音，却相信一个街头方士，不可思议。

相由心定！阴德有回天之力，善行有傲数之功。我从来不相信这些江湖术士神门鬼道的东西，而且，30 多年来，我传道、授业、解惑，也试图让更多的人明心见性，“姜太公在此，百无禁忌”！

心神不定，看相算命。但凡有此类江湖“高人”登门卖“艺”，老衲我皆“格杀”勿论！以霹雳手段，显菩萨心肠。

世界那么大，有爱就不怕

我很喜欢这句话：We are drowning in information，while starving for wisdom(世人被知识压死，智慧却少得可怜)！

同样，这句话也可以这样说：世人被知识压死，爱却少得可怜。

我记得有一部日本人拍的电影《天国大罪》，故事梗概是：在警视厅供职的杏子，爱上了她那已有家室的上司。后来，她怀孕了，并不顾上司的反对生下了一个男孩，两人因此不欢而散。之后杏子因为受案件牵连被开除了公职，一夜之间成为无业人员，还带着个孩子。不幸的是，这时候她的孩子被绑架了。她第一时间想起的，当然是孩子的生身父亲，那位她以前的上司。并且，绑匪就是冲着她和那位上司来的。在这时候，她的那位上司，那个不幸孩子的生身父亲，出于对自己职务和利益的考虑，拒绝了杏子要他救孩子的请求。杏子万念俱灰并豁然明白：那个背着妻女跟她私通多年的上司，从来就没有爱过她，也并不爱他的女儿、他的儿子，他爱的只是他头顶上的那顶乌纱帽。无奈之中，杏子向一个过去被她抓过的江洋大盗求救，因为直觉告诉她，他起码是个讲义气的人。果然，那江洋大盗当晚带了一群人，冒着生命危险救出了孩子，当杏子在雨中从他手中接过自己孩子的那一刹那，她爱上了这个“臭名昭著”的江洋大盗。

恋爱在欢乐的时光中进行着。但是毕竟杏子过去是公职人员，思想作风正派，于是有一天，她劝说自己的爱人金盆洗手，不要再干那些走私、贩毒等见不得天日的事情，一句话：做个好人，不要再干坏事。那个江洋大盗微笑着对自己的爱人说：亲爱的，你觉得你爱我吗？

当然,要不我怎么会这么关心你,希望你做个好人……杏子回答。

江洋大盗把杏子拥入怀中,轻轻托起她的下巴,深情地望着杏子,说:杏子,你并不爱我!当你爱一个人,你不仅会接受这个人,而且,你同时还会接受这个人的事。

是的!当你爱一个人,你将接受这个人的一切。

这是一个简单的真理,可是有人就是搞不明白。书读得越多,越搞不明白。就像俊锋同学,说了一大堆废话,但关于爱是什么,越说越糊涂。

接受这个人和这个人的一切,那就是:爱到深处了无怨。就是李宗吾先生《厚黑学》之最高境界:黑而无色,厚而无形。就是佛陀说的:佛魔不二。就是《庄子》中说的:盗亦有道。

但所有这些说法,都还不够通俗易懂,还有一种表达很好懂:当有人打你的右脸,你就伸出你的左脸。

老子说:上善若水。

《天国大罪》中的杏子,最后不是被那江洋大盗"带坏",成为江洋大盗了,而是与那个爱她和她爱的男人,脱胎换骨,一起过上幸福美好生活了。为什么?

因为爱,有回天之力。

有位大专家、大教授,前几天在一部教育改革片中说过一件事:有个学生到他的课堂听课,很专注,也很会提问,教授对她印象极好。又上了几节课,那学生拿来一份出国推荐信请他签字推荐,但从此以后那学生就从课堂上消失了。说起这事,这位大教授很是黯然神伤,并带几分愤怒。你还会有愤怒,有伤心,说明你并未真正爱过自己的学生。

这种事情,在我 30 多年的教育生涯中,司空见惯。利用,欺骗,耍诡计,甚至恩将仇报,我都见识过,但我的态度和心态是:能够被自己所爱的人抱怨、利用、欺骗,是一件很幸福的事。

记得有天深夜,有位毕业 20 年的学生打我电话,我问他 20 年都没联系,怎么突然间想起给老师打电话了?是不是有什么好事情要报告老师呀?那学生答:如果有好事情,就不会想起老师您了。

我听了以后,无比感动!一个已经离别 20 年的同学或朋友,在他最烦恼、最无助、最困难的时候会想起你,那么,至少说明:你做人没问题。

所谓没问题，就是：我一直都在用爱做老师，无怨无悔。

不求尽如人意，但求无愧我心。

心定，万物即定。

我们做不了伟大的事情，只能用伟大的爱做小事。

世界这么大，有爱就不怕。

你，是我的天堂

恐惧犹如黑暗，你在一间黑暗的屋子里天天叫唤“驱除黑暗”，有用吗？毫无作用，白费力气。

你的关注点不应该是黑暗，而是如何找到蜡烛，找到光，创造光。当你在屋子里面点亮一根蜡烛，忽然间，黑暗就消失了。

恐惧是爱的不在！准确地说，恐惧是爱的另外一面。如果在你的生命中没有爱，那么你就会害怕，觉得到处是敌人，你的整个存在似乎是身处异地他乡，你在这里似乎是偶然的，你没有根植于你脚下的土地，没有在家的感觉。即使你已结婚，但不是出于爱，你们之间也是防不胜防，比如房子的产权证要补上我的名字，那笔钱要存在儿子名下，那块地要归我。

但是，如果你们是相爱的一对，你会在乎那座空楼，那一纸产权证吗？

爱，是一种深度的在家的感觉。

当爱升华到祈祷的境界，你就是跟存在、跟宇宙、跟整体相爱。但是，没有爱过的人无法达到祈祷。祈祷就是你爱神，神也爱你。如果爱和祈祷不存在于你的生命中，那么就只有恐惧、恨、冷漠、无情、沮丧与你终生相伴。

萨特在剧作《禁闭》中写道：他人即地狱。他一定是生活在一个根深蒂固的恐惧、痛苦、焦虑、沮丧的世界里。

在爱和祈祷之中的人，他了然另外一个事实：他人是天堂，他人是乐园。

你，是我的天堂。

此时正是除夕，14 亿中国人沉浸在天堂的欢乐中。

我祝福全体中国人以过年的心情过日子，那么，这 960 万平方公里的土地将会有不一样的气象。

东土震旦，有大乘气象。

欢庆时刻

有句话叫：我思故我在。这是哲学的边见，哲学家的无知。

真实情况是，当“我”在的时候，“思”是不在的，我们称这时候你进入了灵空态。灵空态就是“头脑完全消失”、“思考完全消失”的状态，佛门叫“三摩地”。

英文里有个单词叫 meditation（冥想），西方人以此来理解古老的中国气功、印度瑜伽，并搞出了“静坐冥想术”，结果是南辕北辙。沉思、冥想、思考关系到某一个客体，它是意识走向他人或他物，是离开中心。而气功、瑜伽则是走向中心，离开外围，离开他人或他物。

当你深深地爱过，当你祈祷，爱会留下来。爱人不复存在，被爱的不复存在；知者不复存在，被知者也不复存在；但是，“你”在。

这种情境是妙不可言的，此中有真意，欲辨已忘言。你走在校园的一棵老樟树下，它就是你的朋友，山边的那块观月石，是睡觉的灵魂。

跟客体在一起，就会有痛苦，因为它一直消耗你的能量；跟自己在一起，你会洋溢着快乐，就像一朵百合花，芳香四溢，蝶舞蜂飞。

微信圈里有一篇文章，是评价伯夷、许由、巢父等隐士的，它认为上述高士道德上有“洁癖”，所以他们拒绝入世。此类文章基本上是“夏虫语冰”，不知道这些隐士高人在追求什么。真正出世的人，他们“穷天人之际，探不死之术”，他们看世间功名利禄就如鱼馁肉败，臭不可闻，哪来的那么多“道德”“理念”“思想”，洁或不洁。

当你远离了喧嚣，离开通宵达旦的麻将桌，一个人静静地坐着，那才是你生命中最欢庆的时刻。

第一天

在现代生活中，人们一个共同的感受是：厌倦！你向往爱情，你说你爱那个女人，你有幸娶了她，但不出 3 年，或者最多 7 年时间，你开始厌倦，每天面对那一张单调的面孔，你快疯了！于是，你开始在外面乱搞，一个两个，10 个 8 个，100 个。工作也一样，每天面对那么多报表，或者烦人的顾客、愤怒的患者、一批又一批呆头呆脑的学生，还有一脸牺牲精神的各种“鸡汤大师”，日复一日，年复一年，时间在老去，你百无聊赖。

有位哲人常说，所有的宗教都反对神。他的话振聋发聩，只要想想那些宗教，它们确实都在反对神，因为它们反对生命。

可以肯定的是，神并不反对生命。而宗教在“教化”人们弃俗，有的甚至“教化”人们禁欲，绝食，鞭挞自己的身体。

我的体悟是，神一直在启示我们涉入生活，承诺生活。

所以，禅是一个伟大的宗教革命，它是非宗教的，它使人类摆脱了宗教，复归于神性、宗教性。有了禅，生活不再是单调乏味的，它是新鲜的、年轻的，对于一个禅者，每一片刻都是一个新的创造。

禅境就是真我、梵天、灵空，是正能量的极致。宗教告诉我们必须抛弃生活，但禅师说，无须抛弃生活，你必须抛弃自我。

经历生活，有一天你就会经历到神。所以，要全然地投入生活。

这是开学的第一天！对我而言，每一张新面孔都是一个初生的太阳。

你在哪里，哪里就是香巴拉。

有一种爱

有一颗种子
需要深埋
然后　才能长成参天大树
直写灵空

有一朵云
需要长久漂泊
然后　点燃闪电
光耀寰宇

有一尊佛
需要深自缄默
然后　声震人间
无须念经
不必拜忏

有一种爱
需要离开 365 天
然后　带着自己

回来　不再恐惧
不会逃避
而是把她深深
根入心怀

西峰一掬泉

30多年来,我一直在说,一直在写,我的许多学生到现在还保留着我20世纪80年代、90年代发给他们的各种文稿,有电脑打印的,有手工打字机打印的,甚至还有蜡板刻印的。我跟他们开玩笑说,好好留着,说不定500年后它比“死海古卷”还珍贵呢!

我谈论过很多观点,我试图在做什么呢?作为教授,我只做一件事:给你一个更大的视野。

我以为,脑子是个仓库,四面都是墙,于是我来了,我从四面八方出手打击你头脑的墙。有时候谈佛,有时候问道,有时候说上帝,有时候论神,说空说有、说儒说法,那都不是我的本意,我只是在为你打开一扇又一扇窗户。坚固的墙有了几个窗户,你就可以东瞧瞧西看看,每一种理论都是一个教条,你看多了,就不会被某一个教条局限了。我不希望你成为老聃、耶稣、佛陀、孔老夫子的跟随者,因为跟随一个永远没有办法有更大的视野,他的教条只是一个窗户。

刚才,我和老同学咏春谈论自由,他的一个核心观念是财务自由将带来终极自由。说白了,就是钱赚够了,你就可以做一切你想做的事了。我认为那是错误的观念。

自由来自了解,你越了解,你就越自由。当我为你开的窗户越多,你的了解就越广阔,最终,你将不会在窗内看世界,你将打破所有的墙,冲向广袤无垠的原野,它就是空无,是浩瀚。我从来不说神是浩瀚的。

在浩瀚的天空下,你的自我会变得很不相关,它会自己消失。你甚至不用抛弃，抛弃是多余的，你无需抛弃什么，它会自我消失。就像露珠，当早晨的太阳升起，它就消失了。

从前有个很牛的人，他拥有最豪华的王宫，连走路都跟别人不一样，他是一个强大的自我主义者。有一次这人去一位圣哲那里听课，就像我们现在大学里的那些在职博士生，端着董事长、厅长、什么长之类的强大自我在听课，电话不断，一会儿，他对圣哲说：请老师等等再继续讲，我有件很急的事情要处理一下。

圣哲很无奈地摇摇头，他叫弟子拿了一张地图来，他问那个牛人："在这张地图里，你的王国在哪里？它只是一个很小的地方，它只是一个小黑点。你那富丽堂皇的王宫在哪里？而你又在哪里？这张地图只是涵盖了地球，而地球外有太阳系，无数个太阳系，再大点还有银河系，无数个银河系，在银河系的地图上，你，还有你的王宫、王国又在哪里？"那个牛人无地自容，他的"强大自我"，消融在浩瀚的宇宙中。

什么是教授？就是带你去看星星、看月亮、仰望苍穹的那个人。一个人的视野越狭隘，自我就越大。当你的视野变得越来越宽阔，你的自我就变得越来越小。

视野决定格局，格局决定结局。

养得山林气粗全，
此怀无处不超然。
今年茶比常年早，
笑试西峰一掬泉。

你，吼叫吧

约我入群的朋友很多，各种各样的群，艺术的、哲学的、宗教文化的、养生的、神秘文化的、中医的、农业的、企业的、茶文化的、诗歌文学的……从“80后”“90后”的“新人类群”到六七十岁的“老人群”，来自各行各业的朋友，年龄段也不一样。我时不时会把我写的一些文字发给群友们分享，当然，我也不时地转发他们在群里贴出的好文章，不过我发现，绝大多数的群里，都只是些“转帖”，群友们自己的文章少之又少。

在不同的群，我还喜欢做一件事，那就是跟大家讨论问题。每每遇见我感兴趣的问题，我总是会跟其中的几个“好战者”，“斗”得整个群飞沙走石，地动山摇，然后绝尘而去，不带走一片云彩。很多人不太理解我的这一状态，我也确实很难向每一个朋友解释我的这种状态。于是，今天我想起了古老印度的一则故事。

有一只母老虎在生下一只小老虎之后死了，小老虎被山羊拣走并带大。它跟着山羊吃草，对老虎没有任何概念，即使在梦中也不会梦到自己是一只老虎。而事实上，它的“本来面目”是一只老虎。

有一天，有一只年老的大老虎无意间碰到了这个山羊群，它无法相信自己的眼睛，羊群里竟有一只年轻的老虎，连走路都跟山羊一样。年老的老虎很快就抓到了这只小老虎，但那小老虎害怕极了，它又哭又叫，全身颤抖，并试图逃走。逃是逃不掉的，它现在不过是一只羊。大老虎把它拉到湖边，并强迫小老虎往水里看。噙着泪水，小老虎依稀看到水中的自己像那只年老的老虎。当泪水消失，一个清晰的感觉产生了，它第一次看清了自己的“庐山真面目”，山羊开始从它的脑海中消失，它不再是一只山羊，但是，现在它还无法相信自己的“开悟”。它不仅无法相信，而且很害怕，一直在哆嗦，它在想：一只山羊怎么可能瞬间变成一只老虎？

我一个凡夫俗子，怎么可能就是一个佛？事实上，你本来就是一个佛，众生皆佛，众生不知，众生若知，即是佛；佛是众生，佛不知，佛若知，即为众生。

虽然那只年轻的小老虎暂时无法相信自己是一只老虎，但就是在那河边的“惊鸿一瞥”，那道光已经进入了它的存在，事实上，它已经不再一样了，它不可能再一样。

这就是乔达摩·悉达多在菩提树下静坐七天七夜，偶然间瞻明星看到的东西。不，不是东西，它没有东西。

年老的老虎把小老虎带到它的洞穴，悉心照顾它，给它肉吃，教它像老虎一样地走路，可对小老虎而言，吃肉对它来讲很“令人作呕”，但它被强迫着吃。

有一天，奇迹发生了：从那个肉的味道里，某种深藏在它内在深处的感觉被唤醒了。

年轻的老虎尝到了肉味的鲜美，它开始大口吃肉，开始吼叫，像老虎一样地走路、奔跑，那只山羊彻底消失了，老虎的“飒爽英姿”展现无余！它是那么地美。

我就是那只年老的老虎，30多年如一日，我把一只又一只在山羊群里生活了10年、20年、30年的大大小小的老虎带到波平如镜的观音湖边，闽江、乌龙江畔，长白山天池，西藏纳木错。当然，我没有古印度那只年老的老虎幸运，我经常被一群群“山羊虎”拱到大江大湖，然后，自己漂着回来。

慈航本是度人物，
无奈众生不上船。
自叹神通空俱足，
不能度化枕边人。
道之所向，虽千万人所指，吾往矣！

圣贤说，生命是一个奥秘，而生命的第一个奥秘就是：你可以活着，但是你可能根本就没有生命。是的，你被生下来了，但这并不意味着你有生命，它只是个机会，你可以用它来取得生命。中土难生，人身难得，但许许多多的人错过了生命，他们死气沉沉、毫无生机地活着，内在没有活生生的流。

因此，如果你从我的文字间尝到了那个生命本然的那股“肉味”，你，吼叫吧！在那个爆发中，山羊将会消失，一个佛就诞生了。

再也回不去

由于文化的染污，思想的染污，我们已经无法真正地听，真正地看，我们的头脑布满了灰尘，年龄越长，灰尘越厚。

为什么每一个人都怀念大学时光？因为单纯。尽管在大学时代也有些利益冲突，但毕竟那很微小，像评个“三好学生”，选个“优秀学生干部”之类，有的同学还不爱弄呢！你挤你的独木桥，我走我的阳关道。

但走进社会，那就不一样了，尤其是我观察了一些“同学圈”“校友圈”，感觉很不爽！因为过去那份纯粹的东西已丧失殆尽。比如在学生时代，晚上熄灯了，躺在那睡不着，又没事干，于是开始“卧谈”，在“卧谈”中，大家也许会为一个毫无意义的问题争论得面红耳赤。但 20 年、30 年后我们再进入“同学圈”，情况就大相径庭了，每一个人都端着强大的自我在说话，身上穿着厚厚的铁甲：省厅处领导、教授、院士、博士生导师、作家、艺术家……即使你很有见地，你表达的思想和观点在你的“圈”里有半数以上是持赞同态度的，但没有人会给你“点赞”，更没有人会“喝彩”，当然，更多的人根本不在“听”，他们已完全失去了聆听的能力，他们在“判断”，判断也许来自他十几二十年一个虚假的概念。

所以，我们都有一个很大的错误和知识的重担，因为我们去面对一件事之前，我们已经有了偏见。

事实上，小孩比我们更能深入各种事物，他们的眼睛是新鲜的。当你面对一朵花，你只会机械地说：“很美！”你无法感觉到那个美，你也并没有觉知到那个美，本质上讲，你并没有真正碰触到那朵花，你只是用你的头脑在判断：“那朵花是漂亮的。”你一听到“花”，头脑就马上说：“它是漂亮的！”

花无所谓漂亮不漂亮，当你全然地跟它在一起，你就是那朵花。所以，孩子的快乐是全然的，你给他一个小玩具，他会聚精会神地玩一个下午，一整天。我发现，每一个人当进入学校之前是比较聪明的，可是当你变成学士、硕士或博士，情况就不一样了。当你取得了博士学位回来，你把聪明留在了大学的某一个角落，但被塞满了知识，这些知识是僵死的，是呆板的，更多的是关于事物的偏见。如此一来，你已经无法直接去感觉那朵鲜活的花，你只会做“关于那朵花的事”的论文。

古老的印度有一句格言：每一片刻都死，好让你每一片刻都能够再生。

要抛弃你累积的所有灰尘，以新鲜的眼光来看世界。

身是菩提树，

心是明镜台。

时时勤拂拭，

莫使染尘埃。

我一直在说，人类需要那么一个地方，在那里可以丢弃你的衣服，并且你会尖叫，会喝彩，会“点赞”！

但是，我们再也回不去了，再也回不去纯真岁月！

不忘初心

中国人爱做官的习性是从哪朝哪代染上的,我真的有点搞不懂。我有个很要好的同学,学术做得很棒,拿了国家“863”、自然科学基金等大课题好几个,经费上千万元,用都用不完,带的研究生一群一群的,如果他专心做他的学术,日子可以过得很悠闲,很滋润,很自在。可他偏偏不,却去争什么“院长”之类的官位,活生生地把自己搞得焦头烂额,不到40岁,头发也掉光了,挺着个“官肚肚”,两眼无神,目光呆滞,学术也日渐荒废。我看着他,煞是心疼。有一次我当面质问他,他话都讲不出来。

事实上,在我们的身边,这类人很多。越不是某方面的行家,他就越是往那个洞里钻。你说一个排球专业的,去当什么校长嘛!排球是个多么好玩的东西,校长有那么好玩吗?不懂。

我一直很困惑,全国那么多政治学、管理学、哲学、教育学、经济学、法学、社会学专业的博士生、硕士生、本科生都去哪了?怎么大量的大学校长都是理工农医之类的“工程师”呢?工程师治国有个缺点,就是把人当物、当计算机管。

你说那SCI之类,就自然科学领域而言,它也许是个尺度,或曰标准,但就人文社科领域而言,那个尺度和标准就很离谱。

但现在那些管理类、人文类学科的博士生、教授们都被那些离谱的SCI、CSSCI套住,求生不得,求死不能。从论文格式和范式要求来说,那套东西对人文社科领域是很无理,而且是很外行的,但大家就那样受着折磨,浑浑噩噩地过。请问阿里巴巴、苹果、微软,世界500强,中国100强,哪家公司是用“数学模型”管理起来的?! 张瑞敏、马云、雷军他们可懂“线性规划”“模糊数学”?德鲁克、稻盛和夫、松下幸之助他们又都在讲些什么? 他们的著述都符合 SCI 范式吗?

对于哲学和文化都能搞的人来说,那套什么 SCI、CSSCI 之类的东西,其实不难,也不神秘,我在当助教的时候就在那些所谓的核心期刊上大量发表论文了。但以此作为一个学校排名的硬指标,并把千军万马的博士、教授逼上这么一座独木桥,那实在是对国家教育资源、人才资源的巨大浪费。

我见过很多被这种“范式”训练成精的博士生,都是清华、北大、浙大千锤百炼出来的,你只要告诉他你要写的论文题目,不管是哪个学科领域——当然,我指的是管理或人文社科领域,最多 3 个星期,他就能搞出符合 CSSCI 发表要求的“学术论文”,这是学术吗?

更重要的是,把千千万万的青年人引向 SCI 不归路,而抛弃了万千学子,这对中国教育是何等致命的伤害?

而且,因为教育部是这样一根“指挥棒”,于是各学校在进人、用人、考核上不得不围绕着 SCI 转,因此,站在第一线、站在学生面前的,大都是一些文章写得“有板有眼”“有范有式”“有头有尾”,但教学效果不堪入目的呆瓜。

古人云:误人子弟,天诛地灭。

记得浙江有所大学,它对自己的定位很具胆识和远见:一所培养本科生的院校。它不跟你们闹腾,走自己独特的办学道路,一切以本科教学为中心。当然,那是他们多年前的办学理念,现在也不知道被换了几任校长了,学校是否还保持初心就不得而知了。

不忘初心,方得始终。

明月帘中

有一位成道者，在成道之前，他已经是一位知名学者、大学问家，用现在人的话讲是学术大V，著作等身，粉丝无数，据说他还当过什么大学校长。他饱读诗书，古代的、当世的、稀有的、经典的书布满了他的书房。有一天，也许是因为做学问太累了，他在书房里趴在那睡着了。他做了一个梦。

在梦中，他看见一个女人，又老又丑，丑得令人毛骨悚然。他吓得想逃走，那丑老太婆抓住了他，她的眼睛好像磁铁，紧盯着他："你在做什么？"

他回答："我在学习。"

"你在学习什么？"

"哲学、宗教、文化、逻辑学、语言、文学，等等。"

"你了解它们吗？"她问。

他说："当然……是的，也许……我了解它们。"

她又问："你了解那些文字，还是了解那个意义？"

他几十年来"传道、授业、解惑"，弟子上万，其中贤人近百，辩才无碍，但他真还没碰到过这样一个问题。面对那双完全赤裸的、透明的、仿佛穿透他内在核心的眼睛，他回答："是的，我了解那些文字。"

那个丑老太婆听后心花怒放，手舞足蹈，瞬间之内，她变成了一个美女。

他想，她怎么这么高兴，这么快乐？我何不使她更高兴、更快乐一点？于是，他说："是的，我了解那个意义。"

不料，那美女听到他的这句话，突然停了下来，不再舞蹈，不再欢笑，而且伤心哭泣，并突然又变丑了，比原来丑一千倍，丑不忍睹。

他很是惊诧："为什么你伤心哭泣？而刚才你却欢歌悦舞？"

那个女人说："我之前很高兴，又唱又跳，是因为像你这样一个教授，一个伟大学者不撒谎，但后来你撒谎，我知道，你自己也清楚，你并不了解那个意义。"

他无地自容！于是他豁然顿悟：这个梦是一个神启。从心理学上讲，那个丑老太婆和那个美女都是他潜意识中的"我"。

他突然明白了，以往虽然饱读诗书，但那只是知识，他只是吞进了那些文字、概念、教条、理论、学说，便号称自己知识渊博，学富五车。

知识是丑的，也是肮脏的，它就像钞票，被千万人捏过来捏过去，发出酸臭味，它是死东西。

而一个智慧的人，一个知道的人，一个了解的人，他是清新的。他散发着花儿的香，弥漫着春的气息和温暖。

他开始寻找真正的"知识"，寻找真理，他成为一个修行者，经过了一个漫长的旅程，他遇见了自己的师父。

除非你有一天了解，知识是没有用的，否则你将永远不会去寻找智慧。但这对于一个"有知识"的人来讲是很难很难的，它叫"有知障"。它就像厚厚的一层灰尘，沾满他"自我"的衣服，黏在皮肤上脱也脱不掉。我身边就有很多这样的人，他们都是些博士、教授、导师，而且名片上赫然注明是某名校博士、某"985"博士后。古人说：显达者沉溺苦海，不第者得道升天。

佛家说，无无明，亦无无明尽，远离颠倒梦想。

荆棘丛中下足易，
明月帘中转身难。

我，一直都在

有个微信上看来的段子：某官员退休后买了别墅，为了重新过官瘾，把新装修的房间逐一命名：客厅为广电厅，过道为交通厅，书房为文化厅，厕所为卫生厅，厨房为食品药品监管局，主卧为人口与计划生育委员会，老人房间为社保局，小孩房间为教育局，保姆房间为劳动局，楼前屋后为农垦局，门口狗窝为公安厅，大门口挂一牌子为自治区人民政府。最后总觉得还少点啥，考虑许久，走到院子里的鸡窝，挂牌：天上人间。

这个段子很好笑！编这个段子的人，对人生和官场已经看得很通透。

我们常听一些宗教人士说：弃俗。但他们几乎都误导了众生，弃俗不是抛妻别子，出家弃母，甚或“丁克”，不要孩子，不要房子，这太残酷了！一个深具慈悲心的人，怎么能够做出这样的事？弃俗是看透，是抛弃累积在你身上的灰尘。

你单位的牛局长今年退休了，但你下次碰到他可不能叫他“老牛”，那样的话，他会很不高兴，郁郁寡欢。这“局长”他都干了20年了，从“副局长”到“正局长”，人们一直都这么叫：牛局长，它就像一件沾满厚厚灰尘的衣服，黏着在他的皮肤上。现在突然变成了“老牛”，他很不习惯，就像没穿衣服，赤条条地站在那了。我们说这种人是没看透。

所以，所谓弃俗，就是不断地抛弃这些身外之物，不要跟它们认同，深入一点，你甚至应当抛弃你的身体，然后是你的思想、你的感觉——这里我说的抛弃，就是不要跟身体、思想、感觉认同。你的自我就会消失而不会留下一点痕迹，当自我不存在，你就回到了家。

几乎一切宗教，它们所谓的“弃俗”，所谓的“断欲”“绝情”“禁色”，都在人们的头脑里强加了一个观念：身体是不纯的，性是罪恶的，情是有害的，你们要远离它们。但在我看来，身体是上帝的造化，性是自然的赐予，情是人间的温暖。它们都是美好的，一个修行者无须逃离，当你涉入它们，不要跟它们认同，你就是一个纯粹的人、高尚的人，你就是一个佛。万花丛中过，片叶不沾衣。酒肉穿肠，佛在心中。

竹影扫阶尘不动，

月穿潭底水无痕。

这才是：弃俗。

今天天气晴好！我静静地坐在观音湖畔，春风拂面，太阳懒懒地挂在柳梢上。我不是身体，因为我可以觉知到身体；我不是思想，因为思想就像天空的浮云，来了又去，而我，一直都在。

花明桥上，蝶舞蜂飞。

癫狂柳絮随风摆，

轻薄桃花逐水流。

一生只够爱一个人

在饭桌上，在闲聊时，我们常会遇上一些很厉害的人，他们老标榜自己“阅历丰富”“饱经风雨”，比如“下过乡”“扛过枪”“当过工人”，在政府机关或曰公务员队伍换过不下10个岗位，有的还当过大学老师、记者、行长、CEO啥的，一句话，实践经验丰富，走过的桥比你走过的路多，吃过的盐比你吃过的米多。于是，在座的后生便油然而起敬畏。我年轻的时候，也常常被这类牛叉的人吹得不知东南西北。

但事实上，大凡“人生阅历丰富”，大半辈子这里跳那里跳的人，最终都是一事无成的人。这群人之所以“工农商学兵”无所不曾当，除了历史原因身不由己以外，根本的原因还是在其自身。他们从来没有以自己，以一个“个人”活过，他们一直是一个“群众”。在其里面，一直有很多声音，一个声音今天叫他向西，另一个声音明天叫他向东。今天他在当老师，明天他跑去当老板，后天他又跑去当记者。但他在哪里都不自在，因为无论他在哪里，他都会后悔。当他在学校，那个要他开公司的声音在制造麻烦，反之亦然。

宏观上讲，他们是历史的牺牲品，因为在他们成长的路上，国家政局一直动荡不安，他们像乒乓球一样被抛来抛去。但这是21世纪，动荡的岁月已经过去，对于国家，以至个人的人生设计，应当“求稳求专”，专就是专心，专一，专注，专业。这就是“匠人精神”。

日本的味噌和酱油工坊“山内本店”，有着260年的历史。“琴海堂”只做蛋糕，一做就是60年。有一家叫“数寄屋桥次郎”的寿司店，只有10个座位，想吃需要提前一个月预定，吃过的人都说，那是值得一生等待的寿司。所以，如果你立志当“新农人”，你养蜂就专心致志、心无旁骛地养蜂，你酿酒就下决心一生埋在酒坊里。

古老的印度瑜伽把瑜伽修行分为 8 个步骤，或曰“八肢”，其第一个步骤就是：自律。自律在中文里听起来有点压抑的意思，但在印度文化，在瑜伽中，自律就是：指引一个人的人生方向。

一位圣贤告诉人们一个简单的真理，生命的能量是有限的，一生只够做一件事，一生只够爱一个月亮，如果你一直很荒唐地使用，毫无方向感，你将哪里也到不了！

所以，你要成为一个个人，而不是一个群众，这样你才能正确地走，聚集所有能量，最终到达那个“无限的”门，瑜伽行者称之为“恍惚”，它即是三摩地。

我见过很多牛叉的人，年轻的、年老的、现在还以为自己很朝气蓬勃的、正在向东或向西的岔路上垂死挣扎的，他们的一个共同特点是：不是一个个人、一个统一的个体。于是，无论他在哪里，他都在错过。他在任何地方都不会觉得自在，他会一直想要去到这里或去到那里，但是永远没办法到达任何地方。

在常人的观念里，好像自律是个奴隶，反对自律似乎是“自由的”、“独立的”，恰恰相反，如果你不是一个个人，你是一个群众，你将无法成为自由的，你的自由只是一个幻象，它只不过是一种自毁，你在扼杀你自己，你在摧毁你的可能性和你的能量，直到你终老的那一天，你会发觉，你在一生中作了很多努力，东奔西跑，但是并没有得到什么，也没有什么成长。

专心、专一、专注、自律，意味着你变得更归于中心，简单的道理是，一旦你的生命有一个方向，立刻就会有一个中心在你里面产生。方向产生中心，然后那个中心会给予方向，它们是相互喂养的。

一生只够爱一个人。

她的名字叫，

月亮。

在那个点，持续挖那个洞

20世纪60年代出生的那代人，是当今中国最出类拔萃的一代，他们可以用两种颜色来描绘：红色和绿色。红色象征激情，绿色代表希望。这是怀抱希望又激情荡漾的一代中国人，而且，深具独立、自觉、自由的精神和坚韧的气质。

其后是“80后”、“90后”，他们是在改革开放的环境中成长起来的又一代优秀中国人。他们深具爱心、有强烈的自我意识和与生俱来的自由及开放气质。但不幸的是，这代人中的一大批人在阳光初照的年龄就被生活压得喘不过气来，而且受其教育过程影响等原因，他们心理最残疾的部分是“奴性”。这是很奇怪的一种现象，按道理在改革开放宽松环境长大的人，应该很具有独立精神才对呀？怎么反而被搞成“奴”了呢？因为，他们从幼儿园到高中，甚至到大学一直被作业、中考、高考、点名、签到奴役着，以致他们个个都成了“乖孩子”。

所以，他们不仅是有病的，而且病得很重，他们甚至不知道自己病在哪里，痛在哪里。他们整天无精打采，像一根木头漂泊在大海，他们没要去到任何地方，他们的能量并没有使他们走向一个特定的目标，而是别人推着他们走向哪里，他们就走向哪里。

对这些人而言，一切都是偶发的，偶发的人无法达到神性，而只有奴性。比如，你到了一家茶业公司，老板对你很信任，你又是研究生学历，又是英语、电脑技能都不错，车技也不赖。但你就像一头驴在拉磨，要后面有人拿着鞭子赶着你转。既然你做茶，那么，你就应当钻进去，读茶书、上茶网、品各类好茶、学茶艺、问茶道。但是没有，你每天就那么浑浑噩噩，等着老板“指示”，他叫干啥就干啥，老板没下任务，你就不知道自己该干什么。你变成奴才一个，没有自己的主动性，更谈不上激情、理想、责任。

你想考英语六级，考雅思，考GRE，但你从早“忙”到晚，又是“情人节”，又是“圣诞节”，整天天昏地暗，能量在身体的最低处盘旋，不断地泄漏。你像只懒猫赖在床上，捧一本书，却昏昏欲睡，等到考试失败了，就会给自己找借口，找台阶下。

所以，我反复告诫一代年轻人：庄严纪律！庄严纪律就是慎独。你需要毅力！必须坚韧不拔，在一个点上持续挖那个洞。

静下心来，复杂的事情简单做，你就是你领域的专家；简单的事情重复做，你就是你领域的行家；重复的事情用心做，你就是你领域的赢家。

相看——写给老友清宁

“回首向来萧瑟处，归去，也无风雨也无晴”，我喜欢苏东坡的这首《定风波》。有一天，我在微信上看到了清宁的书法，其中有一幅《定风波》，小字，有隶书的身影，又像是篆体，我不知道这叫什么体，这还是我第一次见到这么极致的字体，于是叹为观止。《定风波》在我读来，本身就具有一种难以言语的沧桑旷达、辽远精微，配上清宁的字，可谓天作之合。

日前有门人送来少许顶级好茶，于是我想起了清宁。我联系好他，准备叫学生送去。清宁说，回头会给你一个惊喜。我不以为然。

送茶的刘博士回来了，说清宁有几幅字送给我。我慌忙下楼迎取。一看，岂止是惊喜，简直就是“惊天地动鬼神”——清宁送我的竟是我酷爱的《定风波》！这幅字曾多次展出，很多人一直想“谋”这幅字，清宁都没答应，今天，清宁把它送给了我，并叮嘱我一定要善待它。我怀抱清宁墨宝，走出车厢，天上掉下几粒豆大的雨霰，抬头一看，黑云蔽日，惊雷滚滚。我刚跨进住宅楼道，暴雨倾盆而下。我跟清宁说，这叫喜极而泣，因为《定风波》回家了。

窗外，雷鸣、闪电，风雨大作。它洗炼这个污秽不堪的尘寰；涤荡人们一天闷烦；清新绿树，浇灭心火。但外面的世界，对我已经没有感染，我手捧《定风波》，环顾这 45 平方米的小屋，最后我把它挂在了我书房那张罗汉床的上方。

字幅和典籍堆积如山的书房，还有那尊欢喜佛像，一切都那么恰到好处。清宁的字，老辣，但带着纯真，不对！是纯真到老辣、古朴，却蕴含着稚嫩，就像孤烟大漠上一株带露的白芽奇兰，云雾弥漫，松风肃肃，潇潇洒洒。

清、奇、古、拙,《定风波》就是清宁其人,着一袭长衫,黑须像流云一样,飘飘荡荡。

风停,雨歇,字已入墙。它镌刻着一位书圣的雨雪风霜,默默与天行,无上清凉。

相看两不厌,唯有敬亭山。

里仁为美

在中国，你开车行驶在阳光明媚、宽阔平整的车道上，随时都要警惕“马路杀手”。我已有 6 年的驾龄，感觉最恐怖的“马路杀手”是公交车司机和的士司机。但昨天我遇见了另一个更恐怖的杀手，一夜过去，惊魂未定。

母亲节是个好日子，天气晴朗，惠风和畅，我外出办事，傍晚回校。车过洪山桥头的淮安新村 500 米后，一辆摩托车以极快的速度突然从马路左侧的树从里窜出，它的前轮撞上了我的左前轮，然后在我的左前方划了一道弧线。我以迅雷不及掩耳之势刹车，那骑摩托车的被摩托车从左到右的切线力量甩出，甩到了我车子左轮前方 1.5 米的正中位置。还好我当时反应快，而且车速只有 20 到 30 码。

我开启应急灯，下车把那人扶起。他是个中年男子，体格健壮，光头。生活中大凡有如是紧急情况发生，我的本能反应一般是：很淡定，然后就是认定自己有错。于是，我关切地问，你没事吧？要不要报警？那人活动活动脖子什么的，先是说头晕啥的，接着他说人没事了，看看车有没有事。

车子在地上躺着，车头已向反方向即我车身的方向转了 80 度，车后轮在地上打着转。他发动了下摩托车，发现可以启动，只是左边脚踏有一点点歪斜。我也下意识地摸了摸我的左前轮和轮毂，说了声：被你擦破了，要不要叫交警？他连忙说，算了，你走吧！反正我没事。

回来的路上，我的脑海里重播刚才的细节，突然明白，为什么我一说叫交警，他就紧张，原来那破旧、看起来像“摩的”的“摩托车”，想必是一辆黑车。再说了，我在路上好好地开车，车速也很适中，是它突然从路边冒出来撞我的车，而且它越过了黄线。

但不管是谁的责任,我一直的心态就是：人没事就好！无论发生什么事,只要人没事,其他就只是钱的事了,无非就是被讹一点钱。大凡钱能解决的问题,都不是什么问题。我想如果昨天我是 100 或 80 码的速度,那人一定被我压扁了。阿弥陀佛!

所以,开车一定要小心！光小心还不够,还要时刻保持警觉。光警觉还不够,你应当具备一种“非暴力”的内心修为。

在我的“灵空文化词典”里,“非暴力”不是一个道德观念,而是一种内在修为、内在保健。我的意思是,你的非暴力不是因为你“不应该伤害别人”,如果是这样,你充其量只是一个“文明人”,不是一只猴子。非暴力的目标是要使你自己变得纯洁。

有哲人说：成为非暴力的,它会纯化你。这话我爱听。

所以,政客、宗教家们把非暴力当作道德来教化,是十二分愚蠢的。我的身边有很多温文尔雅的女性,她们或为我的学生,或为我的朋友,当中不少人还潜心佛、道、基督,天天念经抄经,慈悲不离口,但你若坐她车上看她开车,那简直就是一个“杀手”。有一次我坐在一位美女的副驾上,一上车就感觉她很是心烦意乱,仿佛要赶往哪里。急什么呢？我们哪也不去,我们一直在这里。开车要有一种休闲的心境,如果你是为了赶上班开快车,那么早上你就早起一个小时嘛！这样,你将变得从容不迫,有条不紊。我跟那美女说,你这几天开车一定要小心！结果,第二天她去闽北上高速,车子撞在了高速路护栏上,还好,有惊无险。

非暴力能够使你纯洁,透过纯洁,你本质的粗鄙就丧失了,你从内到外变成了精巧的、精微的、柔软的、神性的。你变成了一座庙。

我们常讲自律,谈修为,谈修持,修持就是有规范地生活、有规律地生活,自律首要律令就是：非暴力、真实、诚实、不占有。

儒者说：里仁为美。

建意营法斋,里仁契朋俦。

自律：天地之浩然正气

今夜对月高歌，明天海阔天空。

放纵生命，在这个时代已见怪不怪。而且，越老越放纵。你去看那些微信“朋友圈”，“失散”三四十年的老同学老朋友凑在一起，他们夜以继日谈的就是吃吃喝喝。甚至，我惊奇地发现，有一个冠以“思想者”的群，他们天天“思想”的，也不外是吃喝玩乐。

宗教，或信仰都指向死亡，或者换句话说，人们因为敬畏死亡，于是便有了宗教。一个社会如果压抑宗教，压抑死亡，它就会在性方面放纵无度，没有节制。因为性和死亡是生命的两极，性制造生命，死亡拖走生命，死亡是生命的终点。

你是否曾经有过这样的体验？当你跟你深爱的人做爱，有一个性高潮的片刻产生，在那个点上你会变得恐惧、颤抖，欲生欲死，因为在性高潮的极致，死亡和生命同在。你经验到了生命的巅峰，你也经验到了深度死亡，所以，你会无名地害怕，恐惧。

为什么你会放纵，过着无节制的生活，小三找了一个又一个，房子买了一套又一套，钱堆满家里的厕所也还想贪？因为你在逃离死亡，试图在死之前抓住什么。

所以，死亡必须在你的生命中被吸收！当死亡被生命吸收，你就会自律。自律就是有规范地生活。

自律，或曰自我规范并不是压抑。你一样地吃一样地喝，但是你会一直记住死亡；你行动、你享受，但是你一直都知道你在走向死亡。

这就是所谓“看透”。看透生命，看透死亡。一个看透的人，他的生活是很全然的，因为他生命的河流在两岸欢畅，此岸是生命，彼岸是死亡。

一个看透的人，一定是自律的人，自律意味着：性的节制、不占有、非暴力、真实、诚实。如果你自律，你将成为一个纯粹的人，你的存在会因此变成一种祝福，对他人的祝福。

圣人说：慎独。

有担当的企业说：不要作恶。

孟子曰：我善养吾浩然之气。

回归农业养清高

——关于创意经济、品牌农业及创意农业的演讲

一

先给大家说个例子,是关于美国某家公司的故事。这家公司是世界上最大的鼠标制造商,它生产的无线鼠标在美国的售价大约为 40 美元。在这一价格中,公司分得 20%,拿 8 美元;分销商和零售商得 37.5%,拿 15 美元;另外 14 美元进入零部件供应商的腰包,占 35%;中国从每只鼠标中仅能拿到 3 美元,占其制造产品售价的 7.5%,其中还包括工人工资、电力、交通和其他经常性开支。其负责营销的公司在加州弗里蒙特,这里 450 名员工的薪水加在一起比苏州装配厂 4 000 名中国工人的薪水总和还要高出许多。《华尔街日报》有篇文章如是评论:"该公司的苏州货仓可以说是当前全世界经济的缩影"。

因为引进外资多,苏州人均 GDP 高过上海,超过浙江,但论人均收入,浙江几个城市都高于苏州,苏州人均生活水平甚至不如地处西部内陆的成都。有专家估计,在这种贴牌生产的过程中,外国企业拿走了 92%的利润,中国最多拿到 8%。这就是"中国制造"苦笑的脸!

二

现代产业价值链的研究中有一个著名的"微笑曲线"(Smiling Curve)理论,描述了产业链上各个环节附加值的形态,如下图所示。

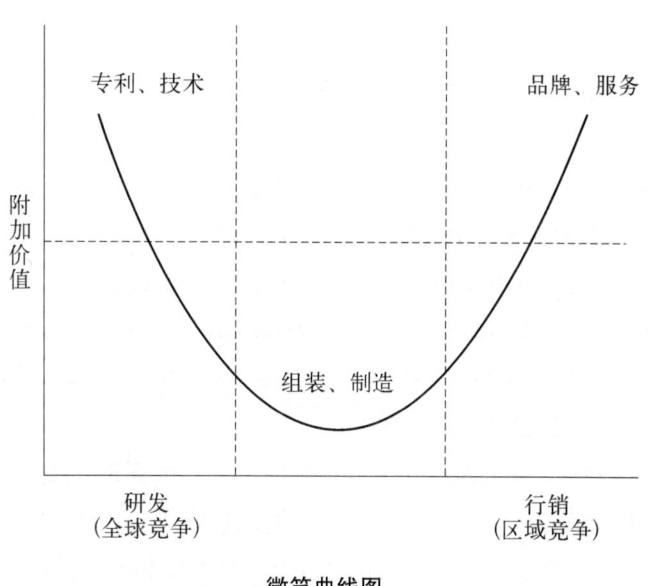

微笑曲线图

在这个曲线中,一头是专利、技术,另一头是品牌、服务,中段是生产制造。很显然,价值链两端的附加价值和盈利率高,而中间部分是产生附加值最低的阶段,不仅技术含量低,利润空间小,而且市场竞争激烈。要增加企业的盈利,绝不是持续停留在组装、制造位置,而是往左端或右端位置迈进。有经济学家将之总结为"6+1"理论:发达国家把价值最低的制造业一端(即"1")放在了发展中国家,因为价值最低的制造业浪费资源,破坏环境,而产品设计、原料采购、仓储运输、订单处理、批发经营和终端零售等6块非制造业(即"6")都掌控在发达国家自己的手里。在这样一种"6+1"产业链的定位下,发展中国家就沦落到了价值链的最低端。

以某种玩具为例,该玩具在美国的零售价是9.9美元,接近10美元,在中国的制造成本是1美元,那剩下的9美元价值包括由产品设计、原料采购、仓储运输、订单处理、批发经营以及终端零售创造出的价值,当中价格高,同时不浪费资源,不破坏环境,不剥削劳工。在这样的分工格局下,中国制造业始终处在价值链的低端,被定位在了"1",即价值链的最低端,而发达国家掌握了"6"。如此看来,中国制造的产品常常与低端、低质、低价联系在一起,经济增长更多依靠的是"汗水",而不是"灵感"。所以,在国际间竞争日趋激烈的今天,对于过去中国长期形成的"制造业大国"和"世界加工厂"这样的发展方向与发展方式,应该进行重新审视。

三

“资本和技术主宰一切的时代已经过去,创意的时代已经来临。”这句从美国硅谷响到华尔街的流行语,已经引起世界各国的共鸣。

创意产业,又叫创意工业、创造性产业、创意经济或文化产业,其概念主要来自英语 creative industries 或 creative economy,是指那些源自个人创意技巧及才华,通过知识产权的开发和应用,具有创造财富和就业潜力的行业。关于创意产业,我们来看看以下几组数据:

约翰·霍金斯在《创意经济》一书中指出:全世界的创意经济每天创造 220 亿美元的产值,并每年以 5%左右的速度递增,在一些发达国家增长的速度更快,美国每年增长达 14%、英国达 12%;据欧洲的一项调查表明,在工业品外观设计上投入 1 美元,将能得到 1 500 美元的回报;据一项粗略的统计,由小说《哈利·波特》带动的相关产业,经济规模已经超过了 2 000 亿美元。

这些调查结果很惊人,它告诉我们:创意产业中蕴涵着巨大的经济效益和社会效益。从创意经济回过头去综观发达国家现代经济增长的 5 次转型(见下表),我们发现社会形态随着主导要素的变化而变更。

发达国家现代经济增长的 5 次转型表

时　　间	社会经济形态	驱动要素	主导要素的演进
18 世纪中期	工业经济初期	投资	土地、初级劳动→资金
19 世纪初期—20 世纪中期	工业经济	技术	资金→技术
20 世纪 50 年代—80 年代	信息经济	信息	技术→信息
20 世纪 80 年代—90 年代	知识经济	知识	信息→知识
20 世纪末到现在	创意经济	创意	知识→文化创意

我们很多学者,尤其是很多农业学者不了解这个趋势:最早源于欧美的创意经济,时至今日,已被视为一种全球现象。进入创意经济时代后,观点的创新显得尤为重要。原来工商管理有门课叫“工业设计”,学习内容包括产品设计、企业文化设计、环境设计等,可是十分遗憾,这门课现已被取消了。为什么人们喜欢德国汽车、瑞士手表、意大利西装?因为这些产品经过科学的工业设计,性能

和外观都更加吸引人。现代工业产品在市场获胜的关键在于工业设计的创新,目前国外许多大企业都拥有庞大的设计机构,每年投入大量的开发设计费用,但由于经过设计的产品附加值高,企业往往能获得远高于投入的回报。

四

创意产业的影响明了了,那么由哪些人来担当推动创意经济崛起的这项使命呢?根据北京一项调查,文化经济方面的人才的缺口在50%以上,工商管理、旅游管理等专业繁多,但是既懂艺术又懂经营的人才太少。我们需要这样一批创意人才,他们具有新观念,敢于创新和冒险。

由此我们引入创意阶层(creative class)的概念。理查德·佛罗里达(Richard Florida)指出,创意阶层是在新经济条件下,由于经济发展对于创意的渴求,从而衍生出来的一个新的阶层。它包括科学家、教授、工程师、诗人、艺术家、设计师、卫生及法律从业者,以及其他高技术密集型行业的从业者。如果中国有这么一个创意阶层对我们的文化资源进行进一步整合的话,经济前景不可估量。

与劳动阶级和服务阶级相比,创意阶层具有不同的价值观和独特的生活方式,追求“工作(Laboring)、学习(Learning)、生活(Living)”三位一体的“3L”生存方式,喜欢在具有“三T”条件——科技(Technology)、人才(Talent)和包容(Tolerance)的创意城市里聚集、生活。

五

以往人们认为:商品具有使用价值和价值,商品的使用价值决定它的价值。但现代人买东西常常凭感觉,效用和价值相差很多。芝加哥大学商学院教授奚恺元的实证研究也表明,人均GDP超过3 000美元的国家和地区,商品效用与价值的相关程度降至2%以下,人们愿意为使用价值之外的东西(如观念和感觉)付出比商品价值本身更多的金钱。而中国人均GDP 3 315美元,已经超过3 000美元的标准,美、日、德分别为46 859美元、44 660美元、38 559美元(国际货币基金组织2008年统计)。

在商品的市场价值之中，使用价值之外的东西，我们称之为观念价值，是基于人的认知的一种价值形态。创意的本质，就是创造和挖掘观念价值。

六

在产品同质化程度越来越高的今天，传统经济学中的等值观念(即价格与产品的价值相等)受到来自现实的挑战。在购买力相同的情况下，面对市场上众多符合传统等值观念的产品，消费者陷入了一种取舍两难的境地。那么，怎样作出选择呢？有一种力量正在影响着消费者的选择，这就是品牌。

品牌之争，是经济竞争的最高层面。品牌的一半是文化，优秀的品牌具有良好的文化底蕴，与人才是自我成长的一样，品牌不应在控制中产生和成长，而应适当应用“随缘”理念，让品牌文化在时间中沉淀，健康成长。

国际品牌咨询公司认定，在全球 100 个最有价值的品牌中，美国就占有 62 个，在全球最具影响力的 10 大品牌中，美国就有 8 个。而中国目前有 170 多类产品的产量居世界第一位，却少有世界级水平的品牌。究其原因，我们会发现国内品牌的发展存在许多不可忽视的问题：第一，品牌的评选泛滥成灾。名牌不是由政府发牌子，关键是要有市场和消费者的认可。如：21 世纪初，中国农业博览会名牌农产品，光浙江就有 100 多个，其中茶叶 20 多个。第二，营销手段单一。最常见的营销手段除了降价，就是广告。为什么这么单一，我认为是哲学、文化出了问题。第三，品牌建设缺乏规划。“有牌无品”(即有了牌子，没有形成相关产品)与“有品无牌”(有产品，却没有一个响亮的牌子来统率它)的现象屡见不鲜。此外，还存在着品牌经营盲目跟风，品牌策划缺乏创意，品牌形象苍白无力，品牌定位不着边际等问题。

七

同样，在农业方面，随着农产品总量日益丰富，消费者对农产品的选择机会更多、要求更高，导致农产品市场竞争加剧，农产品品牌的作用更加突出。这就产生了新的概念——“品牌农业”，即在标准化基础上，经过相关的质量标准体系认证，取得商标注册权，有较高的质量和服务保证，有很好的知名度、美誉度、认可度的现代农业。

品牌农业和传统农业有什么区别呢？第一，品牌农业是以工业生产的手段、市场经济的理念来发展农业，是市场经济发展过程中农业经营的一种新模式。第二，品牌农业是新农村建设的产业推动，不能把城里人的生活方式强加给农民，新农村建设需要产业推动，由政府牵动产业链，扶植企业成长，创造就业机会，提升农民生活品质。第三，发展品牌农业是实现现代农业的抓手，品牌是农业现代化的切入点。第四，农业企业化经营要有文化号召。创意产业第一重要的是内容，所谓内容，也可以称之为故事。为什么米老鼠、流氓兔、芭比娃娃这些东西有很高的价值呢？原因就在于它们有故事。农产品同样需要通过故事化来提升附加价值。

我国的品牌农业尚属起步阶段，在此阶段，依然存在以下品牌农业发展的瓶颈：

(1) 创品牌的意识薄弱，不仅是企业，包括农民和地方政府都普遍对此缺乏认识。

(2) 外部环境存在问题，即基础设施建设跟不上。

(3) 品牌农业尚未形成规模，没有规模就没有效益。

(4) 农业生产的要素市场不发达，农业要素市场化是解决“三农”(农业、农村、农民)问题的关键所在。

(5) 农业资金投入不足。据权威部门统计，40 多年来，我国财政对农业的支出总共为 4.3 万亿元，仅仅占财政总支出的 6.4%，而巴基斯坦、泰国、印度等国此比例均在 15%以上。

(6) 农业社会化的服务体系尚未健全。如：优良品种的供给，农用生产资料的供给及产品加工、储运、保险等。

(7) 政府的公共服务平台不完善，由于过去城乡长期分割，投入严重不足，导致目前农村公共服务体系十分薄弱，地区之间和行业之间发展很不平衡，建设任务相当繁重。

(8) 跨地区封锁。这种条块分割、地区封锁的市场格局，很大程度上阻碍了两地的空间、资源与市场形成互补。

(9) 目前的土地流转大多是群众自发的一种土地使用形式，存在着无组织性、缺乏标准、不成规模等问题。

与其他领域相比，农业领域交叉性、边缘性的研究少，显得容易创新，只要指定标准了，就是创新。因此农业企业要争取占领制高点，依靠自己的品牌在国际农产品市场上纵横捭阖。

八

创意产业是“无边界”产业，它可以融合到任何产业里，并以一种新的思维方式提供新的发展模式，实现新的产业创新。用创意产业的思维方式和发展模式整合农村的“三生”（生产、生活、生态）资源，构建起较完善的产业系统，创新农业发展模式，促进“三农”的发展，就是所谓的创意农业。德国慕尼黑郊区农村的“绿腰带项目”可谓是创意农业中的典范。慕尼黑位于德国南部，与其他世界级大城市相比，无论是从人口数量上看还是从土地面积上看，慕尼黑都像是一个小村庄。于是，为了适应可持续发展的需要，也为了满足国际大都市居民在生活、休闲、娱乐等方面产生的新的需求，慕尼黑市政府在郊区农村实施了“绿腰带项目”，利用郊区农村的生产、生活、生态资源，大力发展创意农业。“绿腰带项目”中的“绿腰带”，指的是慕尼黑城市外围没有覆盖建筑物的土地。在这里，除了发展农业之外，保护动植物宝贵的生活环境，扩大保护区的范围，建立具有战略意义的生态发展区，加强文化休闲场所的建设，也是慕尼黑郊区农村未来发展的重点。为此，慕尼黑市政府和郊区的农民们一起制定了一系列的行动方案。比如，“干草方案”和“菜园方案”就是一举三得的创意，一方面，增加了农民收入；另一方面，使城里人获得了一种亲近自然的观念价值；同时，实现了城市反哺农村的良性循环，促进了城市与乡村的经济生态、自然生态和社会生态的“三位一体”的协同发展。

在国内，也不乏创意农业的成功例子，比如河南郑州的丰乐农庄就是发展创意农业的一个先行者。丰乐农庄是以自然生态为主题，以有机食品生产和生态旅游为主要功能的综合性生态农业示范园，是集农业生产、特种蔬菜种植、畜牧养殖、观光旅游、餐饮娱乐、休闲度假为一体的现代化都市园区。丰乐农庄优化配置各种资源，开发创意产品和服务，如：黄河谷·马拉湾海浪浴场项目、鱼疗温泉以及一系列赛事和展览展示活动，使文化、创意与农业技术三者紧密相连，体现了“文化创意资源催化农业发展模式的创新”这一新时代的命题。

关于现代农业这东西

作为一名农业经济学家，我考察过国内外很多养殖场、种植场。这种号称“现代农业”的东西，也可以称之为“设施农业”，其特点是：大规模、密集式、封闭式。专家教授们都说这玩意儿生态、环保、降低成本云云，我对此很怀疑！试想看，把好端端的一块农田沃土硬化，再搭个大棚，还要一大堆“现代科技”监控植物或动物的生长和成长，能“生态、环保、低耗”得起来吗？

所谓“智慧农业”，如果用在养牛上，它是这样搞的：在一个大型封闭密集的养牛场内，为了避免牛乱闯，那些牛都被铁栅栏一头一头地隔离着喂，今天喂什么，半个月后喂什么，3 个月后喂什么，现代科学完全已经可以监控自如，随心所欲。换句话说，这头牛今天在长腿，我就喂它相应的营养物质，让它多长腿肉，甚至要肥的腿肉或瘦的腿肉，科学技术都能做到。养鸡也一样，要鸡腿长得肥大点，或鸡翅长得长点，技术上都不成问题。而且，此类大规模、密集封闭式养殖场搞出来的鸡鸭牛肉，你拿去检验，绝对符合食品安全标准，因为它们每天吃进去的东西，都是经过了严格的电脑控制、“云计算”的。但是，你买来这种鸡腿或牛排什么的，吃进去的到底是鸡肉、牛肉，还是各种人工化学品的堆积物，我就不敢保证了。

我在多伦多期间，最喜欢逛 Costco 了。Costco 有点像国内的山姆会员店，但规模更大，东西便宜得惊人，而且质量安全。在 Costco，我最喜欢买的是巧克力糖、开心果、蓝莓，一包蓝莓约 10 加元，一包开心果不到 20 加元，但在国内，我看了同样大小包装的开心果之类，价格是国外的好几倍。

在 Costco，有一种现烤的烧鸡很好卖，不管是老外，还是华人，去那购物，总要带上一只热气腾腾的 Costco 烧鸡，我的妹妹 Jenny 也一样。但我发现，这种烧鸡其实是很垃圾的食品，这些鸡就是上述规模宏大的养鸡场养出来的，标准化的"体型"，大小、品质、成色、重量，只只一样。我跟 Jenny 说，以后少吃这种烧鸡，因为在我看来，它不是鸡，只是饲料、添加剂、抗生素的堆积物，表面上看，它们是干净安全的，事实上它们脏得很。从此，Jenny 一家吃鸡，就上 Whole Foods Market 买走地鸡。

很多专家教授都以散养鸡、放养牛产量不高，病虫害多，成本大为由，鼓动政府搞大棚，搞"现代农业"，其实那是在"卖拐"，跟小品里的大忽悠一个德性。而且，他们显然比大忽悠"智慧"多了，所以叫"智慧农业"，我听了都全身起鸡皮疙瘩。这是个新常态的时代，"卖拐"显然有点卖不下去了，不管你口号多么惊人，雷天雷地，真正的新农人，已经找到传统农业和现代科学技术的对接点：小生产、小农经济、自然经济完全可以走进大市场。当然，我这里的"科学技术"指的是互联网，是工业 4.0。具体地说，它就是"互联网＋"，就是"千村万＋"。这个商业模式的原创人是自由投资人老唐同学，我 20 多年的老友。跟老唐同学混真爽，因为可以做梦。他常说的一句话是：梦想总是要有的，万一实现了呢？

而我常说的一句话是：爱总是要有的，万一真的娶了她呢？

新农人时代

深更半夜，我一直在想一个奇怪的问题：从事工业生产的人，我们称之为工人；从事商业活动的人，叫商人；做研究的读书人，雅称学人、学者……可为什么偏偏从事农业生产的人，叫农民？而且，这个“民”字和“人”字相比，在内涵上有个微妙的寓意：民，人民、百姓。

这给人的直观感觉是，“民”比“人”低“人”一等。

说来也是呵！在没有“农民”这个舶来词之前，中国的农耕者似乎地位还挺高的。什么“士农工商”呀，“以农为本”呀，“耕读渔樵”呀，从来就不像今天这样让人感觉低“人”一等。但今天一提“农民”“农民工”，我们许多人的脑海中，基本上将之与“盲流”画等号了。

造成这种现状的时代原因，要追问起来当然是很复杂的，比如户籍制度，城乡二元经济结构，土地制度问题，工业化城市化的影响，等等。这里不一一深入分析了。

今天，我想首先提出一个最关键的问题，那就是对“农民”的称呼应该改改了！

我们应当从思想观念的最深层处还“农民”以“人”的本来面目，称之为“以人为本”的“农人”，或“农者”。

为了对长期以来的“农民”视角进行纠偏，我们甚至应当称之为：新农人。

从“农民”到“新农人”，这不仅仅是一个简单的概念名称转换，更重要的是它隐含一个新时代的到来，我们称之为“新农人时代”。

这是个工业化城市化一日千里的时代，我们不可能回到“以农为本”的温饱社会。但“以工为本”也好,“以商为本”也好,都昭示着“新农人时代”的不可或缺。

“新农人时代”就是一个“以农为乐”、“以农为闲”、“以农为悠”的时代。

事实上,随着品牌农业、龙头企业以及新型的农业专业合作组织的悄然崛起,“新农人时代”已经不期而至。“新农人”“新农者”就在我们身边。如超大、圣农、盛洲、银祥、如意……这些金牌农业企业的千万员工,他们已是真正意义上的“新农人”。

近年来,我们一直高呼新农村建设。可是,我们想过没有,如果没有新农人,谁去建设新农村? 没有新农业,又哪来的新农村呢?

再叙“新农人”

几个月前，桃花一点点云游南京讲学。课后与来自无锡市农林局的刘处长小兵茶盏闲聊，他无意间谈到的一件事让我印象至深。

小兵处长说，前些年他们接待泰国的一个农业考察团，在听了他们对农民收入很大一部分是企业务工性收入的介绍时，泰国朋友犯迷糊了，农民怎么跟工厂扯上了？于是，他们费力解释，在中国，农民的概念是农村居民的意思。泰国朋友还是一头雾水：一是干吗不直接称农村居民呢？二是他们用英语一会说“farmer”，一会说“peasant”，把泰国朋友弄得如堕五里雾中。

其实，这都是户籍制度惹的祸。

还有，我在想第一个把“farmer”或“peasant”翻译成“农民”的那位教授是有问题的。要是我早出生 300 年，一定把它翻译成“农人”，而不是“农民”。

在欧洲，农人的概念是“拥有 1 公顷以上土地并进行农产品销售的农户”。在美国，农人的定义是“农产品销售额在 1 000 美元以上的农户”。在日本，农人以家庭为单位，称为农家，农家分两种，一种是专业农家，就是专门从事农业生产的农户家庭；一种是兼业农家，就是农户家庭里有人从事农业以外的工作，其中，如果以农业收入为主，就叫一类兼业农家，如果以农业收入为辅，就叫二类兼业农家。目前，日本 80％的农家是兼业农家。

这里，我之所以反复使用“农人”的概念，而不再称农民为“农民”，是想提示有关方面和人士趁着“社会主义新农村建设”的伟大东风，在广阔天地新农村，掀起一场“新农人文化运动”。

社会发展归根结底是人的发展。

“农民”这个词乍一听来，就是个集合概念，好像是“一群人”，而没有独立的自我意识，没有“人”的独立感。

“文革”的时候，有个大队书记进城到百货店买东西，售货员看他是个土老帽，就对他爱理不理的。书记于是火了，指着她身后的大红牌子说：你这位同志什么态度嘛！你墙上不是挂着“为人民服务”吗？

售货员反唇相讥：我是为“人民”服务的！可我不是为“你”服务的！

到乡村去寻找失落的文明和价值

城里人一提到“农民”“民工”“农民工”，几乎与“脏乱差”“愚昧”“野蛮”“落后”等概念相等同。我们且不说这些人是不是“坏”到那个程度，我们只说这些人还算不算“农民”。

一个进城打工的农村人，一年 365 天，3 年、5 年甚至 10 年都在工地做搬运，在超市扫地，在街头拾荒，家里不种一粒稻谷，而他还是个“农民”，因为他的“户口”在农村。

而某集团总裁原来是公务员，但如今办起了年销售额二三十亿元的现代农业公司，可他既不是 Farmer，也不是 Peasant，因为他是城市户口。

这是什么逻辑呵！

这是概念问题！简单的概念问题！尽管它背后折射的社会问题是深层复杂的！

从价值判断上讲，人们之所以对“农民”“农民工”之类讳莫如深，是因为在思想观念的最深层处，对“农民”阶层的鄙夷。

事实上，“农民”或曰“乡下人”是我们这个道德日益薄弱时代的文明守望者，是大中华几千年文化价值的薪火传人。

到任何一个旅游景点游玩，我们如果想买点什么吃的玩的或有价值的，最放心的是找被城管人员追来赶去的小摊点。他们实诚，厚道，讲信用，手工艺品也是一针一线自己亲手制作的。

如果你在乡村游中偶尔脱离旅游团，进入任意一户农家，他们都会很热情地请你喝茶，拿出家里最好的东西招待你。是的，最好的东西是留下来招待客人的,这就是“农民”、“乡下人”。

而那些生活在城市边缘的“农民”“农民工”,不管从“农民”的定义讲,还是从“农民”的精神品质讲,已经不是“农民”。他们之所以变得不像甚至不是“乡下人”,那是城里人的错,因为我们已经把他们“城市化”“工业化”了。

城市化工业化给我们心灵造成的最大痛点是价值观、文明和道德的滑坡,而如果我们想重建“社会主义核心价值体系”,那么对不起,西方无“真经”可取,而我们唯一的精神滥觞是“乡村”。

由此,我们当下要做的第一件事是重新定义“农民”。这就是我对“新农人”这个简单概念反复强调的思想原因。

走在乡间的小路上

昨晚与延锋、陈怡、陈红、李约道等诸君在静灵茶庄度过了年度最后一个夜晚的最后几个小时。延锋君是官、企、学三栖高士，现任某集团CEO，本公笑称“鸡头”。之前延锋君乃某银行行长助理、某信息公司总经理，再之前是大学教师，教授自然辩证法。茶聊间，他谈及美国加州的一个奇怪现象：加州是美国IT产业集聚区，但生产力发展水平与之相距好几个世纪的农业及农耕文明却与之兼容并在，欣欣向荣。

乍一听起来，似乎不合乎逻辑，但细想起来又是合乎“新农人文化”理念的。

比如，印度这个到处堆满牛粪的国家，近年在IT行业就异军突起，令世界刮目相看。

为什么这个文盲占全国人口1/3，有1/4人口生活在贫困线以下(每人每天收入不足1美元)的国家，在IT时代会有如此大的作为呢？简单地说，就民族性格而言，印度是发展IT业的最好土壤，因为它具有田园与校园糅合在一起的文化个性和气质。换句话说，印度这个民族天然具有深度农业和学院交汇的文化遗风。

而“新农人文化运动”就是试图引领这种最具世界心灵的时代潮流，刷新观念，继往圣之绝学，开世界之太平。

在这一观念统揽下，我们认为，决策部门在城市化工业化的进程中，应当保持有所为有所不为的原则，不搞“一刀切”，注意生产力及资源的区域布局，多元发展，和谐共振。

比如,就福建而言,一些重大的工业化城镇化项目可以打破行政区域局限,沿闽江两岸交通比较便利的县区布局。而那些交通相对不便,森林、旅游、水等资源条件良好的县区,我们认为,应当实行“绿猫”政策,后“化”或不“化”。留得青山在,10 年、20 年乃至 30 年后卖空气、卖水赚工业化城镇的钱,也为疲惫的大都市人群留一块休闲好去处。而这块地方,就是“以农为乐”的新农人文化华胥国。

工业化城镇化,必须与“新农人文化运动”相推荡。此谓:一阴一阳之谓道。或曰:你走你的阳关大道,我走我的乡间小路。

新农人：未来正在来

看到一篇文章说电子商务“吞噬所有行业”，把 KTV、宾馆酒店、美容院倒闭，工厂关门、工人下岗等都归因到马云、电子商务，我看这事实上是在夸马云，说不定此类文章就是马云们自己捣鼓出来的，不是神化自己，也不是妖魔化自己，而是恶魔化自己。因为他们本来就已经是“妖”、是“神”，无需“妖魔”化、“神”化，他们深知自己需要“恶魔化”，以便推销“若无电子商务，就将无商可务”的惊世骇俗的“理论”。

简单的道理是：实体店税费太高，没有活路！网购之所以在中国勃然兴起，马云们之所以如鱼得水，是因为税费这只“猛虎”扑不到“云端”。

但花无百日红！这种“世无英雄使竖子发财”的事在中国 5 000 年历史上不胜枚举，但马云们“若无电子商务，就将无商可务”的“云梦想”，显然是杜撰的，尽管就我个人愿望而言，我希望马云们继续发财，万岁发财，并且，我很不喜欢这篇文章中“打土豪分田地”的心态，仿佛恨不得政府对马云们也“苛捐杂税”，剥皮抽血。

“互联网＋”无疑是中国经济绝处逢生的好思路！马云们于是像打了鸡血似的，血脉贲张。但事实上，这意味着：马云们死期将至。因为成功者很容易用过去成功的套路思考新事物，比如他们搞的什么“村淘”之类，显然已经走火入魔了。当然，天下有其瓮必有其盖！一些地方的领导们不懂互联网，又想“响应政府号召”，于是就被马云们忽悠得不知东西南北，什么“培训互联网人才”多少万人次，解决就业多少千人，又是“网上赶集”，又是“县委书记开微博卖农产品”，神五神六。这些都是对“互联网＋”思路理解的走偏。以农业为例，政府把捉襟见肘的那么一点银子给互联网公司、培训机构、大中专院校培训所谓“互联网人才”“农场主”“创业团队”，这叫：刻舟求剑！缘木求鱼！海底捞月！

政府如果想对“互联网＋”撒一把米，正确的路径应该是：把钱直接给365天实实在在、老老实实、头顶烈日、脚踩泥田的农民。操作也很简单！比如你这个农户、你这个产品、你这个村跟“千村万＋”农业电商平台签订了协议或合同，那好，到农业局或农办“互联网＋农业”办公室来领钱。当然，我这里讲的只是个概念。它的核心理念是：藏富于农。关于“藏富于农”，十几年前我就说过，其详尽观点已发表在我的《文化心中国》一书中，此不赘述。

面对中国经济前所未有的“拉美化”趋势，简单的真理是：只有农业才能救中国，只有农民才能救中国！比如土地革命、包产到户，都曾经使面临崩溃的中国，绝处逢生。鲜为人知的是，在工业化进程中，我们从农村活生生拿走的太多太多。在“三面红旗万万岁”的峥嵘岁月，我们“城里人”吃穿着国家分配的物资供应，跳着“忠”字舞，同时对夜幕下进城掏大粪的孙少平、高加林们捂着鼻子说：农民没素质，乡下人真土！但今天，“平凡的世界”又将做出不平凡的事了，它叫“千村万＋”。

没有星空，
没有月亮，
但有互联网，
我们的餐桌就在，
田头作坊。
这就是我们的新常态，新时代，新生活，新未来。
未来正在来，
新农人，你准备好了吗？

心中国

一生只够做一件事。
那件事就是回到，
心的故乡。
故乡的名字叫，
灵山。
我就是那朵带露的花儿，
在迦叶的手上，
轻轻绽放。
一生只够爱一个人。
她的名字叫，
月亮。
佛说，
文化心中国，
是一轮鲜嫩的太阳，
东土震旦。

茶心：云无定所悠然白

茶随心定，这是我的茶文化观。

我不太同意所谓“喝绿茶的人只是五段，喝铁观音的也才七段，喝普洱才到九段”的说法。一个人如果专嗜一种茶，在我看来，喝茶的境界也是不高的。那样充其量是个“茶鬼”，而未入“茶仙”之境。

“茶仙”应无所住而生其心。无论是冷艳出尘的黄山毛尖，还是滋味深厚的普洱，你都能品得津津有味，那才是喝茶的至境。到什么山，喝什么茶。是什么心，喝什么茶。而不是什么皇帝说那是天下第一什么茶，你就趋之若鹜。

现在大江南北遍地都是“茶艺馆”，其中也不乏好茶，但就是“有庙无道”，没有茶心。

现在的所谓“茶文化”，其实无文化可言，只是“文化茶”，即好端端的一款茶，贴上个 “孔子”“老子”“朱子”“皇子”什么的“文化”标签，在那不着边际地瞎忽悠，而内心里对“孔子”们其实并不喜欢，甚至一无所知。在我看来，现在所谓的“茶文化”，应当从茶“企业文化”做起，把企业向社会张扬的“茶文化”、茶精神、茶价值观，先在自身企业中发扬光大。

中国故事，世界表达

去年这时候，我还在多伦多。在加国半年的时间里，我目睹了各色各样的“节日”“节庆”。我发现，欧美人过节，那是一种真正的庆祝。每个人都很快乐，很敞开。与其说是在过一个节日，不如说他们是在进行一次伟大的祈祷。

敞开，你的快乐流进每一个人，同时，也允许其他人流进你。我以为，这就是庆祝！

回眸中国各式各样的“节庆”，情境则截然相反。2000 多年来，由于受“文以载道”的诗学及美学体系影响，我们在“节庆”上附加了太多东西，什么“祈求福祉”“祭祖敬长”“家族团聚”“礼尚往来”“礼法教育”，你说这节还叫人怎么过？但我们的祖祖辈辈就这么过着。

许许多多的“老前辈”在抱怨“80 后”“90 后”新生代“数典忘祖”，过圣诞节，过情人节，却忘了端午节、重阳节，等等。这些人却一直不明白，节日对于年轻人而言，只不过是找个理由玩玩而已，而你们实在是太“认真”了。我也行走过很多少数民族地区，这些受“儒文化”教化较少的“化外之民”，远比我们生活得快乐、简单。他们过节，更接近“西方文明”，是庆祝的，祈祷的，狂欢的！

由于受“文以载道”审美传统的影响，中国人现在四处闹腾。什么“节”以载道、“茶”以载道等口号响彻大江南北长城内外。

我曾经在某市，就见识过他们的“领导班子”如何抬出一个宋代理学老头，来打造该市“茶文化”“茶产业”的文化产业“创新项目”，到现在还在闹腾。

茶文化、茶道、茶艺在福建确实是值得大书特书，但茶文化要怎么做，福建的百千万家茶企显然还没有找着北。

但令人欣慰的是已经有人找到了窗户,阳光满满地照耀着他们,那里就叫：中欧文化沙龙。

中欧文化沙龙即将给世界展现的中国茶文化,不是"茶以载道"的严肃,而是快乐、敞开、流动、喜悦、庆祝！但它饱含华夏文明的深层蕴藉,它是：中国元素,国际制作;中国故事,世界表达。

这里的黎明静悄悄

在我看来，中国农业正迎来第三次革命。第一次革命是黄河流域农耕文化与西北游牧文化的融合；第二次革命是长江和黄河“两河”农业的融合，或者说是稻作文化和黍麦旱作文化的融合。《齐民要术》是中国农业第一次革命的总结，《王祯农书》是中国第二次农业革命的完整归纳，而《农政全书》则是华夏南北传统农业交融、定型的经典之作。至《农政全书》问世，中国农业的内部交流业已完成，此后一直到清朝，农业技术及经营方式的创新无多，直至迎来西方现代农业的冲击。

如今，喧嚣于中国大地的“口号农业”如“生态农业”“休闲农业”“有机农业”“代替农业”“生物农业”“无公害农业”“低碳农业”“可持续发展农业”“都市农业”等，都似乎没有找到第三次农业革命的“魂”，那些专家学者们在讨论和提倡农业这个革命性命题时，只是把目光盯在西方，人云亦云，致命的盲点是没有看到中国绵延几千年的传统农业技术、思想及文化精华。

比如“可持续发展”的理念所遵循的生产效率原则、稳定性原则、效益性原则和可恢复性原则等，在中国传统农业中，已经发挥得淋漓尽致，要不然传统农业不可能持续数千年，长盛不衰。美国未来学家阿尔文·托夫勒(Alvin Toffler)在20世纪80年代出版了风靡一时的《第三次浪潮》，书中提到了第三次浪潮中的未来农业设计，是当时美国科学家正在实验室里进行的试验，如把河虾养在温室的水槽里，旁边生长着黄瓜和莴苣，让河虾的排泄物做黄瓜和莴苣的肥料。又如在池塘上面养鸡，鸡粪掉在池塘里做水草的肥料，水草做鱼的饲料。他们不知道这种“农业设计”早在400多年前的中国明朝就已经普遍应用于农业生产,而且技术远较美国科学家的设计复杂。

无论是商业大亨和互联网大佬斥巨资做农业,种橙种橘种葡萄,还是“80后”“90后”北大博士生、硕士生归隐山林养鸡养鸭养山鸟,或是福建“新农人”陈滔等回归农业养清高,都预示着中国农业一场新的革命已经来临。我称之为:第三次农业革命,或者“新农人”时代。

这里的黎明静悄悄。

香饭青菰米

在绝大多数中国人的观念中，有一个共同的看法，那就是：黄河流域是中华文明的摇篮，长江流域的文明是受黄河流域的影响才发展起来的。但近年来的考古发现，已完全推翻了上述看法，学界对长江和黄河共同孕育了华夏文明已不再有怀疑，比如浙江余姚的河姆渡，湖南澧县的八十垱，它们都属稻作文化遗址，距今有 9 000—7 000 年历史。而在北方发现的最早的粟文化遗址，如河北的磁山遗址，距今约 8 000 年。

所以，在第二次农业革命中，南方的稻作文化与北方的黍粟旱作文化是一种交融和不断同化的关系，而不是谁吃掉谁，谁被谁吞并的关系。

水火既济，相推相荡。

传统农业是以道家“道法自然”为准则的可持续的农业发展模式。现在，中国正迎来第三次农业革命，它的使命是消化西方现代农业，由此创造出一条中国农业的新道路。

所以，在第三次农业革命中，我们在瞻望西方的同时，应更多地回眸传统，比如现代农业已使得品种推广单一化，像荞麦、菰米、稗子、山药等各种有营养特点的农作物，有的已踪迹难觅，有的只能在古典文学作品中品味，如果不及时抢救，我们将愧对华夏列祖。以菰米为例，它的蛋白质含量高达 15%，是稻米的 2 倍，米质香而滑润，陆游有诗曰：菰米新炊滑上匙。而且菰米的产量极高，它的茎秆还是生物发电的理想材料。

香饭青菰米，一枕山风万万年。

八月粳稻香

延锋同学是我30年的朋友，他曾经担任一家大型的农业产业化养鸡上市公司的CEO，这次他前往北美进行农业考察一年有余，回来后，时差还没调整过来就呼朋唤友，请了一大群朋友上大东家品鸡。他离开原来的现代农业公司已有两三年时间，目前沉迷于他的“道然牧鸡”，当然，他请我“品鸡”，醉翁之意不在我，也不在“鸡”，而主要是看重我门下精英荟萃，佳丽如云。只要我来了，气氛也就不一样了。

当然了，像我这么个已经远离人间烟火的化外之人，要吸引我为美食下山，还是要花点心思的！不是我自命清高，而是我觉得觥筹交错，饕餮鱼肉，时间实在是花不过来。

不过，由大东家主理的这场“品鸡会”，果然出神入化。除了延锋同学拎来的“道然牧鸡”，白斩脆嫩，原汁原味，我的最爱还有“吹牛皮”，看菜谱不知它是何物，吃了才知道它是小黄牛牛皮，入味，有嚼劲，两天后的现在依然觉得口中香气四溢，回味无穷。据店主介绍，这牛皮来自有机农场的直接供货。还有那沙县拌面、将乐熏鸭、松溪甜糕等，都是原产地直接送货或食材供应。

最近，我一直在思考现代农业和传统农业如何结合、交融及创新的问题。我们知道，这种结合或创新，正如刘小兵同学所言，除了恢复传统农业的作物和品种多样化以外，农产品的深度加工也是一个值得关注的问题。在这个问题上，现代农业所暴露出来的弊端，已令人悚然，大量防腐剂、添加剂、色素等非营养物质进入人体，已引来历史上罕见的“富贵病”、“营养病”、“不孕症”、“少精子症”，在生产和销售环节，过度包装、刻意追求“反季节”，额外地消耗了大自然赋予人类的资源和能源，而且也没什么营养，人们在饮毒食苦，苦海无边。

我记得 1992 年我在南京农业大学进修学习时，导师顾焕章先生在讲课时提到一个观点，我至今记忆犹新：以现代农业为出发点，我国全面实行“以粮为纲”的方针是偏颇的，比如在耕作制度上“一刀切”地片面追求复种指数，不仅破坏了生态，经济效益也不是最佳的。

顾先生最后还用一个定量模型算出了：三三得九不如二五一十。就是说你在一亩地里一年种三季每季收粮 300 斤，亩产 900 斤，不如原来的两季，一季 500 斤，亩产 1 000 斤。江苏省农业部门按顾先生的研究结论，从 20 世纪 70 年代末开始恢复了传统的稻麦两季耕作制度。

20 世纪 80 年代，联合国粮农组织曾到浙北和苏南一带考察。他们发现这里的农业生产巧妙地把粮、桑、渔、畜实行综合经营，水陆资源循环利用，粮食生产是稻麦一年两熟，有机肥来自绿肥、猪羊粪、河泥等，以挖河泥堆起的土墩种桑，桑叶养蚕，蚕粪喂鱼，水面种菱，水下养鱼养虾，菱的茎叶腐烂及鱼粪等沉积成河塘泥，羊在过冬时吃桑叶。人们从中收获粮食、蚕丝、猪羊肉、鱼虾、优秀羊羔羊皮等。这一传统农业生产模式在那一地区已绵延至少 600 年历史，最早甚至可以追溯到东汉时期。联合国粮农组织官员看完后大为赞叹。

但是，如是田园风光在渐渐离我们远去，伴随着它一起慢慢消失的还有那延续了几千年的农耕文化……

八月风吹粳稻香，

九月荞熟天始凉。

文明逐水而居

前几天，在微信上看到一篇文章《出福建记》，列举了从福建走出去的省军级官员，长长的一大串，看了还真让福建人倍感自豪，毕竟这些领导都在福建待过，或祖上是福建人。

但真正可以让福建人引以为豪的，我以为还不仅仅是福建"出官"，而是出文化，出文化人。比如，现有福建籍的中国科学院学部委员或曰院士就达 56 名，名列全国第三位，远远领先北京、天津、上海等，排位第二的是浙江，124 名；排位第一的是江苏，155 名；福建之后是广东，48 名；再后面第五名是湖南，32 名。

对福建而言，这是个非常了不起的文化成就，仅这一点，我看福建的历任教育厅长都可以胜任"教育部长""文化部长"。江苏、浙江多少高校，多少人口？它们名列福建之前顺理成章，京、津、沪又有多少高校？它们竟落在福建之后，就实在让人困惑了。福建是个奇迹，文化奇迹。

有趣的还有院士的南北比例，南方竟占了 80%！有统计显示，全国高等院校教授比例也是南北悬殊：南方占 68.98%；北方占 31.02%。够玄乎的吧？如果你觉得玄乎或惊讶，那说明你还不完全了解中国、了解中国文化。

在华夏民族 5 000 年文明史中，前 3 000 年是黄河流域的粟麦文化唱主角；南北朝隋唐是个转折期，进入宋以后的 1 000 多年来，长江流域的稻作文化扮演了主角。有学者统计，厉鹗的《宋诗纪事》所收录的宋代诗人共 3 812 人，他们大多集中分布在东南沿海的江、浙、闽。所以，大山里的三明，在 20 世纪 80 年代就会有《大浪潮》诗刊，并崛起一个"三明诗群"，太正常不过了。

文明的迁移,原因错综复杂,但最根本的,我以为跟水有关。黄河流域历经5 000年的开发和发展,水资源的平衡已然失衡失调,到了今天,可以说是满目疮痍。三北地区(华北、西北、东北)恰好位于横穿欧亚大陆中线和北非的一条超级沙漠带范围以内,我不知道再过300年或30年这些地方会是怎么样的一个地方。

我写过一本书《文化经营与S理论》,书中提到:纵观人类文明的发展史,似乎有这样一条规律可循,那就是文明是逐水而生的。以商业文明为例,它基本是从渡口往江口再向海口迁移。与渡口对应的商业文明是集镇,如宁波的河姆渡;江口商业文明如上海的松江口。从近代商业发展态势看,谁占有出海口,谁就拥有了未来。在美国,虽然由于高速公路网的形成,物流概念随之在变,但港口的决定作用没变。

所以,前一段时间网络上疯传厦门要上升为直辖市,我看这事可以有!我的观点是,就福建自唐宋以来的文化成就,再组建三五所大学一点也不为过,谁说福建没这个能力,我们还有一水之隔的台湾兄弟呢!小小台湾岛有多少所大学?所以福建还可以组建:一所文化大学;一所海洋大学;一所工商管理类大学;一所财经类大学。

世界上最宽阔的是海洋,比海洋更宽阔的是天空,比天空更宽阔的是人的心灵。

心灵寻找清新,文明逐水而居。

长河落日

我们说，黄河流域的旱作粟麦文化和长江流域稻作文化几乎是同时起步的，但并不意味着它们的发展速度是同步的、并行的，简单的事实是，在原始农业时期，黄河文明一直领先于长江文明，尤其是在有史以后的秦汉时期，如甲骨文的发明、天文上的二十四节气划分等都发生在黄河流域，青铜及冶铁技术、铁犁的应用、水利工程建设等，北方也都领先于南方。再加上媒体近几年拼命渲染所谓的“国学”“儒家文化”，搞得南方人几乎失去文化自信。饭桌上、茶聊中人们时不时标榜自己祖上是中原哪里哪里迁来的，虽然这是事实，但一旦“标榜”，就暗示了某种心态。福建、广东一些地方近年热炒的所谓“客家文化”，就是这一心态的缩影，他们急着要表白的是，俺祖上是“中原贵族”，而不是“南蛮子”。其实，所谓“客家文化”，在我看来是一个很无厘头的文化噱头，一些学者竟然也搞得有来有去，还成立研究所，评教授。看来现在的“教授”含金量实在是太低，他们何不去研究下《道德经》《南华经》呢？那才叫真学问，那才叫“南方文化”！

稻作文化在原始农业时代之所以会远远落后于粟麦文化，我以为原因极其简单：在那个年代，长江流域森林密布，可以供应天然采集的食物，不必完全依赖于栽培提供的基本食物，用现在人的说法，吃的还是纯野生的呢。北方黄土的质地疏松，简单的人力即可翻耕种植；南方水田土壤黏重，故使用铁器农具之前多采用“火耕水耨”技术。所以，森林的开发必定要在铁器农具应用之后，否则，农业生产只能停留在“刀耕火种”的规模上。再加上长江流域自然条件优越，人们日出而作，日落而息，山中无甲子，花开花落识春秋，什么天文历法，甚至文字都用不上，于是文明便大大落后于黄河流域。就像现在的人，都往北、上、广等一线城市跑，当然，过去人不这样折腾自己，但技术和文明的发展水平确实抑制了南方人口的增长。有学者统计，秦汉关中地区的人口密度每平方千米达 200 人以上，其他地方也有 100—200 人/平方千米，而长江流域最发达的江浙地区，人口密度不到 10 人/平方千米，大部分地区不到3 人/平方千米。

大漠孤烟直，长河落日圆。

农业是个好生意

尽管就个人偏好而言，我喜欢北方面食，比如山东大饼卷大葱、山东大馒头，还有烙饼、水饺、沙县拌面等都是我的心头好，但是，我还是笃信南方"饭稻羹鱼"的膳食结构更营养的古训。中国人历来有吃鱼使人聪明的说法，这一观点跟当代西方人的"科学看法"是一致的。于是，对文明原来远远落后于黄河流域的南方稻作文化区，在最近 1 000 多年的时间里猛然崛起，超过黄河流域，便有了很好的解释：良好的膳食结构使人口素质大大提高。当然，它不是唯一因素，优良的遗传因素也不可忽略。

古人有"男女同姓，其生不蕃"的说法，并强调最有利的婚姻搭配是血缘尽量地远，越远越好。统计表明，中国在北宋以前无论是人口数量，还是人口的文化素质都是北方领先于南方，但北宋以后这种情况开始倒转：南方领先于北方，并一直延续到现在。而安史之乱是个转折点，在此之前，比如进士多集中在长安、洛阳等北方城市，安史之乱后苏州出的进士超过了长安，而且福建、江西也开始出大量进士。尽管元、明、清及现在的政治中心都在北方，但经济、文化中心一直在南方。以福建为例，20 世纪 80 年代中期当各种气功风靡大江南北、席卷神州的时候，祖国大地一片乌烟瘴气，唯东南福建是一块净土，淡定得像一亩方塘，那些享誉海内外的所谓"大师"、"宗师"、"法师"，如严老师、张大师、李法师、赵宗师等人，几乎不敢到福建来。而孔子的故乡山东，还有东北诸省都是某某功某某法的"重灾区"。我并非反对气功，但 80 年代中期闹腾得鸡飞狗跳的那群人，确实都是一些江湖术士，上不了台面，他们搞的也不是传统中国文化中的气功，而大多是一些骗术、魔术，而他们的后继者至今还在行骗，骗来的钱用来盖房子，房子盖得比政府部门办公大楼还气派。

南方之所以在宋以后迅速崛起，还有一个原因就是包容性，或曰涵摄性，所以，福州的城市精神用"有容乃大"来归纳是比较准确的。从汉到唐，中原地区每一次战乱，如晋永嘉之乱、唐安史之乱和北宋灭亡对南方而言，都是飞来横祸，外来入侵者占领了这块土地，抢当地人的老婆，把男人赶尽杀绝，当然，不可否认也带来了南方的开化和开发。我记得建源同学跟我说过，福州话中的"老公"其发音是"军营里的男人"的意思，可见原来的老公被赶跑了，军爷抢了福州女人做老婆，而且这种情况不是一个两个。我的一个大学很要好的同学，长得简直就是一副波斯人的脸，大眼睛、高挺的鼻梁，祖居台江，我经常跟他开玩笑说，他祖奶奶的爷爷们一定是波斯商人。近一点讲，1949 年新中国成立后本乡本土的福州人在福州做官的很少，福建也一样，哪怕闽北地区的一个小县城，"父母官"也大多为外省人，比如山西、山东等地。我们家就深受山东人"压迫"，我的老岳父老岳母都是山东临沂人，我常跟我们家的红颜知己开玩笑说，俺福建在项南同志来之前，基本是你们山东人和山西人的战场喔，她听了哈哈大笑。说完之后，中午俺没有山东大饼卷大葱吃了。

在第一次农业革命，北方游牧文化与黄河粟麦文化融合；在第二次农业革命，黄河粟麦文化与长江稻作文化融合；现在，我们正迎来第三次农业革命：华夏传统农耕文化与西方现代农业的融合。

这就是未来中国农业的方向。农业是个好生意！你准备好了吗？

安得超然

在秦汉以前，人口密度那么低，每平方千米在北方最多也就那么一两百人，在南方只有10人或二三人，森林资源丰富，整个中国的生态环境美得就像一个伊甸园，但就在这样的情况下，古人就开始重视山川林泽的生态保护了。

孟子说："数罟不入洿池，鱼鳖不可胜食也；斧斤以时入山林，材木不可胜用也。"意思是，不用细密的网捕鱼鳖，鱼鳖永远有得吃；按季节定时进山砍伐树木，木材永远有得用。

管仲说：为人君而不能谨守其山林、菹泽、草莱，不可以立为天下王。管仲归纳了人君治国有"五事"，其中第一事即是山泽保护：山泽不救于火，草木不植成，是国之贫也。

由于祖宗的福荫，浙江在越王勾践时期，浙北的原始森林和浙中、浙南及福建、江西的原始森林还是连成一片的。

在闽北山区，20世纪六七十年代我生长的那村还有成片成片的古树林，但我从小眼睁睁地看着它们被一群"大队干部"发动群众给砍个精光。印象最深的是村尾的一片香樟树，棵棵都大到两三个大人才能合围抱得过来，他们把这些香樟树一棵棵砍了，锯成段，然后劈成樟木片，再把樟木片装进一个大木桶里，木桶搁在一口大锅上，下面烧着大火，木桶的边缘开一小孔，小孔用竹片接出，涓涓不断的樟油于是从竹片上流出，据说这就是蒸樟脑油，那油国家收购，可以卖很多钱。我们村的一棵棵古樟树就是这样被砍伐殆尽的，尽管社员们个个咬牙切齿，但敢怒不敢言。

有一次，我陪80多岁的老父亲爬沙县城关水南的凤凰山，那里有一片小树林，坐落在沙县城关十里平流的沙溪河北面。那日，刚好是个周末，来这里登山锻炼的城关人络绎不绝，一路上我不时听到人们在议论：多亏当年的王县长，给我们留下这么一片林子，让我们这代人周末休闲有个好去处。我听了很是感慨！中国老百姓真是全世界最好的“人民”。他们对政府的期望值没有太高，而且总是记吃不记打，你对他们那么坏，没多久他们就忘了，你对他们一点点好，他们总是时刻记在心上，挂在嘴里。

窅霭青山映白云，
地灵境寂好栖神。
结庐占尽西山境，
安得超然真隐人。

孩子，你回家了吗？

早在周代，朝廷就有专门负责山川林泽保护和利用的虞衡制度，它相当于现在的环境保护部、国土资源部、国家林业局，并具有高效率的执法职能。《周礼》规定，庶民不植树的，死后不许用椁；还规定，凡是盗窃树木的，有刑罚。古注就说："天之生物有限，人之用物无穷，若荡然无制，暴殄天物，则童山竭泽，何所不至！刑罚之施，至是不得不行。"

《国语》记载，鲁宣公在夏天去驷水撒网捕鱼，大夫里革跑去阻拦鲁宣公，还把渔网割破了，并对鲁宣公讲了一套保护山林鸟兽和川泽草鱼的大道理，指出在夏季鱼儿产卵的时候捕鱼是"不教鱼长，又行网罟，贪无艺也"。鲁宣公听了，不但没有生气，反而虚心接受批评，说："吾过而里革匡我，不亦善乎！"鲁宣公还把破渔网保存起来，表示不忘里革的规谏。

有时候读古书还真让人慨叹！我们的祖先怎么就那么富于远见，3 000 多年前就懂得为我们后世子孙保护环境。我在想如果那时起先祖们就"与天斗其乐无穷"，那么还会有这个伟大的祖国吗？还会有我有我们吗？回答是否定的。我们最多只能是撒哈拉沙漠的一匹骆驼，或一粒沙尘。

我记得小时候上山砍树，掏鸟窝，是一件无比"光荣"的事情，因为那时宣传的小英雄就是干这活的能手。我不知道现在的孩子读的又是什么书。他们，回家了吗？

天作孽，犹可违；

人作孽，不可活。

只要找到了路

“大统华”是加拿大最大也是管理最好的华人超市，生鲜蔬菜、水果、肉类来自世界各地，摆放整齐，品类应有尽有，没有季节分野，价格便宜得惊人。

我很仔细地观察过在“大统华”销售的生鲜果蔬，发现真正产于当地，或本国本土的极少，比如水果，就只是苹果、车厘子等少量的几种，若按季节再划分，那就更少了。

所以，什么冰冻、冷藏、大棚栽培、反季节蔬菜，绝对是西方文明的结果。西方之所以会走向这样一条现代农业道路，跟大多数发达国家所处的地理及自然环境有关，无论是北欧，还是北美，它们都处在高纬度地区。在西方人没有发展出现代科学技术之前，这些地区的饮食以及用作食材的农产品，都是极其单调的。说得重一点，那里若没有科学技术做支撑，根本就不适合人居，天寒地冻，长夜漫漫。

我是食草性动物，可能我的前世是牛之类的东西，水果蔬菜是我饮食中的最爱。但我对反季节水果之类天然反感，30 多年来，我只买时令水果，不管它多贵，只要是时令的，看到就买，而且，我注重吃当地水果。

比如西瓜，尽管现在一年四季都可以买得到，但我是不会在冬季跑去买西瓜吃的，西瓜是寒性的，在我看来，冬天吃西瓜实在是不科学。

由此，我对现代农业中塑料薄膜栽培、温室栽培、促成栽培、异地运输供应等技术和手段，持保留态度。现代农业虽然极大地丰富了市民的菜篮子，但用石油投入来克服季节的严格限制，它额外消耗了越来越稀缺的能源，农业本来是绿色的，现在被搞成了“白色农业”。

霜降鸡肥常日宰，重阳蟹壮及时烹。一方山水养一方人，什么季节该吃什么，大自然自有安排。二十四节气、七十二物候，古老农耕社会的一切文娱活动，都是在农时季节的基础上滋生出来的，春节、清明节、端午节、中秋节、重阳节、寒食节等暗示我们一个简单的道理：不违农时，谷不可胜食也。但现在一些城市搞“文化节”“旅游节”，不分节气都在那划龙舟，劳民伤财也。

我不否认以往“白色农业革命”给农民带来的利益以及给市民带来的方便，尤其在北方它确实丰富了广大市民的民生生活。这条路，他们可能要继续往前走，而且不会有回头的一天，你看那北京城，沙尘暴走了来雾霾，你不吃反季节蔬菜、不吃大棚蔬菜，吃什么？日前，有电视台报道了一位农村青年的创业故事：他开始时进城做酒水买卖，不小心赚了大钱，于是把赚来的 1 000 多万元钱带回家乡搞土地流转，种大棚蔬菜。第一季蔬菜是种青椒，他勤于管理，大量施肥，开始时青椒长势很好，并开始开花了，但有一天早晨他走进大棚，却发现青椒一夜之间萎蔫了，他怎么也找不到原因。后来幸运的是他从临县找来了一位有 20 年大棚农业经验的农民，帮他解决了问题，原来青椒突然萎蔫是因为他施肥过多，又刚好遇上那几天高温天气，土壤里的有机质发酵发热，烧伤了蔬菜根部。这位农村青年遇到的问题其实是大棚农业面临的普遍危机和隐患，由于大量养分残留在土壤中或进入地下水，北方许多搞得较早的大棚，蔬菜抗病能力减弱，硝酸盐含量升高，地下水水质恶化。但北方农业除了这条路，似乎已无路可走。

未来农业的希望在南方，在长江流域、东南沿海，在稻作文化区。令人喜悦的是，许多南方农民近几年似乎已经看到这条绿色农业之路的生机，尤其值得一提的是农民专业合作社。在福建，记得 2014 年我出国时全省农民专业合作社才 7 000 家左右，前几天我问省农业厅的罗处长，全省已超过 10 000 家，而且这些合作社农民的生产经营方式大多是向传统农业回归的。

只要找到了路的方向，路就不远了。

生态才是硬道理

有时我很难想象，早在2 000多年前的先秦时期，诸子百家就关注到环境保护，并反复给予世人警示。怪不得古人说，君子有三畏：畏天命；畏大人；畏圣人之言。

荀子说：草木荣华滋硕之时，则斧斤不入山林，不夭其生，不绝其长也。鼋鼍鱼鳖鳅鳣孕别之时，罔罟毒药不入泽，不夭其生，不绝其长也。

荀子讲这话的时候，河西走廊、敦煌、天山还是原始森林，从天山山麓到东北的大兴安岭是：天苍苍，野茫茫，风吹草低见牛羊。

距今4 000年前，世界有中国、埃及、巴比伦及印度四大文明古国；距今2 000年前，世界有中国和希腊罗马两大文明古国；到距今1 000年前时，世界只有中国一个领先的文明大国。

4 000年来，为什么只有中国一个国家延续不断？我的回答是：绵延不断的传统农耕文明。

福建是个好地方！我刚看到省里公布了第一批“生态县”“农业县”目录，这是个好兆头！虽然那目录的拟定，在我看来，逻辑上有点乱，比如沙县有农业科学研究院、农校，过去还有农林大在那，说明农业生产的地利及人文条件很好嘛！怎么没列入“农业县”或“生态县”呢？管仲说，为人君而不能谨守其山林、菹泽、草莱，不可以立为天下王。现在看来，领导开始慢慢知道自己该怎样“为天下王”了。

未来的中国，发展还不是首要的，生态才是硬道理。

天若有爱天不老，

人间大道正康庄。

他是一根神木

去年这个时候，我在加拿大一个叫 Hammiton 的小镇考察了一家农场。这是一家花卉农场，只有春夏季节有农活可干，而到了秋冬季，加拿大天气寒冷，农场进入长长的休眠期，但这并不影响农场的生存。在加国，凡从事农业、建筑等户外劳动的"农民阶级""工人阶级"在秋季直至冬季都有丰裕的失业保障金，不仅如此，许多农场主和农场工人在春夏时节赚到的钱，也足够他们越冬。我曾经参加一个同学的孩子的高中毕业典礼，在那里，一束鲜花卖 35 加元。

随我一起考察这家花卉农场的是我的朋友 C，他在镇里经营一间便利店，日进斗金。C 是学农的，他很想买一个农场，在北美过他桃源般的生活。虽然 C 看上了眼前这家花卉农场，但几次问农场主，他都没有卖农场的念头。这位来自北欧的和善老人，经营这家花卉农场已 30 多年，之前它属于一个加拿大当地人，种花是这家农场的传承，有固定的行销渠道和良好的商誉。如果农场要卖给你，它的价值不仅是土地、房舍这些有形的东西，而且更重要的是它出售它的商誉，用中国人的话讲，就是连生意一起卖给你。

所以，欧美人在经营农场，做企业，他们不像是个商人，而更像是在经营一件艺术品。因为他们爱这个行业，所以他们专注地做它。如果你问他们如何把企业"做大做强"，他们听不懂你在说什么。你回头看国内的企业和企业家，从早到晚喧嚣着"跨越""跨界""创新"等五花八门的辞藻，今天谈 ERP，明天谈六西格玛，还有彼得·圣吉、德鲁克，今天做互联网，明天做房地产，后天去养猪、种橘子、搞猕猴桃。我承认有些传统产业由于新兴产业的勃起有面临转行的问题和选择，但企业家们如此鼓噪“跨界”什么的，更深层的心理原因是肤浅和浮躁。企业家鼓噪对社会影响还不是很大，但如果政府也这样忽悠，那就是个祸患了。

20 世纪 80 年代中，某县鼓噪农民种葡萄，农民也被鼓噪起来了大种葡萄，但不出 3 年，全县 99.9％的葡萄种植户倒闭，农民血本无归。

我观察这个县、这件事 30 年，全县只有一个农民一直坚持着，直到今天。在他周围、在他种葡萄的那条河岸，慢慢地有十几户农户跟着他种，因为，那岸、那人种的葡萄好，信誉高，能卖好价钱。

无论是做农业，还是做企业、做教育，我们都已失去了耐心，“全中国人民”都在想着“一夜暴富”“做大做强”“跨越发展”“跨界发展”，这叫欲速而不达，当然，“跨”大了，更多的人就要吃大亏了。

所以，在这里我送给企业界朋友一句话：因为专心，所以专业。这是全世界所有顶级品牌成功的金钥匙。

哪怕你是一根木头，如果你能坚持，你终将成为一根神木。

那个种葡萄的农民，是我的小学同学，他是一根神木，矗立在沙县罗岩山下。

且等春来归

我听说岭南某市出了个市长，“生活品位”很高，吃饭都是去高级酒店、高档会所，连“沙县小吃”是什么都不知道，百姓笑言该市长“不食人间烟火”。

不久前，这位市长“出事了”。那天早上他参加一个会议，会议开始前，主持者宣布今天的会议议程有所变动，“上面”有重大决定宣布。接着，会议室的门开了，“上面”来的人带着两位全副武装的武警，走到那市长面前宣布“上面”的决定，要他跟他们走一趟，因为他涉及一桩大案。

精彩的是，这位平日风光无限、颐指气使的市长大人当场瘫倒，屎尿失禁。

这是当今官场无限精彩的一幕！它告诉老百姓一个简单的道理：那些平日高高在上的人，只不过是一只只纸做的船。只要一阵小小的风吹来，它们就灰飞烟灭了。

但你去看现实生活，就会发现一些高高在上的官员，哪怕他只是一个村长，他都以为自己很“伟大”，而一旦他的职位丧失了，所有的“伟大”便马上消失了，他什么都不是。

我发现现在许多官员一退休，便老得特别快，在位的时候他们总是那么“红光满面”“神采奕奕”，但退休后就那么几年时间，就变得满头白发，衣冠不整，满腹牢骚，整个一个糟老头。

我不知道你有没有注意到：人是唯一画出他自己的动物。而且，人不仅画出自己，他还站在镜子前面，看着他自己被反映出来。

正因为此，人给自己带来了大麻烦——他由此产生了自我意识。于是，人变得对映像比对真相来得更有兴趣，兴趣盎然！

那个映像就是你的职位、名声、财富、思想、理论。并且，你变得对别人的评价很在意，你一直担心人们怎么看你，于是，你千方百计地用“美德”装饰你自己。其实，“美德”不过是一种装饰。实际上，那些搞出问题来的人，往往都是一些道貌岸然的人。

别人只是镜子，它所反映出来的你并不是真正的你自己。一个整天顾虑别人怎么评价自己的人，是一个内在空虚的人。

你的自己已经在你里面等你，你不需要去揣摩任何别人的眼睛。

这就是这场“反腐”的伟大洞见，我们且不谈它的起因和未来走向，就目前的形势看问题，“反腐”确实树了“正气”。过去天天喊“讲正气”，只是停在嘴巴里，但今日中国，桃李不言，下自成蹊。有“世外高人”年前就预言，2014 是好人翻身年。貌似是这么回事。

莫把心揉碎，且等春来归。

我回来了，提着酒！

最近几个星期以来，俺管的“闲事”有点多，农业的、医疗卫生的、教育的、政治体制改革的，而且跟某些“红人”之类“论战”得有来有去。于是，有同学发话了：先生很不淡定喔！而且何必跟那些猥琐小人较真呢？

同学的话我能理解，他们的意思是，我的如是“怒目金刚”的作派，跟我平常所倡导的“灵空生活”似乎是格格不入的。

其实，这是对“灵空意境”的极大误解，灵空不是道家、佛家说的“空”，灵空是“有”，或者准确地说是“妙有”。

“空”是很美的意境，我也喜欢“空”。当一个人进入了内在的旅程，他便离开了世界，放下了世界。不仅放下了世界，他也放下了头脑，因为头脑是这个世界的肇因。

我有许许多多的红颜知己、蓝颜知己，他们正走在这条路上。他们隐世于终南山、鸡足山，他们登上了喜马拉雅山。他们是完美的一群。但在“灵空意境”中，他们的完美是负向的。

是的，亲爱的，对你而言，不快乐已经消失，痛苦也已经不存在，但是你缺失了那正向的部分，我知道你已经“达到”了宁静，但你的宁静远远不是一种“达成”，不是一种洋溢。你在舞蹈，但那还不是你内在本质很喜乐的跳舞。

你去看道家的画，它以“空无”为终点。但“灵空”不以此为终点：他必须回到世界里来。

是的，灵空就是那个从珠穆朗玛峰回到世界里的那个人！他不仅回到了世界，而且他回到了喧闹的市场，不仅如此，他的手里还拎着一瓶酒。他是喝醉的，醉在神性里。

一个人在寻道之后回到这个世界是因为慈悲，他帮助其他的求道者也能够得道。

如果你不为别人哭泣、流泪、愤怒、喜悦、欢笑，那么你的“求道”还不是具有“宗教性”的。你只是一棵树，是绿色的、健康的，但你尚未开花。

树必须开花，并将它的芬芳散布到风中，进入所有心灵，穿越所有年代，无论高山沃野，还是沟壑涧谷。

我回来了，提着酒。

自我，一块假想的石头

自我给你一块石头站立，但那块石头是假想的，它只是一个梦。

我常听一些搞“哲学”的朋友说中国人缺乏“自我意识”。这是一个错误的判断，中国人缺的不是“自我意识”，缺的是“个体意识”。无论是文化，还是政治，几千年来中国人一直被灌输一种“我是世界中心”的概念，“中国”，世界中心之国也！“中国”以外，都是蛮夷。这是压在中国人心灵的最大一块石头，假想的石头。

自我是一种宣称，它的潜语言是：“我跟别人是分开的！”所以，造就了一群群“精致的利己主义者”，他们“招牌透亮”，心子漆黑，是典型的“厚黑学”传人。

因此在中国，当你说“个体”，人们总是把它理解为“自我主义者”。

事实上，自我就是所有你从别人那里搜集来的关于你的意见。

个体或曰自己、个人，与自我无关。自我是成为自己的障碍。

那一年，我去泰姬陵，我被它的美深深地震撼。我躺在泰姬陵清凉的大理石板上，静静地观察来自世界各地的游客，我发现几乎所有的人对泰姬陵并没有兴趣，他们对照相兴致盎然。

自我就是映像和照片。人是唯一画出自己的动物。你站在镜子前看着自己，那个镜子中的你就是你的自我。他是虚幻的。他根本不存在。

一些“成功学”演讲，总是叫你“超越自我”“抛弃自我”，那是世界上荒谬绝伦的“理论”，因为，你的内在并没有一个什么“自我”的东西存在，子虚乌有，你“超越”什么？对着“没有”，你耗精耗气，你这不成了“欧阳疯”了？

自我只是一个梦，当你早晨醒来，你无需“抛弃”它，它已经消失了！

但可怜的是，许许多多的人不愿意醒来。你陶醉于梦，这些梦就是来自你以外的世界对你的赞美、嘉奖、褒扬，当然更包括那些“货真价实”的功名利禄，还包括你东读西听来的“哲学”“理论”“宗教”“文化”“道德”“伦理”。那都是一块块虚假的石头，你踩在上面以为自己是个“顶天立地”的大人物，一旦抽去那块石头，摘掉你头上的“花环”，你什么都不是，你只是个废物，酒囊饭袋。但是，人们因为找不到自己，只能执著于那块虚假的石头，执著于那个梦。浮名浮利浓于酒，醉得世人死不休。

黑暗是光的不在。如果你拿一个火把进入一间黑暗的屋子，黑暗立刻消失。

由此，智者说，人不可教，只能帮助他认识他自己。认识自己就是觉悟。觉悟是火把，点亮它，虚假的自我便消失。

所以，真正的导师是点亮你，而不是“照耀”你，更不是什么“教导”。

非名山不留仙住，

是真佛只谈风月。

最富有的人

不知在哪本书，我读过一个故事。它说的是某朝某代一个宫廷税官侵吞了国库里的巨额银两，其罪当诛，但皇帝很是下不了手，因为这个税官是个好官，清正廉明，在群众中的口碑很好，他侵吞的国库银两是偷偷拿去赈灾了。可是皇帝也不能因此免他死罪，况且皇帝也不知道这个税官的行为是真的发自内心、体恤百姓疾苦，还是沽名钓誉，为了作秀，像当代的某些“慈善家”那样，是假慈善。

到了给那个税官行刑的那天，皇帝把刽子手叫到跟前并吩咐：你今天对那税官行刑，要注意观察，若他表现很宁静、很淡定、很坦然，你就放他一马，不要杀他了，若见他被押上来时，内心恐惧，面无血色，双脚瘫软，你就一刀给斩了！

结果是，皇帝没有杀那个税官。因为那个税官正如大家所说的，是个心底无私的人。

当然，这还是次要的，重要的是那个税官认为他做了自己该做的事，他，死而无憾。这就是一个人的内心召唤，内在声音。

有人问：在某种时刻我时常能听到自己内在的一种声音，比如最近我素食，当我看到肉，有一个内在声音会说，不要吃，它是罪恶！

这并不是你的“内在声音”，它只是寺庙或谁给你的“教导”，在你头脑里的一个回音，它仅仅是“社会良心”。

我的体悟是：内在的声音并不是一个声音，它是宁静，它什么都没有说。

有一次，有个小偷跟踪一位和尚，他瞄准了和尚的那只碗，那碗上面镶有一颗宝石,价值连城。夜幕降临了,小偷来到和尚住的破庙,躲在房间外的墙角,想等和尚睡着了下手。碗就放在那桌子的抽屉里,小偷心中窃喜。

和尚和衣躺下,准备睡觉,他向外面的墙脚看了看,然后说:“你最好现在就进来把那碗拿走,这样我才可以睡得安稳些。我不想你成为一个小偷,你喜欢就拿走,这是我的礼物。”

那小偷走出墙角,站在那里不会动了!无论怎样,他也迈不开步子。那和尚从床上坐起来,把那碗扔到他手上,然后说:“现在你可以走了,因为我已经没有其他什么东西了,这样你可以放心,我也可以放心。”

这个小偷飞檐走壁,偷过千家万户,但这次,是个意外,他偷不动了。不是这次偷不动了,是从此再也偷不动了。他之所以“金盆洗手”,不是因为他人的“道德劝诫”,而是听到了自己“内在的声音”。

因为他看到了那位和尚一无所有,但那和尚是这个世界上最富有的人。

你就是一个神

圣人教导人们说，要富贵不淫、威武不屈、贫贱不移，但这实在太难。人们总是那么贪得无厌，因为无法放下虚假的自我。

我听说有一次，一个非常有名的运动员刚刚从奥运会回来，他的胸前挂了好几个奖牌，但是当时他生病了。

在医院的时候，医生量了他的体温，很惊诧地摇摇头说："噢，老天！你已经发烧到 40 度半了。"

"喔！是吗？"那个运动员很脆弱地回答。然后他突然很有兴趣地问："嘿！医生，世界纪录是多少？"

人们因为太贪求，所以活得像个乞丐。有人在求房子，一套两套，几十上百套；有人在求金钱，万元户，百万富翁，千万亿万富翁；有人在求官位，县长市长省长，乃至更大的"长"；有人在求声名，副教授教授博导院士……最后什么都不是。

事实上，每一个人都只对他自己有兴趣。就好像你对你自己有兴趣。你求那么多，无非想得到更大的"赞同"，更多的"认同"，以喂养你的自我。为什么要别人来认同你？你自己认同自己就好了。别人的认同，那是镜子中的你，除了你在那自我欣赏，自我陶醉，谁关心你是谁？谁有时间关心你是谁？每一个人都试图要满足自己的自我，如果偶尔有人来满足你的自我，他一定是想要以它为工具来满足他自己的自我。所以切记！只要有人愿意献媚你，他就可以欺骗你。若要做到"毁誉不惊"、"宠辱双忘"，你就必须放弃所有乞求，当那个镜子中的虚假自我消失了，那个野心消失了，你就是一个神。

不是说你变成一个神，你本来就是一个神。无论你是一个鞋匠，还是个农夫、渔者、木工。

有一次在某小镇，有一个新娘在她私奔去结婚之后回到那个小镇。“我想我那天的私奔一定造成此地的轰动。”她向镇上理发店的老吴头说。

“可能吧！”老吴头回答：“当天晚上只有鳏寡老头阿豹家的狗发疯。”

我，就在这里

当人类消失，地球将会是怎么样一种状况？无论是摩天大楼、高速公路，还是往日喧嚣的街区，都爬满了青苔、绿藤，曾经拉风飞驰的大小汽车，锈迹斑斑。那些现在看起来坚如磐石的钢筋水泥建筑，只要那么几百上千年时间，全部化作泥土一堆。而那些写在纸上的所谓“理论”、“经典”、“教导”，更是灰飞烟灭。

我在哪里？我去到了哪里？想起这些，我们好忧伤。像那弯弯的月亮，孤独地高挂在天穹，深空没有回声，宇宙没有灯塔，太阳没有温暖，只有清冷的绿在疯长。

人们殚心竭虑地想着“流芳百世”、“永垂不朽”。你一直保持对别人怎么想和怎么说有兴趣，千方百计地给自己创造出很美的形象，为“意义”、“价值”、“主义”、“道德”，努力一生，忙忙碌碌，然后有一天你消失了，你的形象也归于尘土，什么东西都没有留下来。

老子说，吾所以有大患者，为吾有身。有很多“修行者”误解了老子的这句话，以为身体是个“臭皮囊”，于是拼命跟身体作对，什么“劳其筋骨”，“空乏其身”，那都是走火入魔的。

你是山坡上的一株百合花，活着，你尽情绽放，洋溢生命的芬芳。你“无身”，“没有身体”！我的体悟就是：它意味着你“完全健康”。如果你不健康，比如你头痛，你的头跟“你”是分开的，当头痛消失了，你的头也就消失了——不是“头消失了”，是你的头这时跟你在一起了。

因此，你之所以无法跟他人、跟世界和谐相处，是因为你想得太多，用心不足，用脑过度。人一思考，上帝就发笑。

据说香巴拉是宇宙的入口处，希特勒当年派了一个探险队，到那里找了7年，所谓“轴心国”，就是相信深地有一个轴心。事实上，这个轴心就在你里面，往内走，忘掉你的身体，丢弃一切“意义”和“价值”，香巴拉就在你里面。

噢！美丽的香巴拉，我爱你！

无数的人问过我，昨天你在哪里？

我，就在这里。

饭来张口

一大早就有同学发来微信问:“老师,您也用功修道吗?”我回答:“是的,修道很用功。”问:“如何用功?”答:“饿了吃饭,困了就睡觉。”问:“这样呀,那有什么稀奇,所有人不都和您一样地用功吗?”答:“不同!”问:“为何不同?”答:“有些人该吃饭时不肯吃饭,该睡觉时不肯睡觉,千方百计,索讨搜求。所以是不同的。”有句话说得好,浓肥甘辛非真味,真味只是淡。就像一位修行者,他从小放羊,生活平淡,周围的人无法认出他是一个“用功”的人,但是,他实际上是个活佛。该起床时起床,该放羊时出工,该睡觉时睡觉。不像有些人,都上午几点了还在睡,而昨晚,该睡的时候却还在吃宵夜。

现在很多人抛弃了“世俗”,深入寺庙、道观“修道”,他们遭遇了形形色色的“上师”“真佛”“道长”,却很难辨其真假。

其实,辨别的准则很简单,就是看他是不是已经抛弃了他的鞭子和绳子。

真正的上师是,饭来张口,衣来伸手,饭蔬食饮水,曲肱而枕之,乐亦在其中。所谓从心所欲而不逾矩也。

我听说我们村北山高高的金鸡岩上,很早的时候有一座金鸡庙,村里那个最富有的地主是个很有爱心的人,他供养了一个修道人在庙里,几十年如一日。这个地主已经很老了,他知道自己来日无多,就想检验下他伺候了一辈子的修道人是否已经修成正果。

老地主从城里叫来一个妓女,并对她说:“你要多少钱我就可以给你多少钱,你在今晚半夜去找金鸡庙那修道人,他那个时间一般都在打坐,而且从来不关门,你推门进去,靠近他,拥抱他,并吻他一下,然后回来告诉我看看发生什么事。”

那妓女去了，她推开门，有一盏小灯在燃烧，那修道人在打坐，他睁开眼睛，看到那妓女。他认得那个妓女，他害怕起来，浑身颤抖，他说：“什么！你来我这里干什么？”当那个妓女试着要去抱他，他惊慌失措，而且很生气。

那个妓女回来告诉那个地主所发生的一切。地主从此断绝给那个修道人的供养，断绝跟他的往来。本来地主还想把自己的所有财富留给这个修道人呢！

那个修道人之所以恐惧，显示出那根鞭子，或曰规范还没有被抛弃，那种生气和愤怒，显示他还没有开悟，他的觉知仍然是一种努力，他被一根无形的绳子捆绑着，没有达到行云流水任自然的境界，而且缺乏慈悲，是个“枯木禅”。

这个故事在我们村几百年口口相传，它滋养了一代又一代学人，像罗岩仙人的书法，花容同学的才气，在我看来都带有金鸡岩的禅意，禅风禅骨。

出门走门

在古代，衙门上常会挂一副对联：为士为农有暇各勤尔务，或工或农无事休进此门。它充分表达了中国古代社会"政简刑轻"的政治理念。西汉时有个叫汲黯的，他当东海太守时，因为多病而常常卧床不出，但是辖地却大治。

我认识一位"大领导"，他说他很羡慕我的生活状态，轻松自在。有一次喝茶的时候，我说那我们一起上喜马拉雅山轻松自在一下，他说："不可能！我没有办法休假。"我说："为什么？"我从来没有看过他休假，我们是 30 年的同窗好友。

他说："我在我们单位虽然是一把手，但我完全没有用，我不想让人知道这一点。我必须一直待在那里，让别人产生一种印象，认为我是被需要的，一旦我休假了，每一个人都会觉察到根本不需要我，因此我不能休假。"开始我以为他只是谦虚，在我面前讲着玩的。最近我才恍然大悟，他讲的是真心话。前不久，我听说某省省委被抓了大半，那个省的工作运行一切正常，我在想若是全都抓了，那省的士农工商，一定照常"各勤尔务"。

所以，我们每一个中国人都要站起来，坚决支持"打老虎"！而不是像有些人说的"反腐过了"，会影响"党的光辉形象"云云。无论"反腐"怎样开始并进行，全中国人民都热烈拥护。

不过，听说最近有人吁请延长本届领导的任职时间，对此，我倒不以为然。虽然他们的出发点是善良的，但事实上这个建议是损害"领导形象"的。

江山代有人才出，各领风骚三五年。所以，做领导的最高境界是充分认识到自己是"无用的"。不少官员就是没认识到这一点，而认为自己是"有用的"，于是，就搞出问题来了。读书也一样，最高境界是“不求用”。

如果你真正洞悉了“真理”，你就永远也不会遇到所谓“实践”的困惑。就好像你从这房间走出去，你一定会从门走出去，而不会从墙穿过去那么自然。这就是所谓的“开悟”，通俗点讲，开悟就是了解，就是洞见。

智通当初在归宗法会内，一天夜里，他忽然连声叫喊：“我大悟了！”众僧为之惊骇。第二天上课时，徒儿们聚齐了，归宗说：“昨晚大悟的人出来！”智通站出来说：“就是我！”归宗问：“你看出什么道理，就说大悟？说说看。”智通说：“师姑原来是女人做的。”是的，师姑是女人做的。

出门要走门。做学生就是读书。做老师就是上好课。做和尚就是撞钟。当乡长就是为你这乡的人民谋福利。但现在的情况完全乱了，当乡长的整天琢磨着有朝一日当县长，当县长的朝朝暮暮想着当省长。做学生的不读书，做老师的想发财，做和尚的不撞钟。但我的生活理念是，当一天和尚撞一天钟。

同学，你找到老师了吗？

今天是教师节。一谈到老师，人们总喜欢把他们比作“蜡烛”“春蚕”什么的，耗尽生命，“照亮别人”。我以为，这是对教师工作的极大误会和不了解，是一些没做过老师，或老师当得不称职的“诗人”们在那瞎吆喝。他们也许是尊重教师的，但可以肯定，他们根本不热爱教师这个职业。

当你热爱教师这个职业，你就会体会到，做老师不是一种“蜡烛式”的消耗和漏出，而是洋溢。

当你是漏出的，你会觉得精疲力竭，身心憔悴；当你是洋溢的，你会觉得很满足。洋溢是一种喜悦，纯粹的喜悦，就像花儿绽放。绽放是因为你已经很满，你无法容纳，然后溢出。溢出即是分享。

如果你是洋溢的，你是分享的，你就从来不会觉得疲倦，事实上，你更加精力充沛、热情洋溢、魅力四射，而且你更加放松，就像一株开花的树，你放松、快乐、无忧。

有时候你甚至像长出了翅膀，脱离了地心引力，你变得没有了重量，你在天上飞。

有人说，是的，我很艳羡教师工作，我退休后一定要到学校去做个老师，哪怕不要一分钱报酬。这也是对教师职业的极大误解。

很多人都误以为做老师很“逍遥自在”，其实它是这个世界上最不好混、压力山大的职业，我目睹着身边一个个老师“半路改行”，或教书教出高血压、内分泌紊乱。试想看，你平常去高校开一次讲座，你一口气讲了一个半小时，两小时，甚或3小时，很精彩，那么，你有没有把握在这个讲台上讲一个学期，讲

40 学时、50 学时？而且节节这么精彩？回答是否定的。而做一个教授，你不是要讲一个学期、两个学期，你是要讲 10 年，20 年，40 年的。这就是为什么现在全国各高校很多到了“教授”这个级别的老师不敢上讲台、怕上讲台的原因，因为他们实在是讲不出什么新东西了。你知道他们的心理压力有多大吗？真是大到“蜡炬成灰泪始干”“春蚕到死丝方尽”呢！

而现在社会上的许多达官贵人，钱赚多了，官做大了，往往喜欢到高校做“兼职教授”“客座教授”，这叫“沽名钓誉”“不务正业”。

我认识一个大官，他生前是某高校的客座教授，因为是大官，学校也因为能聘到他做教授而光荣。既然是“教授”就得给学生“讲课”，于是乎，学校每年每学期都得请他来开讲座、讲课，这位“客座”十几年来到那所学校“讲课”，竟讲的都是同一内容，都是那几句话，学生苦受煎熬。由于被点名来听“课”的都是一些不懂事、好使唤的新生，这些学生一到了大三大四，一听到“讲座”二字，就几乎要冲到卫生间抱着马桶狂呕。

当然，善于包装的“客座教授”、“讲座”也是有的，那都是一些全国性“大V”级的“教授”，他们有个独门秘籍是：拿着一模一样的“讲稿”走天下。东南讲完去西南，西南讲完去北上广。如果你能上一期“百家讲坛”，你就能一夜之间成为“大教授”“名教授”。

但我发现，古今中外，大凡能成为“老师”的人，都不是这样闹腾的，如老子，一辈子就没有开过什么“讲座”。

只在此山中，

云深不知处。

同学，你找到老师了吗？

中　秋

明月千江有，
中秋不夜天。
可知廊桥水灯，
来往天上人间。
我愿随流而去，
小船一蓑烟雨，
与天默同行，
和你舞清影，
舒啸东皋边。
日耕樵，
夜读书，
时看剑。
无心出岫，
云中把酒话桃源。
人有生老病殁，
月无消长开阖，
此理天下诠。
但愿人法月，
生生到永远。

他吃了太多马了

我有一位朋友，学富五六车，才高七八斗，而且很有济世情怀，在微信里开了个“说古道今”之类的栏目，每天日出而作，日落而息，把孔老夫子之类的言论、经句，拿来逐字逐句地“解释”，生怕有悖“圣人”初衷原义，如履薄冰。

我一直认为我的这位朋友的所作所为，毫无意义，是在浪费时间，并且我也当面说过他几次，他就是不理我。没办法，有学问就是任性。

在我看来，所有伟大的教导都是间接的！愚蠢的人总是活在经句和规则中。对于先圣先贤的教导，我们只能用极为概略的方式看待，遗貌取神，并让它成为我们领悟的一部分，成为我们的聪明睿智。

阿明是医科大学刚毕业的大学生，不久前他拜一位优秀的老中医为师。阿明非常认真，老中医每次查房，他都会跟去。

有一天，阿明很诧异，因为那老中医给一个病人把完脉后说：“你吃了太多芒果了。”

通过把脉，怎么能知道病人吃了太多芒果呢？阿明感到十分迷惑。回来的路上，他问：“老师，请您给我一个小小的提示，您是怎么……”

老中医笑着说：“脉象是不可能显示这个的，那是因为我看到病人的床底下有一大堆芒果皮，还有一大堆没吃完的芒果，所以我作出推断。那只是推论罢了。”

有一天老中医生病了，阿明代他查房。阿明来到一个新病患的床前，给那病人把脉，他闭着眼睛，有模有样，然后他说：“你吃太多马了。”

这个病人从床上跳了起来，说：“什么？你疯了吧?!”

年轻的阿明医生百思不得其解，他心烦意乱地回到老中医那，老中医问他："怎么回事？"

阿明说："我也是看了床底下，那里有马鞍和其他一些东西，可是马不在那里，所以我就想'他吃了太多马了'。"

一轮圆月

“是谁创造了神?”一个8岁的小孩问。

“神没有起点也没有终点。”老师回答。

“但是每一样东西都有一个起点或终点。”那个小孩坚持。

这时,站在旁边的另外一个8岁小孩说:“一个圆圈的起点和终点在哪里?”

“我知道了。”第一个小孩说。

这就是孩子的智慧,天真的智慧。在我看来,天真即是智慧。当一个男人爱上一个女人,他会变成一个孩子。那是爱的力量,爱使你变得智慧。

一个人从世界开始,他也必须以世界为终点,那个人生才是完整的,那个人才是完美的。圣者说,这就是达成。达成就是到达彼岸。

事实上,并没一个所谓的彼岸,也没有离开这个世界的涅槃。世界就是涅槃。这个世界就是成道的、至高无上的、最终的,没有其他世界。

有时候你或许甚至没有觉知到一个佛陀就在你家附近,只是你不知“道”。因为你不知“道”,你一直努力想要像一个不平凡的人,所以你一直在路上,画不成人生的那个“圆”。

渝儿曾经寻遍千山万寺,为了“求道”,但一直“不知道”。我第一次见到她,她一言不发,恭恭敬敬,一脸严肃,没有笑容,坐在那就像是一根枯木、一块寒岩,她已经离开了这个世界,我因此悲伤了几天几夜。她跟我说,庙里的人“看”出她的“前世”是个罪人。

我给渝儿说了这样一个故事。

有兄弟俩，穷困潦倒，度日艰难，有一天他们心血来潮，计划出一个发财梦。他们来到一个小镇，在夜晚，哥哥提着油漆桶，把油漆泼向小镇居民的窗户。3天后，弟弟背着可以洗刷那种油漆的“独家秘方洗液”沿街叫卖，日进斗金。他们就这样，一前一后，走过一村又一村，一镇又一镇。

这就是所谓“宗教”的诡计，先假定你是个罪人，接着它开始卖“赎罪药”、“升天经”。

但一个真正的佛，它会对你说：佛魔不二！心定万物即定。

渝儿现在是一轮圆月。

拥抱着迎接明天的太阳

在我看来，人的头脑分为两种类型：太阳型和月亮型。太阳型头脑是理性的、分析的、分别的、争论的、辩证的、逻辑的；月亮型头脑是诗性的、灵性的、宗教性的。月亮象征着女人，太阳象征着男人。所以，女人更具有接受性，更有磁性。当一个佛陀，一个老子，或是别的一个圣贤达到全然的开花时，他们都丧失了男人的所有棱角，变得很圆润，看起来很女性化。女人是精致的，而男人是粗糙的。女人是宁静的夜晚，男人是喧嚣的白天。事实上，所有那些成圣的人总是在晚上达成的。

我和老友延锋有一个很一致的观点，那就是：人一切都可以舍弃，最后不能舍弃的只有两个东西，一个是自然，一个就是女人。歌词里唱“等到风景都看透，也许你会陪我看细水长流”，要找一个能陪你去看细水长流的人，很难！它需要累世因缘，正所谓“十年修得同船渡，百年修得共枕眠”。要等到一起去看细水长流的那个她或他，千年等一回。

有一位圣贤习惯晨间散步，有一个邻居经常跟着他去，那邻居知道圣贤不喜欢说太多话，所以每次跟圣贤走在一起，都默默无语。有一次，那邻居的一个朋友来找他，强烈要求跟他们一起去散步。走在山林、溪流、田园间，邻居和圣贤都保持沉默，那个朋友却觉得很尴尬，觉得快活活憋死了。太阳出来了，景色很美，那个朋友情不自禁地脱口而出：“多美的日出！”但邻居和圣贤都没回应。回到家，圣贤对他的邻居说：“下次不要带你那朋友来，他太多话了。”邻居说：“太多话？可是他整个早晨只说了一句话呢！”

是的,一句话也是多余的。当你握着你爱的人的手,躺在嫩日初生的山顶,你们在此时在此地,你还有必要说“多美的日出”吗?

夏夜,荷风送爽。天宇湛然,月轮高挂。拥抱着,我们迎接明天的太阳,泪流满面。山河寂静,流水潺潺。

无梦无想

禅宗有句问话：无梦无想时主人公何在？

气功就是进入无梦无想净地的古老修炼术。

因为有明天，所以你可以生活在今天。你以很多方式来为明天和未来取名字。极乐世界、天堂，有人干脆以财富来造梦，最典型的是最近在网络上闹翻天的所谓“互联网思维”。你忽悠我，我忽悠你。人们无法停留在当下这个片刻，无法存在于此时此地。你为那个未来很远很远的地方那个不存在的东西浪费掉了你的现在，这就是做梦的意思。

你也可以停留在过去，因为那也是在做梦。你一直回想着那个已经不复存在的东西。你去看那形形色色的微信朋友群、校友群、同学群，人们从早到晚聊吃、聊喝，聊过去、聊“治国平天下”，事实上，他们的生活一直处在梦幻中，从黑夜到白天，一直在那讲梦话。你无法单独和自己相处片刻。

有人问，桃花一点点最近去哪了？我哪也不去，我一直在那。远避尘嚣，萧然静坐，目前无物，不转微信，偶出文记。

放假了！过节了！生命每一刻都在庆祝。

此时无声。

月出惊山鸟，

时鸣春涧中。

你爱过吗？

有一个年迈的樵夫，正扛着又粗又重的木头往家里走。这项工作他做了几十年，日复一日，年复一年，单调而又乏味。就像在银行坐柜台，天天数票子，3 天学会，30 年做不完。要我去做这样的工作，3 个月都受不了，一定会从银行的摩天大楼上跳下去。

这个樵夫也一样，他找不到生活的意义和价值。特别是今天，他辛苦又疲劳，早晨出门时，老婆莫名其妙地跟他吵了一架，到了山里本想给她发个微信道歉下，可没想到，老婆竟黑了他：拒收他的微信。

樵夫重重地扔下木头，跪在地上，泪流满面，他对着天空说："死神啊！你天天去找那么多的人，但为什么没有我？你还要在这个苦难的世界折磨我多久？我受的惩罚还不够吗？"

突然间，死神出现了，樵夫简直无法相信自己的眼睛！

死神说："你叫我吗？"

樵夫从地上蹦了起来，他吓坏了！这是本能，刚才的话也并非出于他的本意，他看了看四周无人，便说："是的……是的，我叫了你，拜托，请你帮我把这根粗重的大木头放回我的肩上好吗？这里没有其他人，所以才叫你的。"

这个樵夫的表现，就是人性。每个人都拖着疲惫的身体和灵魂，每天应付没完没了的"枯燥的生活"。但你厌倦的并不是生活本身，你也并不想死，你对死亡并没有准备好。虽然你每天捧着《度亡经》在那苦读苦悟，但因为你连爱都不懂，你怎么知道"去死"？千百年来，那些死去的人都是带着恐惧合上双眼的。

事实上，死亡不是结束，它是一扇门，是开始。死亡是为了一个更加伟大的本我，而献出自我。它就像爱，为了你他宁愿“堕入红尘”，自取其辱，混迹在一群文化掮客、国际骗子、土财主土瘪三里，跟着你忽悠。因为，他爱你这个人，不仅要接受你这个人，同时也接受你的事，即使你是个女版“赵忽悠”。

有人说，眼睛为你下着雨，心却为你打着伞。这就是爱情！

你爱过吗？

女人的名字叫月亮

男人一直不断地打仗。有人统计,在过去的 3 000 年中,地球上就发生了 5 000 次战争,仿佛杀人是男人的唯一职业,3 000 年来,男人一直统治着这个世界。

所以,我不喜欢男人,我喜欢女人,喜欢跟女人在一起,如果你问我在这个世界最后无法舍弃的两样东西是什么,我的回答是:女人和自然。那个爱我和我爱的女人。

我发现所有伟大的品质都是女性的,爱、慈悲、同情、仁慈。

男人在车里等女人下楼,她说马上就来,结果磨蹭了半个小时,甚至快一个小时。你煮好香喷喷的晚餐等你的爱人回来,算好从单位到家是半小时的时间,想给她一个惊喜,结果她两小时后才跨入家门。没了惊喜,只有恼羞成怒。

你这就不了解女人了。我老婆常教导我说,太太出门是要等的!我对女人的"哲学发现"是,男人活在时间里,女人活在空间里。我发现,女人对空间很有概念,她们布置房间,设计家具,或者把自己穿得花枝招展,连阳台都拾掇得一尘不染,这些都是"空间的"意味的。

有人问圣人,天堂有什么特别之处?圣人回答:那里将不再有时间的存在。

有了时间,快乐的国度将发生在未来某个乌托邦的地方,而不是在当下。

月亮就在那。

她不急不忙,畅饮宇宙当下的时光。

一切美学、爱以及属于心灵的、直觉的东西都来自月亮。

女人的名字叫月亮。

起来吧，男人

有一篇文章，主旨是讲“中国男人正在大踏步倒退”，它归纳出在 20 世纪 70 年代到 90 年代期间出生的男人，有几大劣根性：没血性、没头脑、没形象、不锻炼、不学习等，很真实，很客观，可谓入木三分，鞭辟入里。但正是它太真实、太客观了，我读了以后，心情好沉重！因为我从教 30 多年来费尽青春和心血教过的学生正是这个年龄段的人。换句话说，在我精力最旺盛的时期，我面对的是一群“退化的男人”。尽管我不完全同意那篇文章的观点，因为不管哪一代人，总有出类拔萃的“异类”，但就整体判断而言，文章的观点不得不让我这个“忠诚于教育事业”的教授，黯然神伤！

在那篇文章中，还举了一个典型的例子：“我原单位一位高级技术专家，退休了，老伴儿也早退休了。他俩有一个儿子，今年 35 岁，研究生学历，但没有任何工作，也没有正式谈过女朋友。现在，天天在家打游戏，老两口不敢说半个不字，否则发狂发飙。这都不算啥，关键是根本不与老爹老娘沟通。譬如，中午要吃什么，老娘要是问他，必定烦躁，因为影响他在网游世界的快活。那怎么办呢？发短信。老娘在隔壁发短信：儿子，中午吃什么？儿子回：随便。老娘回：吃黄豆炖猪蹄怎么样？儿子回：随便。老娘回：那就再加个西兰花。儿子：发一个拇指的符号。老娘就屁颠颠买菜去了，临走时把门轻轻带上，好像里屋的儿子是陈景润，正在搞‘哥德巴赫猜想’。”

这种情况确实很多，在我们身边就司空见惯。你去看看你身边，左邻右舍的年轻人，哪像“年轻人”，20 岁刚出头，就发福了，挺着个大肚腩，路都走不稳。那文章作者还提到，有一次他站在一个地铁站的滚动电梯旁观察，一小时之内,684 位男人,没有一位面带微笑,其中 423 位大腹便便,一半以上目光呆滞、表情木然,有 7 位目光比较清亮,但其中 4 位是中年男人。

中国男人之所以堕落到这田地,我以为跟生活节律有关。

用一个“专业俗语”来说,节律就是:修持,固定的修持。

有一句话讲得非常好:什么叫不简单?就是大家都认为简单的事,你日复一日、年复一年地去做,并且把它做好,这就是不简单!我常跟我的学生讲,比如跑步这么简单的事,你能不能每天早晨 6 点钟起床,在大学期间坚持 4 年,甚至毕业后继续跑下去?这就是修持。

修持就是一个有规律、有规范的生活。这话乍一听起来,好像是在奴役自己。恰恰相反,一个没有规律、没有规范的生活才是奴役,你是所有漂浮不定思想的奴隶,也许你以为每天早晨爱睡到几点起床就几点起床,那是自由,其实你在奴役着你的身体,你的里面有无数的主人,因为你不能成为自己的主人,你没有中心,没有方向。百无聊赖,每天被生命拖着走。

春天来了!鸟儿在窗外欢叫,笋尖破土而出,大自然散发着泥土的芳香,万物苏醒,而你昏昏欲睡。

起来吧,男人!

听　你

如果你注视一个人 3 秒钟，那是可以容忍的，但如果你的注视超过 3 秒钟，你就冒犯了他，你是在瞪他。

可是，你倾听一个人并没有时间限制，因为耳朵是没有侵犯性的，它很像是女人，像女人一样深具接受性。而眼睛更像是男人，带有攻击性。所以，男人总是喜欢看美女，色眯眯的，但女人喜欢听甜言蜜语。

昨天我在学生中组织了一场讨论会，平日里都是我高高在上，站在那侃侃而谈，现在我突然发现，倾听是一种更加美妙的意境。我豁然开朗：接受性是通往神性的大门。当你静静地倾听，你就像一面空镜，那是一种"没有头脑"的状态，没有思想，没有意识。

然而，我发现现代人已经完全丧失了倾听能力。你看那 90 多岁的老院士站在讲台演讲，也就那么半个多小时，但听众不是在玩手机，就是趴在那睡大觉。

这是灵空崖，新月如钩，灯下的草丛，小虫在轻轻鸣叫。

佛家有云，打得念头死，许汝法身活。

我，是一盏无影灯

开始，我还担心人们不知道福建农林大学西大门的“半岛沙滩”，但很快我发现我错了。自沙滩开放短短的几个月以来，这地方显然成为炙手可热的“旅游景点”，靠沙滩的三环路，左右两边停满了车，福建农林大学校园内，大大小小的人行道上也横七竖八地停满了车。我记得黄褚林、青云山温泉点刚开放时也是如是景观。

由此，我想起古印度的一句谚语：“灯下面是暗的。”

是的，灯火可以照亮周遭，但在它下面却是暗的。

这就是人的处境。

周围的一切你都能看得很清楚，但是你看不到你在哪里，你看不清你是谁。

所以，人们一直在路上。人们一直在寻找。从这个城市到那个城市；从这个景点到那个景点；从这座山峰到那座山峰；从这个国家到那个国家……结果空手而归。

没有什么地方要去，只是在这里就非常快乐。

闭上你的眼睛，用心倾听，无论你在山野，还是陋巷、市井，或是公寓楼、学生宿舍，你会发现所谓“彼时”“彼处”“彼岸”“天堂”“地狱”“西方极乐世界”都是虚构的。

此时此地才是唯一的天堂。

就像我，在金山校园一间 45 平方米的单元公寓里，一住就是 30 年。人们都说我活得很潇洒，其实我是一个“苦行僧”。但是，我就像一盏无影灯，周围很亮，灯下也很亮。我看到了我在这里，一直在这里。在此时在此地。八风吹不动，端坐紫金莲。

我，是一盏无影灯。

找寻

Devils 同学说,旅行要走多远?再远的地方,天黑了的夜景也那么像。再远的地方,看到一样的连锁店也会瞬间感到亲切。是什么让我们感到离开熟悉的地方?人,景,还是自我想象?即使在同一个城市,人还是不联系,即使在同一个地方,景还是会突然陌生……只不过告诉自己我在外面,却总有些时间觉得从未走远。

是的,旅行不在风景,无意他乡,人们是在找寻自己。

其出弥远,其知弥少。

贪看天边月,失却手中珠。

生命不是一个欲望,它必须是一个找寻:找出“我是谁”。

但是,我觉得好奇怪喔!人们不知道他自己是谁,却试图要变成某某人物。每一个人都怀着一颗野心,想要变成这个变成那个,不是“马云”“比尔·盖茨”,就是总统、首相。

在我看来,想要变成什么是灵魂的一种病。而那些想要把你“变成什么人”的人,显然已经疯了。

切记,本性才是你。

佛家说,如如不动。

回　归

我是多么爱你
就像星星仰望着月亮
泪眼眨巴
带着惊喜　我在问自己
这是真的吗
还是依然在梦里
几回回　千万年
我一直在等你
今天　月亮就在身边
担心你冷
我把你埋入我的心间
那颗心叫太阳
普照大地
但能量来自你
不会再有长夜
黑暗只是太阳去了
地球的那一边
不会再有轮回
我们当下化作
佛陀那双眼睛

看门前花落花开
观天边云来云去
在灵空崖岸
筑一小窝
畅饮金鸡岩山瀑泉水
有一群孩子
在荷塘嬉戏
一束晨曦穿林
静静地　我们一起老去
不是老去
是回归天地

无所作为

国外现在流行的十大健康方式，静坐就是其中之一。也许乍一听起来，这是一件很简单的事，其实它没那么简单。一个你还没有弄懂的道理是：唯有当你的生活是有规范、有节律的，你才能坐得下来，你才能坐得住。

不相信你试试，你能静静地坐上几分钟吗？对你而言，那一定是比下地狱还痛苦的一件事。你不是这里痛就是那里痒，你无法只是静静坐着，什么事都不做，好像就是一定要做点什么。你需要某种占据。你会说，至少给我一个咒语吧，让我在内心诵念。

只是静静地坐着，什么事都不做，那是能够发生在一个人身上最美的事情。

气功、瑜伽最基本的功夫就是静坐。它是一个放松的姿势。你放松在它里面，你在它里面休息，根本就不需要移动身体。在某一个片刻，突然间，你就超越了身体。

十几年、几十年来你一直不让身体休息，以致身体现在忘记了休息。它无法停下来，即使你现在叫它休息。

一个很深的休息就是瑜伽，就是气功。但能让自己的身体进入休息的状态，需要很深的：定力。

有一天，有位师父在他的禅房里坐着，他的徒弟进来看到了便问："师父，你在这里做什么呢?"师父答道："什么也不做。"徒弟说："这样就是闲坐了?"师父说："如果是'闲坐'，就有所作为了。"

南台静坐一炉香，
终日凝然万虑亡。
不是息心除妄想，
只缘无事可思量。

崖茶：灵空崖的味道

多年前，有一次跟老友仕淦聊茶，他是个老茶客，当我问及“何谓好茶”时，仕淦旋即说，你把灵空崖附近山边野地里的茶采来，简单地揉揉炒炒晒晒，泡上灵空崖的山泉水，就是上好的茶。

日前我带我的博士生们在沙县、三明一带调研，便转悠到了灵空崖。陈崖主现在已是沙县新农人合作社陈社长，这个市级示范社主要生产蜂蜜和蜜制酒，最近加盟“千村万十”农业电商社群，产品好卖得很。前几天，陈社长刚刚上福建电视台公共频道，来拜师取经的创业者络绎不绝。

灵空崖四方，山笋冒尖，万木吐绿，小径山凹芳香四溢。那新嫩的茶，从山崖的岩缝里拔翠，餐风饮露，白雾茫茫。

按我的要求，陈社长连续几天披荆斩棘，采来了茶青，经过简单的萎凋、搓揉、炒晾、轻晒，一款仕淦兄当年渴望的好茶便诞生了。

我随即命名它为：崖茶。

老唐同学说，它即是桃花一点点私人定制茶。

泡一壶崖茶，坐在灵空崖芬芳吐绿的银杏树下，暖暖的夕照把太阳的香气焙进了茶壶，那茶，喝起来真是爽！不造作，一切本自天然。天然的茶青味，那是春的气息。还有淡淡的花香、草香、蜜香。崖茶的“甜”，不是人工制作的“回甘”，而是花草树木本来的滋味。还有那乡下烧柴大锅烘进茶叶里的焦香。

崖茶即是灵空崖的味道。

山崖一点绿，灵空白雾中。

蜂蜜崖茶

柴米油盐酱醋茶。

对于福建人来说，茶是千村万户百姓家再寻常不过的事了。

在沙县、三明一带，泡茶的方式和喝茶习惯，跟厦、漳、泉、潮、汕一带截然不同。小时候，我在农村长大，家家户户都烧大灶。清晨早起，母亲先冲一大罐清茶。大茶罐是陶土烧制的，简约而古拙。有客人来，就用吃饭的海碗，倒一大碗，上面还飘着几片舒展的老叶，客人咕噜咕噜一口气喝个爽，尤其是夏天。它有点像北方人喝的大碗茶。出工干农活的时候，各家各户的女人都为下田的男人装一桶大罐茶。茶桶是竹制的，取上下两节老竹，削去竹青，薄如纸，轻巧便利，在上方的竹节壁上开一四方小洞，炎热的夏日，口渴了，就在田头端起茶桶喝上几口。

大罐茶、竹桶茶就是今天的崖茶。泡茶的工具是玻璃啤酒扎，透明的玻璃彰显茶的本色，还有叶的飘然。若在崖茶里加入少许蜂蜜，那就是蜂蜜崖茶了。但蜂蜜一定要纯正天然，它必须是灵空崖天然蜂蜜。水也必须是灵空崖壁涓涓流下的山泉水，清又纯。

夏天到了！沙县新农人合作社陈社长对我说，他已研究出蜂蜜和茶的最佳配比，口感好，绿色、健康、有机、富含多种微量元素，并准备开发蜂蜜崖茶，在沙县一中校门口先开一爿“蜂蜜崖茶店”，不为赚大钱，只想着若城里的小同学们能喝上这绿色生态茶，一定更健康。什么“可乐”“奶茶”之类，都是垃圾食品。新常态、新时代、新沙县需要一泓新泉浇灌，它的名字叫：沙县蜂蜜崖茶！它来自罗岩山下的灵空崖。

灵空一片云

大学精神的实质是：学术自由，独立思考。

所谓“自由”和“独立”，它的最大行为表征就是：探索。在我看来，当代大学生最缺乏的就是探索精神。当然，他们看起来好像比以往的大学生更具“探索精神”了，比如他们更具好奇心，更会发问，尽管这是一大进步。

但探索和发问是两件完全不同的事。发问只是基于好奇。探索或曰探寻则是一种冒险，是一个追求真理的旅程，是一种找寻。

你问：水是什么？老师回答：水是 H_2O。它是一个回答，一个完全正确的科学的回答。

可见，问题很容易可以借着任何逻辑的、理性的回答得到满足，因为你只是在发问，而不是在探寻。

探寻无法借着逻辑的或理性的回答来得到满足。探寻就好像口渴，你必须找到水，千辛万苦地跋涉，翻山越岭。

我从教 30 多年，面对过千万个发问，我对答如流，但至今似乎还没人发现，我的回答并不是回答，事实上我是个“杀手”，我一直在“杀”问题。

在我看来，平庸的老师总是在给你答案，好让你能够抓住那个答案而保持无知：它很美地装饰在表面，像一座充满着答案的图书馆，但是在外表下面却是一个无知的深渊。

而我从来不做这种事！我不会给你答案，我会“杀”掉你的问题，我会带走你的问题。

切记！如果你所有的问题都能够被带走，你的无知一定会消失，留下来的就是天真。

所以,最后能留在我身边的,只是一群天真的人儿。当然,美女居多,她们个个天真得如山花,烂漫山谷。

昨日,我在灵空崖老松下的大石头上静坐,这时,有访道者沿山阶走来。他问:“先生修的是什么法?”我说:“阁下看见了空中的一片云吗?”他回答:“看见了。”我问:“用钉子钉着的,还是悬空挂着的?”

夜云深深

人之所以无法倾听，是因为他一直在判断。这是一种深重的文化疾病。那些高高在上的人，大师、导师、领袖、首脑，他们一直在教导人们判断：这是好的，那是坏的；这是罪恶，那是美德……人类的头脑在过去那么多个世纪以来被装满了垃圾。

但真正的老师、真正的师父从来不教你任何道德律条。他从来不说：这是对的，那是错的；这是道德的，那是不道德的。因为这种说法太幼稚。一个民族的心灵无法成长，就是因为这些幼稚的说法和想法充斥着它的教科书、报刊、电视、广播、电影、互联网。当然，还有各式各样的"鸡汤""箴言""警句"。

于是，我国诞生了很奇怪的一类人。他们的最大特点是对世间万物都有既定的判断，政治、经济、文化、宗教、军事、外交，上到天文，下到地理，中到人事，表面上很有见地，实际上都在背"语录"，因为离开了"语录"，他们无法言语，甚至无法思考。

所以，如果你处身如是浑噩中，最好的办法是远离。

是的，远离！去找寻自己，找寻成道者。

跟一个成道者会合，就像跟一面镜子会合，你会看到你真实的自己。不是看到面具，而是看到你原始的脸；不是看到人格，而是看到你的本性。

跟一个成道的人会合会产生出一种共振、一种脉动、一种震动，它会达到你存在的最深处。

只在此山中，

云深不知处。

欢庆你自己

有一次，有个记者采访一位外交官，她按中国人习惯，夸奖他是位政治家，那外交官听后神情显露出不悦，并马上纠正说他只是一个职业外交官，不是什么政治家。

在西方文化中，政治家、政客几乎与摇唇鼓舌、招摇撞骗是同义语。

而且，你或许没有发现，历史上所谓伟人，无不受自卑之苦的煎熬，或心理上的，或身体层面的。身材不高的拿破仑就因此深受折磨。有一天拿破仑想在卧室墙挂一幅画，可是挂不着，他的贴身侍卫说："等一下，我比你高大，让我来。"拿破仑听了很生气，他说："收回你的'高大'，只要说你比我高就好了！"

"伟大"的林肯也是个长相不怎么样的男人，而且讲话口吃。我听说他之所以留胡子，是因为接受了一个小女孩的建议，因为留胡子的他确实比以前好看多了。

事实上，所有政客皆源于某种自卑情结，因为那份自卑太伤人，他们想向世人证明自己不是等闲之辈。他们一辈子都在想出人头地。尤其在中国文化中，这种"理念"浸透在我们的血液里。长辈、老师们总教导年轻人要做"人上人"，成为"某号人物"。

你就是你自己！你是独一无二的个体，无论你是什么样子，无论过去、现在、未来，永远没有人能和你一模一样。每当我想到这些，就有一种无名的狂喜。所以，我总是乐在其中。

我发现，一个人一旦开始欢庆自己的样子，生命便有了令人心驰神往的色彩，每一刻都那么朝气蓬勃，生机盎然。你的一生已然成了一场庆典，而不是什么"人生苦海无边"。没有彼岸，没有此岸；没有火，没有太阳。

天堂就在当下。

努力即是抗争

从踏进小学校门的第一天起，老师就教导我们要努力学习。而我是一个从小到大完全不晓得何谓努力的人。

学习是那么快乐，干吗还要努力呢？在我看来，努力意味着你被割裂了：一部分要带你到某个方向，另一部分要带你到另一个方向，于是，努力出现了。

如果你没有所谓方向，你当老师就一心一意地当老师，做学生就一心一意地做学生，何来的努力？

有个小姑娘昨天对我说，她在考雅思，经过近一年的努力，她很快就要上考场了，现在有点精疲力竭。我对她说，你并未进入考雅思的“禅境”。学习是那么有趣，你为什么还要“努力”呢？说明有学习雅思以外的事在拉动你，一年来你心猿意马，心不在焉。

你会以努力的态度去爱吗？如果你在“努力地”使自己去爱，说明你跟你的男友或女友的好日子已经不多了，我劝你还是早点分手，免得彼此耽误。

生命是一场漂浮，像河流这样泛泛流动，它无须半点努力。你需要“努力”呼吸吗？你的心跳带有任何“努力”吗？

再看看窗外，那些树木没有丝毫“努力”地活着。

努力是一种抗争。

而“不努力”则是一种沉浸。就像刚才，我沉浸在置身讲台的欢乐中，我并不需要“努力把课讲好”的意识。我是一株绽放的百合，课堂里芳香四溢。

当你沉浸于雅思考试的学习海洋，你就无须努力，你只是漂浮在无尽的知识海洋，阳光明媚，沙鸥翔集，万类霜天竞自由。

谁把你变短了?

我真的很难想象一个人的奴性是如此根深蒂固,即使你千呼万唤告诉他说:你是独一无二的,个体性即是神性,他不仅无法理解你的慈悲和善意,甚至可能因此对你产生敌意。

于是,这世界便有了层出不穷的"教主"和"领袖",当然,还有"大师""法师"之类。这些"陶醉于崇高"的人赖以为生的就是将你毁掉,因为你需要别人带领,所以他们才会是"领袖",让你不停地谴责自己。

古时有一位皇帝,他很喜欢将全国上下奇奇怪怪的人才召进宫中,问各种问题,听他们的讨论。

有一天他在黑板上画了一条直线,然后说:"谁能不碰到这条线就让它变短?这里有个大奖等你拿。"他手里拿的那颗很美的钻石就是奖品。所有人都开始思考……不能碰到,那如何使它变短?!

当中有一位极为幽默的男人,看到其他人毫无动静,于是他起身走向黑板,在那条线下面画了一条更长的线,这样就没碰到线而使它变短了。

这个故事暗藏着整个人类的不幸:你一直被贬低,而且不需要直接对你动手动脚。

是该好好去想想了!你本来是独一无二,顶天立地的!是谁一直在使你变小了、变短了?

道在屎尿中

有位伟大的神秘家，他的哲学主张是：世界完全是虚妄的。他每天在日出之前都要到圣河沐浴，然后祈祷。

有一天，他沐浴完走在通往庙宇的石阶上，这时有个男人前来拜在他的脚下。那男人说："原谅我，我甚至不该靠近你的，因为我是贱民，连我影子都会带来霉运。"

神秘家不禁大怒，他说："我得再次沐浴，把自己洗干净。"

那男子说："再次沐浴之前，你要回答我几个问题。如果外在不是真实的，那么你认为我是真实的吗？要是外在是不真实的，那么教徒眼中的纯净圣河何来真实可言？除非你解释清楚，不然我会一直跟你耗下去。你尽管再去沐浴，但我会一再把你弄脏。"

我身边总有那么一些人，舍家别子或去了什么山苦修，或上了什么洞凿岩为僧，还有在道观做道姑的，满世界跑当方丈的，有的还是顶尖名校研究生毕业的，当然，世界上也只有此类大学会培养出如此"超尘拔俗"的信徒。

但这些云游方外之士每每读了我的一些著作，回到市井来找我的时候，我总要问他们几个问题：你口口声声说世界是虚妄的，不值得留恋，那么你又整天在教导什么人呢？若外在世界是不真实的，那么你又在弃什么俗、隐什么遁呢？你遁入喜马拉雅山？喜马拉雅山也是外在的，跟洪山桥下的那个菜市场没有两样。你何苦上那挨饿受冻，把自己搞得疾病缠身。你辛辛苦苦工作了大半辈子，买了大房子，有空调有暖气，这是福报，你福报不享，却贪求天边月，说你在"求道"。贻笑大方呢！

我的体悟是：道在屎尿中。

还有一些“遁世”者，在世间混的时候干了一些亏心事，不敢直接面对受害人，更毫无忏悔之心意，却想遁入空门寻求佛祖之类的庇佑，这其实是罪上加罪。回家吧！忏悔吧！孩子！

佛家说：做事奸邪，任尔烧香无益！居心正直，见吾不拜何妨？

与月亮一枕同眠

有无数的朋友无数次问过我：灵空是什么？有什么哲学主张、想法、目的地、思想构架？

我说，灵空没有想法，因为我的体悟是，每当我们有了固定的想法，我们就会对存在感到失望。

没有主张，那么就没有人能够掌握你；没有目的，你就永远不会失败；没有终点，你就永远不会走岔路。

万般思想皆小术，唯有空空是大道。

当你完全放弃追问事物的意义，万事万物都会因其全然的不合理而美妙无比。真爱，蝶舞蜂飞，山花烂漫，而没有爱的婚姻，一切都按部就班，走程序。

有一位大师在玫瑰花丛旁画一朵漂亮的花，有个人很专心地看着，试图参透这位大师作画的背后思想。但他越看越困惑，最后忍不住好奇心问道："抱歉，我不该打扰您的，但我很无奈。我不了解您在画什么，为何而画。"

大师看着他说："你以为我就知道吗？"

那人很讶异："您若不知道，那为何这么做？"

大师说："知道与去做是两码事。看看这些玫瑰花，没有人会问它们：你怎么在这里？目的何在？"

我们一直在寻找"意义""价值""目的"，而实际上生命没有意义、没有价值、没有目的。

一只小鸟在枝头上欢悦，你问它为什么歌唱？

歌唱是如此如此美好！为什么提这种多余的问题？

21 世纪是自在人的世纪。自在人意味着在市井陋巷中欢欣庆祝,但在庆祝之前,你应该凝聚很高的能量,好让自己开始洋溢爱、诗意、歌舞、创造。

创造、创新、创意,这些都是自在的品质。我参加过一些所谓的“创新团体”“创意团队”“创造独董会”,它们普遍缺乏自在的品质,不知道欢舞,一脸严肃,没有诗性。所以,每次集会都在“挤牙膏”,抽着烟,喝着浓茶、咖啡,殚精竭虑,想着如何“改天换地”,呜呼!我的同学们,我的那群蝶舞蜂飞的学生们都快被你等折磨成“黑太狼”了!你应该带着你的“创新团队”与花共舞,与海同歌;与江河一起咆哮,与月亮一枕同眠。

你，是那湖天池的水

有人说：自私，不是一个人照自己的愿望过活，而是要求别人照他的愿望过活。

在我看来，世界上最可笑的是，有那么些人一直在为他人、无数的他人作决定。

就在刚才，有人告诉我说，某个教会里有条规定：教堂里除了纯粹的教会音乐之外不能再有别种音乐，即使结婚典礼音乐也不例外，甚至连古典音乐都不准进入教堂。教堂中的婚礼音乐必须由教会认可，它必须有宗教功能。

在闽北某地，有座比丘尼云集的寺庙，其管理水平之高超有效，令当地领导也叹为观止。有一次我下乡到该县调研，有关部门领导听说我是管理学教授，而且懂点文化，就推荐我到那庙看看。我到了那，庙的住持接见了我。果不其然，整座寺庙纤尘不染，念经拜忏法会一切佛事井井有条。吃饭排队，吃完了饭，各洗各的碗，摆放整齐划一。比丘尼们还自己经营菜地，寺庙周围绿意盎然。寺庙里有偌大的图书室，每个比丘尼都配电脑，但是，网络是屏蔽的，只能上本教本门派的网，坚壁清野，与世隔绝。

这里，山清水秀，竹影山风，白云野鹤，大自然的赋予得天独厚，自由、自在、欢乐，生机勃勃。

但我从每一个比丘尼的脸上看不到一丝的欢乐和快活。我感慨道，这大概就是宗教的“妙谛”了！它们其实很害怕人们变得轻松快活。简单的道理是，你愈痛苦愈好，因为只有痛苦的人才会去宗教场所寻求安慰；唯有痛苦的人才会受过去的奴役；唯有痛苦的人才会被死亡主宰。

要摆脱桎梏，摆脱奴役，摆脱对死亡的恐惧，一个人必须回归他的个体性。我的体悟是，个体性即是佛性。一花一世界，一叶一菩提，这就是你的本来面目，是你的“宗教性”，是你的生命“活性”，而不是“宗教”，更不是什么“组织”。

我断言，再过30年，宗教将消失。因为，你就是你自己的寺庙！向内走，你这座寺庙宁静、安详、广阔，波平万里。

你，是那湖天池的水。

平安夜，我开戒

Lincoln是澳大利亚画家，随夫人郭女士来福州定居已10年有余，Lincoln常说他是福州人，他热爱福州。文化界熟知Lincoln夫妇的人很多，但知道Lincoln精湛厨艺的可能不多。今天是平安夜，半个月前郭女士就和我等相约到他们的蓝水湾工作室品尝“猪美臀”，这是Lincoln的拿手好菜，为了它，Lincoln特地从德国定制了一个圆形烤炉。那玩意儿搁在进门宽阔的阳台上，几乎每个人踏进他们家都会好奇地问：那东西是啥“兵器”，怎么看去像个飞毛腿导弹头。为了今晚的“猪美臀”，Lincoln从昨晚开始折腾，上料、腌制、进炉、控温、定时调温翻转，才烤成了今晚餐桌上香喷喷的猪腿肉，我看那“规模”，足足有十一二斤。

我是20世纪60年代生人，喜欢地瓜、芋子、腌萝卜、沙县酸菜、稀饭之类，西餐对我没太大吸引力，每次女儿要我带她去吃必胜客什么的，我都是痛苦不堪，还要“强颜欢笑”。去年我在多伦多待了半年，什么比萨、热狗之类的我也从来不吃。但Lincoln的比萨确实颠覆了我对西餐的看法，第一次吃“林大厨”做的比萨应该是一年多以前了。那天来的人也很多，Lincoln烤了9款比萨，色香味款款不一样，各色水果，各种配料，甜的辣的咸的，真是“五味调和百味香”！每一款上来都被我们抢个精光。“林氏比萨”之所以这么诱人，还有一个秘密就是皮薄香脆，用料考究，比如辣椒，他是从澳大利亚带进来的，那种辣真是辣得爽！当然，最最核心的是，Lincoln在下厨时的那份认真和专注，我发现他在做每一道菜时，就像在作一幅画，在创作一件艺术品，而且，他又是以一种游戏的心态在做这么一件“粗活”。每次当我们陶醉于他的美食，神吃海聊，而冷落了他时，他总会大喊我们看过去，看他的飞饼表演，招来满堂喝彩。外国人一到节日就开房，中国人一到节日就开吃！2014年平安夜蓝水湾工作室，这是Lincoln夫妇的家，房也开，吃更开！Lincoln看来完全被"中国化"了！你看他寒冬腊月在厨房里为我们大老爷们弄菜，我们个个就像地主老财大碗喝酒大块吃肉。在这里，我"代表今晚全体中国人民"向Lincoln夫妇道一声谢谢！谢谢Lincoln香喷喷的"猪美臀"，它让我重返人间，开戒、开关、开饭，开心100！

气功，是纪律

在《文化心中国》中，我讲过一位名人的乡下亲戚的故事。这个亲戚从偏僻遥远的乡下进城找这位名人，由于第一次见到电灯，晚上睡觉时不知道如何“吹灭”那怪东西，更想不到开关就在床边，又不敢问主人，被失眠折磨了几天几夜。

哲学家说，我思故我在。这是很肤浅的、没有灵性的语言。他误以为，那个像机器般轰鸣的头脑，就是他自己。怪不得像尼采之类的“哲学家”最后都疯掉了。因为他找不到关掉“头脑”的开关。

你在走路，当你坐下来，“走路”就消失了。你能说“你”消失了吗？“走路”不是“你”，它是一项活动。头脑也是一项活动。

气功是什么？灵空八段锦是什么？它是头脑的终止。灵空是无念的状态。

“思想”是你本性天空的云，当你不“思想”，本性的天空就晴朗了。

千江有水千江月，万里无云万里天。

当思考的活动不在，“你”就在。

气功就是带你返回本性天空的一门古老科学，一种纪律。

所以，当有同学向我学气功，学灵空八段锦，我从来不跟他们讲“道理”，我只对他们讲纪律。

气功，是纪律。

茶道心中国

《易》和禅是华夏民族文化的最高智慧。学《易》的人都知道，要对生活中的某一件事占卜预测，上古之人是做得很庄严神圣的，他们取大自然富于灵性的蓍草做卦爻，还要焚香、沐浴、斋戒七天七夜，然后开始起卦。这些仪轨跟茶道本质上是一致的。这是一个静心的过程，一个“洗心革面”的程序。它带你进入无我灵空的境地。一旦进入无我灵空，你所要占卜的生活某事，答案便了然于胸。

所以，人只知“神”之所以神，而不知“不神”之所以神。“不神”就是灵空、无我、自在的本性。

而茶道、占卜形式和仪轨只是工具、开关，它们帮助你关掉脑子，使它不再轰鸣不停。“关掉脑子”的状态就是日本茶道中讲的“和、敬、清、寂”中“寂”的境界。寂就是：入流忘所。

于是，你谈茶道，那一定在禅和心这个层面谈茶。所以，我们常说：禅茶一味。

Zen 这个字来自 Dhyana，菩提达摩将这个字传入中国，Dhyana 在中国就变成了 Jhan，然后再变成 Chan，之后到日本就变成了 Zen，它的根源是 Dhyana，意思是：无念。

人为什么会寻欢作乐？

老木是我们村的智者，前几天，他的一个朋友介绍他到城里的一个博物馆当门房。上班的前一天，老木问："有什么要遵守的规则？"然后他拿到一本门房规则须知，他背下了每一条细则。

当差的第一天，第一位参观者来了，老木告诉他要把雨伞放在门外，那参观者感到惊愕，他说："但是我没带雨伞呢！"

老木说："那你必须回去拿把雨伞来！这是规定。除非参观者把雨伞留在我这里，否则他不能进！"

这就是人类现在普遍面临的囧境！

几乎所有的宗教，都教导人们跟自己抗争，谴责自己，否定自己。它们要你"禁欲""绝食"，抗争你本然的天性，并制定了很多"规则"，要你去盲目地"遵循"。

其实，这不仅是徒劳无用的，也是违背宗教精神的！注意，这里我讲的是宗教精神，不是"宗教""宗教组织"。你看那些宗教组织"领袖"，也学着"领导"的口吻，发表"元旦讲话"。他们已远离宗教精神和宗教性。

我的宗教体验是，无欲不可能以"消灭"方式来达成，而应当以更多活力、更多能量的方式达成。

你看那寺庙、道观、教堂里的人，个个绷着菜色的脸，他们何以能到达彼岸、天堂？彼岸一定是一个能量丰沛、洋溢的海洋，我们应当充满生机地到达那里，而不是像一根枯萎的草木到达那里。

房子要大了再大，一套不够还要百套；老婆一个不够，还要二奶三奶七八十奶……人为什么会沉溺在感观享乐的渴望里?

对于一个“知道”的人来说,道理很了然! 原因在于你内在并不是快乐的。因为不快乐,所以会有寻欢作乐的渴望。在你里面,你是不快乐的,那么你只好不断在其他地方寻欢作乐。

一个不快乐的人必定会走进欲望。但快乐不可能离开你自己,在其他地方寻找到,最多你只能在其他地方“及时行乐”。然而抽刀断水水更流,举杯销愁愁更愁。也许你可以短暂地瞥见快乐,就像性,但即使是那短暂的一瞥,快乐也并非你“寻”来的,你瞥见的也是你自己内在的快乐,就像 365 天你愁云密布,但在那么一瞬,你高度放松,云开雾散,你看见了蓝天。

所以,我向来不反对性,我反对禁欲,厌恶各种“规则”,因为即使是性,它也是进入神性的一道门,密宗、道家、瑜伽行者就有如是科学的法门,但我反对沉迷。

这就是人生的至境: 万花丛中过,片叶不沾衣。佛家很喜欢用莲花隐喻人生: 出淤泥而不染。用我的话说就是,煤炭必须转化为钻石,性必须升化为爱。

此时无声

有人说，读我的书，会让你宁静。而我第一次找到这种感觉是面对清宁的字。我无法用语言表述我对清宁书法的那份独特感受！

记得有一次，在一个惠风和畅的清晨，我在金山校园桃花岛打完灵空八段锦，然后在一方石凳上面朝东方跏趺坐。也不知道过了多少时间，我慢慢睁开眼睛，在不经意的回首间，我看到我身旁一点带露的桃花，我惊呆了！5 秒钟后，我惊呼：多美的桃花！

见到清宁书法的第一刻，就是那份感觉！我，看呆了！在那 5 秒钟内。

我怀揣着清宁赠我的书法集子，回到家中不停地翻阅，如遇知己。虽然我不会书法，甚至谈不上会写字，但我从清宁的字外，找到了与我相通的那"点"东西，我不知道那"一点点"叫什么。

我连续几天失语，在金山校园观音湖岸的木栈道上幽游，像个孤魂野鬼，不知白天黑夜。我不知道什么叫"艺术震撼力"，但我确实被清宁的字震住了。

我"附庸风雅"，家中所藏全国及世界各地的"名家墨宝"不少，但达到清宁书法这个"水平"的，我找不出 3 个。事实上，用"水平"去看清宁的字，这本身就是对它"矮化"。在我看来，清宁无意间开创了一种新的书法审美价值，你无法"定义"他写的是什么"体"，我们只能说它是"清宁体"。清宁无法被"定义"，莲娜说这种小小的"清宁体"是她的最爱，我也是。你看那幅《定风波》，老辣中透着纯真。当然，这只是清宁书法的"片甲"，清宁是一片荒原，古朴、天真、广袤、清奇，力透尘寰，神逸宇宙。

清宁跟我说，有一次某博物馆搞了一次"清宁书法展"，之后该博物馆一次性就收藏了他23幅作品。我说：土匪抢劫！

读清宁书法就像读我的书，就像沉浸于《文化心中国》，“你”将消失于书中，“你”将消失于清宁的字外。其实，“此时无声”是《文化心中国》的原定书名，我是在编辑的建议下勉强改为现书名的。我决定，我的下一本书，书名就叫“此时无声”。

此时无声！此地亦无物。

此地无物！此地亦无人。

万籁俱寂，但余磬音。

字不在，书不在。

此时，此地，此刻，

我在。

今夜，我与苍穹同眠。

无梦无想。

日月盈昃，地宁天清。

呵！清宁书法，书法清宁，那远去的仙鹤，那来自洪荒宇宙的绿野羲魂、地籁天音。

月亮说，我就是你

十五的月亮
是我的今生
十六的月亮
是我的来世
我不曾生
我不曾死
没有阴晴
没有圆亏
死亡不是消失
我只是躲到了宇宙的那一面
我一直在这里
我来　遍洒清辉
洋溢生命
我走　送你一轮红日
那大海的潮汐
是我注入你　身体的兴奋剂
你因我狂
你因我癫
偷吃灵药想上青天
没有吴刚

没有桂花树
也并非一片荒焦野地
如果你想走向我
就请走入你自己
我　就是你

进入你自己

当你不走向过去,也不走向未来,那么你就开始进入你自己。气功就是帮助你进入你自己的古老修炼术。它凝聚着华夏民族一代又一代先圣的智慧。气功有千门万法,但一花一世界,一叶一菩提,只要专其一门,深入其中,你便可以一通百通,万法归宗。

20世纪八九十年代,气功风靡神州大地,有人把它说成“伪科学”,这是很外行、很无知的。科学没有什么“伪科学”“真科学”之说,科学只有“潜科学”“前科学”之说,比如炼金术是化学的“前科学”,巫术是医学、心理学的“前科学”。

同样,有更多的人把气功捣鼓成宗教,那也是不对的,甚至是走火入魔的。

气功不是宗教。

所谓宗教需要信念。在我看来,宗教和宗教之间并没有太大差别,细微的差别只在于信念。就信念而言,气功什么都没有,气功不叫你信任何事,气功叫你去经验。

实验和经验是一样的,只是方向不同。实验意味着你可以在外在做的事,经验意味着你可以在里面做的事。经验是一种内在的实验。所以,我们的祖先是伟大的。气功是华夏民族的文化瑰宝、科学奇葩,这个世界,也不曾有别的任何一个国家把自己璀璨的文化和科学贬为“伪科学”这种莫须有的东西,比如印度,谁若把瑜伽说成“伪科学”,那他一定会被认为是该进精神病院了。瑜伽和气功,都是东方智慧中走向内在经验的纯粹科学。

科学说:怀疑一切,不要相信。但气功说,你同时也不要“不相信”,因为

“不相信”也是一种信念。你可以狂热地说“有神”,你也可以很狂热地说“无神”,什么“有神论”“无神论”“唯物论”“唯心论”,本质上讲都是“相信的人”,而相信并不是科学的领域。科学意味着经验某些事,经验不需要相信、信念或什么信仰。

气功是存在性的、经验性的、实验性的。

我大学时代的一位辅导员,当过兵,刚入学的时候,他每天 6 点钟一个宿舍一个宿舍地敲我们门,然后带我们跑步,365 天天天如一日,他是我碰上的最好老师之一,一个坚定的马克思主义者、优秀共产党员。平常他说话、开会,三句不离“主义”,他脖子上的那颗风纪扣永远扣得严严实实,俨然一个部队里的“排长”。但是,在我这个班毕业 20 周年聚会上,我们的这位“马列主义排长”,却跟我们大谈上帝基督,令我们个个都回不过神来。后来,我了解到,我的这位老师这 20 年来过得很不顺,他到现在还是个“科长”,而且不幸的是,他那刚大学毕业不到两年,应聘到某高校当辅导员的唯一儿子前几年死于一种绝症,从此,他从虔诚的“无神”,变成了狂热的“有神”。但在我看来,不管我的这位老师对我们说“无神”,还是“有神”,他都是一个“相信”的人。像我这位老师的情况,社会上很多,你去看那些在这山上塑大佛,在那山上盖大庙,还有搞几个亿建“舍利塔”,却对百姓薪酬福利不闻不问的人,往往都是一些说着“不信”、唱着“主义”的人。

气功也不是一种哲学。它不是你可以思考的东西。许多书读太多的人无法进入气功,是因为他们想得太多。心机太重,生机则浅。气功是某种你必须成为的东西。

我就是那棵树

有一次，有个“70后”来到我这里，说他最近读了大量佛学书籍，发现释迦牟尼跟马克思有很多相通之处。我说：何以见得？他说，释迦牟尼认为整个世界处于痛苦之中，马克思说全世界人民在受苦受难，身处水深火热之中。所以，成大志者必须去解放他们，解放全人类，服务全人类。

我淡淡一笑，对眼前这位学生辈的“革命家”说，佛陀三藏十二部我都已经翻遍，但我没发现他有说“整个世界都处于痛苦之中”这种话。佛陀只是说：是你处于痛苦之中，而不是世界处于痛苦之中；生命是痛苦，而不是世界；人是痛苦，而不是世界。

我知道这位“革命家”胸怀济世的慈悲，想服务人类。

我静静地看着这位“革命家”，然后，我轻轻地说：“你想要服务世界，解放人类，但是你在哪里？我没看见你里面有任何人。以我对你的洞察，你里面没有一个人。”

不仅他的里面没有人，而且有一个强大的自我。以李宗吾厚黑学的“教条”看，他是个“黑而硬，厚而亮”的人。我们的社会正批量生产如是“厚黑教徒”，最高境界是“黑而无色，厚而无形”。这些人满口仁义道德，实际一肚子男盗女娼。

仅有济世情怀和服务世界的慈悲是不够的，你必须归于中心。一个没有归于中心的人，是四分五裂的，而一个四分五裂的人，他的“慈悲”是充满毒素的。他今天在一个穷县城花两个亿造一座舍利塔，明天他完全有可能把舍利塔拆了，建一座摩天楼。你说这是“慈悲”，还是为祸世界？

天宇湛然，星垂平野。

此时，我正静静坐在一棵老树下，我的身体内外有一种宁静，在流动着，我像树一样呼吸着。然后，我对你说，我就是那棵树。

天地有大美

昨天和一群大学的同班同学讨论读书的事，我被少鹰同学“定义”为“貌似先锋，实则抱旧，有点像陈寅恪”，表面上是贬我，实际是褒我，我以为。

正如老同学所言，我骨子里是很不喜欢西方文化的，站在东方的文化土壤上看西方，在我看来，西方甚至谈不上“有文化”。

比如，我很不喜欢西方人“生命在于运动”这一说法，我崇尚“生命在于静止”。

有一个必须被提及的现象是，现代中国人变得那么“猴急猴急”，没耐心排队，拥挤、踩踏，这不是传统中国人的根性，100 年前的中国人是温文尔雅，“温良恭俭让”的。

一些学者到了欧美国家，大清早看到一个个老外大冬天地穿个短裤在那跑步，就回来大肆渲染“那个国家如何充满生机和希望”，说我们的国家如何“死气沉沉”，我不敢苟同。30 年来，我也一直坚持早起，但我不“运动”，我静坐。

走在北美干净整洁宽敞的大路上，最吸人眼球的是美女。我发现在那国度，十七八岁及一些未婚女子，身材美得实在让人垂涎，但过了年龄，尤其是生完孩子后，那腰身，真的没法看。由此，他们所谓“生命在于运动”的理念，是有大问题的。

像“美国鬼子”，他们不仅要动，而且要快，于是，他们搞出了“快餐店”，用“垃圾食品”祸害全球。

我的体悟是，匆忙只会使你肤浅，你在匆忙中不可能深入。所以，辜鸿铭老先生说，中国人精神特质是：博大、深沉、纯朴。站在中国人面前，美国人显得不够深沉，英国人不够博大，德国人不够纯朴。

事实上，你越是没有耐心，你就越需要更多时间。你越是匆忙，你越是延误。

我听说古时候有3个隐士在洞窟里修行打坐。一年过去了，他们保持着宁静，坐着。有一天，有人骑着一匹马经过附近，他们看了一眼，其中一个隐士说："他所骑的马是白色的。"另外两个仍然保持安静。再过一年，第二个隐士说："那匹马是黑色的，不是白色。"之后又过了一年，第三个隐士说："假如再有任何争吵，我就要走了，我要走了！你们正在打扰我的宁静。"

这就是中国，这就是文化心中国！那匹马黑色或白色有什么关系呢？3年！时间不在那里，我们一直活在永恒里，就好像时间没从灵空崖门前的那条渠经过，一切都是静谧安然的，一切都是静止的。

天地有大美而不言。

万物归零

当你坐着，静静地坐着，在一块岩石上，在一棵老树下，一个小时、两个小时、大半天、7天7夜，一动不动，像一个佛，如如不动，于是，奇迹就会发生，你的头脑亦将随着“不动”。简单的道理是，头脑是听身体的。任何发生在身体上的事都会发生在头脑，反之亦然。

所以，古代几乎每一位高僧大德带徒弟，都从身体入手，练跏趺，练站桩，练卧功。

如果身体不动，头脑不动，你就归于中心。当你归于中心，你立刻就会了然存在意味着什么，“空”意味着什么，“没有”意味着什么，而不是你现在的状况，用“逻辑”“思想”“理论”“经典”“知识”，一句话，用头脑去“理解”存在、空、无、“没有”。

归于中心意味着归于0，归于0意味着“没有头脑”(No Mind)，而头脑所包含的意思是：你的自我、哲学、宗教、知识、经典、欲望、希望。它涵盖了一切，你所能想到的一切。一切已知的，一切可以被知的，都在你的头脑里。

有一次，清宁为我写“此时无声”4字，在一般人看来，已经写得很不错的了，但清宁自己却说，还是很王老师！什么叫“很王老师”？就是他在写这4字时，“王羲之”还在他的头脑里。

停止头脑意味着停止那已知的，停止那可知的，跳进那未知的。

没有头脑，就是灵空。当你处于灵空中，你就是处于未知之中。当然，说未知是不够准确的，应该说是不可知的。当你来到这里，我们说你具有了存在的能力，佛家叫“定力”，定而生慧，这时候，你就可以去学习，去创新，去创造，去做 1 到 N 的工作，但从 1 到 N 之前，你一定要具备从 0 到 1 的能力。

我的好友老唐同学常抱怨现在的大学生缺乏创新力，我对他说，也不能全怪大学和大学教育，而是你的企业缺乏一个能够把你的员工、高管归 0 的企业导师、企业教练。在我看来，一家成功的企业必须具备“三老”：老板、老师、老黄牛。老板就是董事长，老师就是企业教练，老黄牛就是 CEO。

身不动，名曰炼精，炼精则虎啸，元神凝固；心不动，名曰炼气，炼气则龙吟，元气存守；意不动，名曰炼神，炼神则二气交，三元混，元气自回矣。三元者，精、气、神也；二气者，阴阳也。

道生一，一生二，二生三，三生万物。

万物归零。

明师难遇

明师难遇。而且真正“知道”的师父是很折磨人的。

在师徒之间,信任是至关重要的,在师父面前,除非你完全信任,哪怕信任一些荒谬的事,否则你将一脚被师父踢出师门。

像某位师父,早上的时候也许他会说:“挖这个坑,一定要挖!晚上之前一定要完成。”

你很虔诚地挖,一整天下来,不吃不喝,疲惫不堪,这时师父来了,他会对你说:“将那些泥土填回坑里,在你上床之前它必须被完成。”

你很清楚这事很荒谬,但你不能问为什么。如果你七问八问,师父会说:“你可以离开了!我不适合你,你也不适合我。”

重点不在那个“坑”,也不在那个“挖”,师父所要知道的是即使当他是荒谬的,你是否还能够信任他。一旦“考试”过关,真正的旅程便开始了。

所以,当你翻开经典,什么“程门立雪”“断臂求法”等大同小异的故事充斥着佛、道、儒各家“开示”。

但现在的人,已经没有了古人那份求道的淳朴和诚心,“师父”也已经变味。大学里那些博士生、硕士生暗地里都喊自己的老师叫“老板”,在我看来,这是对教师这个神圣职业的最大嘲笑和亵渎。

师道尊严!那些“导师”们招学生,不是在教他的学生从 0 到 1 的学问,充其量他们只知道从 1 到 1。

圣人曰:误人子弟,天诛地灭。

同样,徒弟在煎熬着师父,他们读大学,读硕士,读博士,不是冲着真理而来，而是为了一纸“文凭”。我一直讲，读一个博士，没有10 000小时的阅读量，也能够叫“博士”？但现在在中国读大学，很多人是不读书的，甚至，某些“在职博士”连正常学位课也没时间听，他们让秘书来听课、做作业、做论文，“博士”于是就这样批量生产出来了。看来在高等院校这个象牙塔里，老师和学生之间也需要重建一种“新常态”了。我发现，演艺圈最喜欢叫“师父”，最喜欢“拜师”了。什么是“师父”，你们可知“道”？

人身难得，
中土难生；
正法难闻，
明师难遇。

清宁，喝酒去！

这是清宁刚写给我的3个字：灵空崖。两米见方，大气磅礴。我很感动，我感动的不是他给我写了这3个字，而是，清宁回来了，提着酒，仗着剑，豪气干云，松风簌簌。

清宁已封笔3年，其间偶尔见到他提笔，但我总觉得他“没有回去”，写不出他最好的状态、最好的境界。我很喜欢他过去的状态，但那只留在他零星的照片、画册里。现在，他终于“找回自己”，他回来了。就像一颗种子，过去已死，现在重生，未来不来。

很久前就想在灵空崖的门前立一块巨石，上面书“灵空崖”3字，但一直没有令我满意的“书家”。我并没有跟清宁提及过此事，而他今天却给我送来了字。事实上，我一直在朝思暮想，那山那崖那门那石，只有清宁的字才门当户对，天衣无缝。清宁看似粗野，口无遮拦，天天指天骂地，男女皆不饶，其实他心思缜密，心怀慈悲。

曾有一段时日，清宁喜欢P图，像个顽童，朋友圈里谁的照片被他弄到，他都把你P得“面目全非”，龇牙咧嘴，尤其是美女。有一次，我发现，唯独他对一位女生的P图，不作“丑化”，而且还“美化”，我问其究竟，他悄悄对我说：给她一点自信。听完清宁的话，我差点热泪盈眶，我对我的这位学生很了解，应当说，没有第二个人像我一样了解她：她严重缺乏自信。清宁仅一面之见，就豁然洞悉，我惊为天人！当然，洞悉心灵只是表面，悲悯、善良，大爱无疆，那才是他的本然。

我说过，我喜欢清宁的小字，后来他对我说那叫：正书。清宁有一颗细致入微的心，就像他的正书，毫不僵化，而是生机盎然，春风料峭。他在朋友圈里自号“大圣爷爷”，这听起来就让人很不爽。是的，初见他的人都对他感觉很不爽。但就像他的字，你越看它，会越有味。清宁正在回归，虽然离家还很远，我也无法肯定他这辈子能否回到家，但回来的清宁，已脱胎换骨。你看那“灵空崖”，恣意汪洋，苍莽洪荒。

此时无声。清宁正渐入无声地，无物，无人，无心。

我本无心于万物，何妨万物常围绕。

清宁，吃“肉”，喝酒去！

快乐来自你自己

马斯洛需求层次理论是行为科学的理论之一，由美国心理学家亚伯拉罕·马斯洛在1943年在《人类激励理论》中所提出。书中将人类需求像阶梯一样从低到高按层次分为5种，分别是：生理需求、安全需求、社交需求、尊重需求和自我实现需求。

这"五层次需求理论"，就像一块口香糖，不知道被国内多少心理学、管理学、经济学教授津津乐道了几千万遍，出卷考过了多少本科生、硕士生、博士生。

然而，在我看来，马氏的这一理论是十二分的肤浅的，对于人类的欲望，他的洞察就像一个文盲在大街上摆摊说书，其他人也在他后面跟着瞎吆喝，其实他并没有穿透人类欲望的本质。中国有句古话，人心不足蛇吞象。人的欲望岂止是"五层次"？退一步讲，即使如马氏所言，是"五层次"，就这"五层次"，那么，在管理学上，又能解决什么问题呢？一些员工在企业里不好好工作，动不动就要"实现自我价值"，而且"有理有论""理直气壮"，这些都暴露了马斯洛理论不仅无力解决企业管理实践中的终极问题，而且弊病丛生。你看你身边的一些人，为了攫取个人利益，贪得无厌地向组织向领导要位子，要荣誉，要利益，他们的理论依据就是"需求激励"。

所以，"自在人—S理论—S文化观"将从人类欲望的源头入手，建立以东方文化为基石的新的激励理论。

这一基于S文化观视野下的S激励理论认为，人之所以有欲望，是因为人的内在不快乐。

是的，这是一个禅者的体悟，因为你的内在不快乐，因此才会欲求外在的快乐、感官的快乐。因为你是不快乐的，所以，你才不断在其他某个地方追求快乐，在卡拉OK厅，在赌场，在游戏机，在酒肆饭店，在杯光觥影，在灯红酒绿。

一个不快乐的人一定会进入欲望，欲望是不快乐的人追求快乐的方式。

但是，离开你自己，你无法在任何地方找到快乐，最多只能找到一些瞥见。抽刀断水水更流，举杯销愁愁更愁。即使你在寻欢作乐中有一些快乐的瞥见，那个瞥见也不是来自那个地方，而是来自你的内在。

比如，你爱上一个人，你和他或她进入性，性会让你瞥见快乐，因为在那个快感的瞬间，你很放松，很安逸，所有的痛苦消失，你丢掉了过去，忘记了未来，你在此时此地，你在此时此刻，你洋溢在能量的海洋里，无边快乐，无限自在。

但是，你误以为那个令人销魂的性"三摩地"，那个无穷无尽的能量海洋来自你的伴侣，来自那个男人或女人，错了！它来自你自己。别人只是帮助你进入现在，进入当下，进入"三摩地"。

如果你能够不必借着性进入当下，性将变得没有用，它将会消失，那么，它就变成不是一个欲望。这样，关于性，你就可以做到进出自如，你进入它，但不是作为一个欲望进入它，那么你就不会对它痴迷，因为你不依靠它。万花丛中过，片叶不沾衣。

所以，我们常说，无欲则刚。这就是所谓的无欲。它不是靠戒律达成的，更不是靠道德约束练就的，那个怀抱美色而没反应的柳下惠，我怀疑他根本就不行。无欲需要修行，从你的内在找到快乐的源头，然后，你就将成为一个快乐的人，成为一个没有欲望但洋溢着生命能量的人，一个脱离低级趣味的人，一个高尚的人，一个自在人。

就在今天早晨，我4点多就起来了！这是生命的子午流注，正规寺庙道观都在这个时辰叫早。这个时辰，一阳初动，万物未生，太阳还没有升到地平线，万籁俱寂，鸟儿在睡，树也在睡，大地在睡，一切都很宁静。你宁静地坐在树下，或你的书房，在这一片宁静中，突然间你会有一个瞥见，跟性的"三摩地"一样的瞥见，甚至是更大更深更广的瞥见，它就是来自你的内在最深的快乐。

问渠哪得清如许，为有源头活水来。

与天地精神相往来。

云中鹤

根据我的自在人理论，欲望是无法被杀掉或摧毁的，而应当让它自然凋萎。

所以，你要学会静坐，坚持静坐，把你的整个能量都向内移，这样你向外"寻欢作乐"的欲望就会被忽略。

如果你跟欲望抗争，你永远无法胜利，而且只能强化那个欲望。想象一个学自行车的新手，他尽力使自己不要撞上迎面那棵树，却偏偏撞上了，而且不偏不倚就是往那棵树上撞。

这是简单的心理学，人们的头脑受反效果定律所支配，我们会撞上那个我们尽力要避免的东西，因为我们所害怕的东西会变成我们意识的中心。

欲望必须失去它的意义，但是如果你跟它抗争，那个意义就不会丧失，相反地，抗争或许还赋予它更多意义。比如性，如果你跟它抗争，它就变成中心，那么你就继续忙于它，被它所占据，变成一道伤口，不论你看哪里，那道伤口都会立刻投射，于是任何你看到的都变成跟性有关。

所以，抗争是无济于事的，唯有静坐，把生命的视线内移，当你看到了内在的钻石，你自然会丢弃手中的宝石，你放弃宝石并不是通过跟它抗争，只因为在钻石面前宝石已完全失去了意义。

装点山林大架子，
附庸风雅小名家。
终南捷径无心走，
处士声名尽力夸。

獭祭诗书称著作，
蝇营钟鼎润烟霞。
翩然一只云中鹤，
飞来飞去宰相衙。

伟大源于真诚

华夏民族的姓氏，有着精深博大的文化沉淀，而且每一个姓氏都谱系繁多。吴姓也不例外，源远流长，枝繁叶茂，而且每支系都有它独特的族训家规。在吴姓的我这一支中，有一句祖训：诚正家风，耕读绍世。我对这“诚”字，体悟深切，仿佛它已经融入了我的血脉。

我以为，真诚是一种品质。准确地说，真诚是每当你完全投入一件事时所发生的一种品质。

但是，很多人似乎把真诚理解为严肃了。严肃不是真诚。我曾经说过，人生的最高境界是当一天和尚撞一天钟。当你做和尚，你一心一意地撞钟，心无旁骛，那就是真诚。

小孩在玩玩具时，他是真诚的。他完全投入，专心致志，毫无保留，事实上他是不在的，只有游戏在进行。陈景润在研究哥德巴赫猜想时，他不在，那个哥德巴赫猜想在。当我在给你上课时，我不在，课堂在，你在。30 多年来，我几乎把每一堂课上到“忘乎所以”，得到一届又一届，届届学生的好评，我的“秘密”就是两个字：真诚。像柯同学、朱同学、周同学、钟同学、甘同学，等等学生，在大学 4 年里，一直追随着我的课堂，我在哪里上课，他们就听到哪个教室，听我的课一遍又一遍，一门又一门，最后终有所悟。事实上，这些同学那么喜欢我的课，那也是一种真诚。他们全然地投入。我常说，我情商很低，智商几近于零，加在一起，我基本上是一根木头，但这根木头很真诚地立在那，30 年后它也就变成一根“神木”了。老同学清福对我有个评价：做事有谋，做人无谋。我十分同意！

真诚就是全然地投入，毫无保留。当你毫无保留，你在哪里？你会跟那个活动完全合而为一，而那个行动者已经不在那里，那个做者已然不在那里。做者不存在，就有真诚。

你看那些书法家、画家、作家、表演艺术家，当他们完全投入，他们就忘记了自己，所以，伟大的艺术作品，流芳百世的艺术创作，都源于真诚。

伟大源于真诚。

切记，我们做不了伟大的事，只能用伟大的爱来做小事。

世界在翻跟斗

体验是“心世纪”的经济驱动，它是科学，不是玄学。或者说，它是科学的另一个走向。实验是现有科学的外在走向，而体验、经验是科学的内在走向。苹果公司的创新是断裂式的，它丢弃了键盘。于是，它赢得了源源不断的“用户体验溢价”。这就是工业4.0时代的核心竞争原则：一切以用户为中心的用户体验创新。它直戳用户的痛点，让产品尖叫。是的，没有品牌，只有用户体验。

过去的每一项技术都引发产业革命，并最终带来哲学和思想的革命。但这次似乎有点意外，是哲学和思想引领着互联网这场艰深的革命。它润物细无声，有人说互联网时代的思想滥觞是：心文化。我称之为灵空文化。灵空文化，或曰“心世纪”的到来，意味着西方将走进东方，外在实验将走向内在体验、内在经验。

世界在翻跟斗，心会跟爱一起走。

探索者

我常遇见一些宗教学博士、瑜伽教授、气功研究者，听他们说话，读他们写的文章，一般人会觉得他们是这一方面的行家、专家、大家，可事实上，这是一群离宗教、瑜伽、气功最远的人。他们只是出于好奇心，带着强烈的探索而来，所谓“求道”。

他们确实是想要求道的，但那是远远不够的。“想要”基本是理智的。你或许会变成一个哲学家，但你无法成为一个气功修习者，或瑜伽行者。你的“研究”，就好像去解开一个灯谜，而且你一直很享受“解谜”。你会日夜思考，会很有逻辑、很理性地反省，甚至创造出一个体系、框架、模型，但这些跟瑜伽、气功，半毛钱关系都没有。

真理不可能用头脑“想”出来，它是“没有头脑”。除非你静心，进入灵空，否则，你充其量只是个“探索者”。你四处奔忙，今天往东，明天向西，好像一块木头漂泊在海上，在海上打转，你去不到哪里，无法到达神性。

所以，瑜伽是科学，气功是高技术的平方，一个瑜伽行者、气功修习者，他会对你说，现在是纪律！你需要持续的毅力，如果你连静坐 3 个小时都坚持不了，你搞什么瑜伽，“研究”什么气功？

没有体验，你到不了彼岸。

世界太多的“探索者”，他们在徒耗生命，浪费青春，虚度光阴。

你有病，所以你变坏

网络上有句话很是精到：不是老人变坏，而是坏人变老了。

这里说的“坏人”，准确地讲，就是20世纪四五十年代出生的一批中国人，他们现在大多已退休，并活跃在城市广场、公园，还有类似于文化宫之类的公共场所，喜欢跳广场舞、街头交谊舞。讲到“腐败”咬牙切齿，好像如果把那些“贪官”都搞下来，他上去就可以做到“海清河晏”，但一讲到领袖之类，则“誓死捍卫”。当然，“层次”高一点的会玩微信，但热衷“心灵鸡汤”之类的脑残文章，不厌其烦地转帖，还以为自己有“文化”，上“档次”。

在我看来，说他们是“坏人”不完全准确，他们只是脑子坏掉的一群。这群人在“文革”期间正当年华，从启蒙教育开始就被洗脑，所以，即使他们做企业，也能把什么理论什么思想活学活用到企业中去，但最后的下场都很悲惨，在官场也一样。

我20年前就认识这样一个“坏人”，当然现在已被我“改造”成“好人”了。这老头今年70岁，当时已罹患了直肠癌，还有白癜风，他跟我练气功，他身体现在不能说健康，但是并无大碍，若跟一般老年人比，那可以说很好。不过他是一个病人，那是毫无疑问的。他原来热衷于广场舞、街头交谊舞。有一次我问他，那交谊舞是很高雅的艺术，你们这群老头整天在那街头跳得尘土飞扬，个个弄得蓬头垢面，有意思吗？他回答说：除此之外，他们老无所乐。

古人说过一句话：青年戒之在色。但以我的观察，真正好色的未必是青年，而是老年。如上述那70岁老头，他一说到女孩，必会带上一句：那女孩很漂亮。这跟健康有关。老头现在还好，因为“老有所乐”了，乐于气功。

我发现，人越有病，就变得越重视感官。但大多数人都搞错了，以为一个健康的人一定是重视感官的、有性欲的。事实上，当你是完全健康的，性和感官的需求就会消失。因为当你是健康的，你跟你自己在一起就觉得很快乐，你并不需要别人。当你老了，当你有病，你跟你自己在一起会觉得很不快乐，所以你需要别人。

一个有病的人需要性，一个健康的人会爱。当两个健康的人会合在一起，那个健康、那个幸福会相乘，他们不是互相需要，更不是互相利用、互相依赖，他们是分享，是相互融化，直至消失。

我是很多美女的蓝颜知己，她们大多是“90 后”“80 后”。有一次，H 同学给我看她参加一次高端 EMBA 同学会以后一个老头给她发的短信，我瞄了一眼，归纳 4 个字：淫秽下流。

如果是年轻人，泡妞可能还带几分羞怯，但老人似乎已到了“厚颜无耻”的境界了。

不是老人变坏，也不是坏人变老，而是，你的身体不健康了。

你有病，所以你变坏。

向上向内，庄严纪律

无论是东方，还是西方，现代人个个都变得很慵懒，百无聊赖。早晨总想多睡会儿，昏昏沉沉地起床，匆匆忙忙地上班，然后下班，带着一天的挫折、失败和忧伤，疲惫地回到家，身上每天都累积了厚厚的灰尘，一觉醒来，每一个梦都是酸掉的。

能量来自自然，你每天都在吃，吃进去鸡鸭鱼肉蔬菜水果，然后变成屎，还给自然。但你依然是有气无力的，昏昏欲睡。即使大考在即，你发誓 3 个月内要冲雅思 7 分，还有那 TOEFL、GRE 什么的，也只是慵懒地缩在被窝里“奋斗”。

不是你精力不足，也不是你能量不够用，而是你的能量没有走向更高。你的能量盘旋在身体的最低处，于是，你变得充满肉欲，比如你疯狂购物，更多的人则变得很有性欲。购物狂和纵欲者是同一个“物种”，他们都不知道能量怎样才能归源，往上走，往内走。

如果能量不向内走，就只有性，只有欲望。你就像一架飞机，但你不知道这架飞机可以飞，你只看到飞机下面有轮子，于是你用马拉着它走。能量在浪费，而且你浊气熏天。

据说，能量有 7 个中心，最高中心在每个人的头顶，叫顶轮。

如果你把能量从最低的性中心，一个又一个中心地往上引，最终，你将会发生蜕变，你将从自然变成超自然，头脑变成超头脑，灵性变成灵性超越。

前几天，有东方先生来到灵空崖，他是一个易经专家，年逾古稀，精通阴阳五行、风水命理、医道天象。过去有人找他断卦，他都要排八字，但那天他似乎出现了异常，闭着眼睛就把来人有几个孩子，之前打了几次胎，是男是女，说得八九不离十。为什么？那天，那山那崖，使东方先生的能量突然向上冲，他从自然，变成超自然的了。

能量要向内走、向上走，形式是重要的，纪律更是重要的。比如你想发奋学习，却整天像一只死猫一样窝在床上，吃饭不像吃饭，睡觉不像睡觉，却端着一本书在那啃，鬼知道你是在学习，还是在做梦。为什么我每天清晨总是五六点起床，而且，我看书一定手持钢笔或铅笔，端坐桌前？庄严纪律也。

有情人，祝福你们

每一个人都同情他人的悲伤，只有天使同情他人的快乐。我很喜欢这句话，并把它视为格言，铭心刻骨。

也许你并没意识到，对一个人的快乐报以友善的态度是人生中很困难的一件事。你或许以为这事很容易，其实不然。

当一个人很快乐，你会觉得妒忌，你会觉得自己不幸。当然，你也许会表现得很快乐，但那是一种面具，那是在演戏。

我曾经参加一个班级同学的聚会，我是他们班上“德高望重”的老师。W同学离婚很久了，但这次，他带来了新婚燕尔的妻子，她年轻漂亮，能歌善舞。在聚会时，他俩为老同学们表演了一个节目，W同学引吭高歌《梅花三弄》，妻子伴舞，可谓天衣无缝，洋溢着幸福。当时我坐在下面喜极而泣，心含祝福。现场的摄影师也录下了他们的这一段精彩表演。

后来，当我收到该班给我寄来的聚会录影带，我发现这段精彩表演被剪掉了，镜头一闪而过，留下冗长的杯盘狼藉的画面。我问他们的班长，他说W同学跟他年轻老婆的“得意表演”，在班上同学，尤其是女同学中引起了“公愤”，大家认为他“败坏了班级风气”。

这事我“耿耿于怀”了一年又一年。人，怎么会有这样的想法？不懂。

在我看来，当某人很快乐，你也觉得很快乐、很幸福，那么，在你的身体里，你也会打开一扇走向快乐的门。

快乐不像什么票子、房子、位子，以数量存在，它是无限量存在的，它也不是某种虚无的东西，你可以抓住它。

快乐是一朵百合花，你可以分享它。这是灵空崖，山谷里有一群鸟在歌唱，我坐在书房，静静地分享。天堂和地狱只在一念之间。分享、祝福、祈祷、爱，你将在你的周围创造出一个天堂。妒忌，你将给自己创造一个地狱。

我遇见一个已经成为“老师”、成为“师父”的强势女人，其门下有成百上千的门人，她从我这里学了一点心理学、催眠术、暗示术、气功，便开始“游刃江湖”，为穷苦人治好了很多病，造福了一方百姓，但她的一个最大缺点是看不得自己的学生比自己好，比自己强，比自己快乐，总以为“教会了徒弟，会饿死师父”。于是，她虽然表面风光，但她实际上活在地狱中。

地藏菩萨誓言：地狱不空，誓不成佛。

分享，天堂就在你身边。

不必等到地狱空，你当下成佛。

今天是情人节，我分享天下有情人那份无量快乐！

无量佛，无量心，无量福，无量寿，有情人，祝福你们！

神是由你变成的

万劫千生到此生，此身总是夙生成。今生不把此身度，空在世间争利名。人是什么？人是进化，人是进化工具本身。

瑜伽认为，物质是起点，神是终点，人是它们之间的桥梁。这是人类莫大的荣耀，做人，责任更是重大。但许许多多的人只是具有人的那个形式，却没有活出“人样”。物质要蜕变成神性，这其中要经历漫长的旅程，于是便有了瑜伽、气功，八万四千法门，但性是旅程的开始，所以许多宗教都以戒为入门，虽然它们搞错生活，但从性入手的方向是正确的。

性是你跟自然的连接，它是你遗留下来的世界，是过去，性基本上是向下走的。放眼凡尘酒肆，歌馆楼台，人们醉生梦死，你局限在性中心，你在向下滑落，你无法进化。人陷住在性中心，或陷住在吃吃喝喝。食色，性也。你去翻翻微信，朋友们最喜欢晒的，无它，就是一个吃字，“吃货”是这个时代的流行词。

性是自然，它与生俱来，向下走。所有的动物和植物也具备性机能，但它们里面没有进化的阶梯，性只能往下走。

人身难得。难得的是，唯有人类，性可以变成一个向上的移动。瑜伽把这个移动分成 7 层，或曰 7 个中心，第一个中心是穆拉达，即性中心、太阳的中心，而最后一个中心，即第七个中心，是萨哈斯拉，神的中心，终点。你是真实存在所做出来的最伟大实验。它告诉你，神不是一个东西，神更不是寺庙里泥塑木雕的无机之物。神是透过你这个炼金炉，修炼出来的。

神是由你变成的。

孟子曰：可欲之谓善，有诸己之谓信，充实之谓美，充实而有光辉之谓大，大而化之之谓圣，圣而不可知之之谓神。

盼　望

花好月圆
笛短箫长
那不是今生的希望
是我前世的盼望
就像那门前的秋叶
片片写满忧伤
请你开门
把我扫进炉膛
我愿意化作一颗舍利
供入你的佛龛
看着你恋爱
送你走进结婚礼堂
守望你
所有的梦想

等你,一劫又一劫
爱　是等待
在无人的山顶
我静坐
一年　又一年

一刻　又一刻

你来　持一炷香火
点燃我
一个为爱涅槃的　枯佛
亿万年前
我们曾经　一起走过
那故乡的月亮河

说好来世
我们牵手
但百万亿千劫
我们都百万亿千次
擦肩而过

过去的回眸
一千年一个
今生我们不能
再错过

紧紧地拥抱着你
泪水成河
那个叫凤凰的台风
就是我

我心敬畏

古人讲：君子畏天命，畏大人，畏圣人之言。现在的一些学者、学校，学术那么不端，品行那么无良，还那么“信誓旦旦”，理直气壮，全无廉耻之心，问题出在：对学术、知识和学人缺乏敬畏心。再加上自己不学无术，又热衷沽名钓誉，肚里没货，于是，唯一的学术之“道”就是利用权力抄、偷、抢，强取豪夺。

我的微信朋友圈，还有二十几个这群那群什么的都是开放的，成员驳杂而众多，三教九流，五花八门。通过交流、碰撞、讨论、争论，我产生了很多思想火花。表面上看，我跟一些朋友、同学对某个问题争论得脸红耳赤，“势不两立”，其实我是欣赏对方的，欣赏这种争论的氛围，欣赏他们的坚持和独立见解。但有一种人就不敢恭维了，他喜欢你的文章，但没有由衷的敬畏心，连个“赞”也不点，却偷偷地搬走你的观点、故事、资讯，在自己的“文章”里，“大言不惭”地使用，脸不红，心不跳，没有丝毫感恩心。这其实是另一种学术不端，尽管这群人在我眼里不过是一群猥琐的鸡鸣狗盗之徒，但对这种事，我从来都是由衷喜悦的，因为不管怎么说，他们是喜欢知识、珍视知识的，只是做人的气节上有点不大方而已，偷偷摸摸。比如我提出的“新农人文化”新理念，现在在业界、学术界广为流传，“全世界人民”都知道我是“始作俑者”，但有一天我发现有位仁兄搞出了什么“新农人商会”，却自命自己是新农人概念“首创者”，就有点不靠谱了。许多朋友对我说这人很无耻，为我打抱不平，但在我看来这人挺可爱，只是知识太贫乏，有点可怜而已。可怜之人，必有可恨之处。我有的是创意、理念、新概念、新思维，什么“自在人”“负宇宙”“S论”，抄吧！我赏心悦目。

今天，我们说敬畏心，有人可能会联想到版权、知识产权。其实，它跟“版权"之类半毛钱关系都没有。净空老人有一次在讲座中说,应当取消"版权"制度,让图书自由出版,自由发行,自由流通。并且,老人家表示他的书、影像、VCD、DVD什么的,你们可以随便印,随便发。我赞同净空,他老人家是高瞻远瞩的!像新农人的旗帜就是要更多的人高举它。简单的事实是,如果一个国家的制度是专制的,那么所谓"版权"之类只能成为它们扼杀真理最便捷而又堂而皇之的工具。去看看那些专制国家,多少好书被禁。

真理是一种经验,个人经验。它是无法被抄走的,它是超越的。知识、科学、技能,哪怕"秘方""秘诀",都需要"产权""知识保护",但那个"超越的",无法保护,无须保护,它是敞开的。你是一副理性的头脑,如果你能体验到那个"超越的",你就是圣者。爱因斯坦离那"超越的"只有一步之遥,他提出了"相对论"。弗洛伊德的徒弟荣格也一样,他的"集体无意识"理论已经指向那个"超越的"。我门下就有一大群这种奇人,他们在市井陋巷、村野乡间用他们的语言讲述真理。

世界上并没有可以被抄走的经验,或曰真理。如果它能够被抄,就不是真理。一个精彩的故事,我在这里讲,它就像一颗宝石,镶嵌在大地,熠熠生辉,你把它抄走,放到你的文章里,它就变成一块石头;或者它像一棵树,在我这里,它生机盎然,但到了你那里,它就枯萎凋零。为什么?因为你没有那个"超越的",缺乏那个经验。反之亦然。一棵即将枯萎的老树,种到我的"灵空地",它一定生机勃发,气象万千。

慧忠禅师坐下后,唐肃宗问:"大师在六祖大师那里得了什么法?"禅师说:"陛下看见了空中的一片云吗?"唐肃宗答:"看见了。"禅师问:"用钉子钉着的,还是悬空挂着的?"

其实,我写这个故事也是抄的,它出自禅宗《指月录》。天下文章一般抄,是你会抄,不会"超"。老唐同学常跟他的创新团队讲"抄、超、钞"理论,我看老唐是个真实的人,诚实的人。他最近一直在"抄"德鲁克,但心怀敬畏,简直就把自己当德鲁克"传人"了,这是诚敬心,不像现在社会上那群不端之徒,拿了"师父真经",却对师父没有丝毫感念,那是永远得不到"真传"的!

我心敬畏,百川归我。

自在，你有一颗千瓣莲花心

某“大师”的江湖杂耍，为什么会有那么多土豪高官、明星大腕趋之若鹜，令这些智商不低的人五体投地？有媒体曝光报道说他靠的是魔术、江湖骗术，显然缺乏说服力。其实，此“大师”还是有点“功夫”的，这“功夫”就是直觉。

我曾经说过，人大略可以分为两类：太阳型和月亮型。太阳型的人注重理智、分析、逻辑，而月亮型的人擅长直觉、预兆。直觉没道理可讲，它是一道闪光，对一件事情的判断没有过程、方法、“三段论”。你不知道事情是怎么发生的，你也搞不懂它为什么会发生，但是它的确发生了，而且你看到了某样东西。过去我常讲，这叫“跨度思维”。中国人有很发达的跨度思维能力，比如“四大发明”，连科学家也深感困惑，像造纸术这种东西，应当是化学等科学理论充分发育基础上的结晶，但中国人神了，没有任何现代化学的科学背景却搞出了纸张，其他几大发明也一样，中国人无须“科学”，却一步跨越到了“技术”。所以，“封建社会”两千多年，我们的“技术”很发达，什么浑天仪、地动仪、天坛、地坛都能搞，但没有系统的“建筑学”“物理学”理论。沙县小吃名扬四海、长盛不衰的秘密何在，中央电视台财经频道《消费主张》刚刚总结说：秘密在坚持手工、传统制作，食材讲究生鲜。是这样的！沙县豆腐跟外地的不一样，它用的是传统“游浆技术”，如果你去问师傅一桶豆腐花游几勺浆，师傅无法回答你，因为他靠的是直觉。上古时代的人是直觉的，所有女人、小孩还有诗人也是直觉的，直觉超越理智。当然，对于一个修行者来说，直觉永远不是最高的。人类应该向更高方向提升，因为人是进化的。如果你超越了理智，又超越了直觉，你就进入了灵空。灵空即是自在。

我听说，有一次森林里发生了大火，有一个瞎子和一个跛子住在森林里，这下坏了，一个可以跑，但看不见；一个看不见，但可以跑。于是他们在生死攸关的时刻达成了一个默契：那个瞎子背着那个跛子跑。

理智是我们的左脑，它是一半，直觉是右脑，它也是一半。直觉无法跑，它只是一些闪现，是一个残疾的人；理智见不到光，它是瞎子，在黑暗中摸索，所以理智需要辩论，也喜欢辩论。只有超越两者，你才能变成全我。全我就是自在人。它全在、全知、全能。没有过去、未来、现在，它是全部。它是千瓣莲花。

S：宇宙柔波

在一次研究生论文答辩会的茶歇时间，福建农林大学经济学院的刘教授跟我聊起了《自在人：管理学的人性揭竿与价值革命》，他说S论就是传统文化中太极思想的现代表达。我以为刘教授抓住了S论的核心。古老的阴阳太极鱼是很美的文化图腾，它象征着黑白、阴阳、善恶、现实和理想、理性和直觉的和谐与平衡。

现实生活中，许许多多的人就是因为没有修炼到两者平衡的境界，所以"苦难深重"。有那么一种人，他只是直觉的，你看他似乎生活得很"潇洒""无为""诗性"，他自己也很享受，但他对你、对周遭的人毫无帮助。他写起文章来可能才情万丈，恋爱时也许很浪漫，但若真跟他结了婚，哭死！那些号称"诗人"的人，几乎都这副德性。他自己可以过着一种很美的生活，但他无法在他的周围创造出一个很美的世界。

但过于理性的人更惨，他不仅自己无法快乐地生活，而且只要他在，世界就不安宁，这是一群"改造世界""改造他人"的人，不仅不知道生活为何物，更不知道这世界上还有诗和远方。所以，科学和诗必须会合，瑜伽讲普拉蒂，或者中国人讲太极，指的就是理性和直觉、科学和诗、逻辑和祈祷、工作和崇拜会合为"一"，达到这一平衡和综合，科学将拥抱诗，诗将拥抱科学，中间是一条优美的S线。它是宇宙意识海洋里的千重柔波，缓缓荡漾。

S是Spirit，Soul，Sex，Samyama。

因为欲求，所以孤独

“别人是地狱”，我以为，这话有问题！别人不是地狱。你之所以感觉别人像地狱，是因为你对别人的欲求造成的。如果你能修炼到对别人没有欲求，而只有祝福、祈祷、给予、爱、慈悲的境界，我们说你达到了你本性最原始的清澈。你是一个清澈、纯粹、单独的人。

一个单独(aloneness)的人最好不要进入婚姻，或者即使你要选择婚姻，你也要找到你爱和爱你的那个人。一切可以勉强，唯爱不可勉强。这应当成为我们的法则和自律誓言。

很多人把单独和孤独(loneliness)混为一谈，那是因为他们不曾单独过，只有孤独。孤独是“负能量”，它是你在渴望别人，是你感觉到别人不在。所以，有一种人你拿他一点办法都没有，他整天喝三吆四，神五神六，不是麻将就是饭局，看上去很“哥们”，很“江湖”，很“义气”，好像你在他心中“很重要”，其实，是他在渴望你。他是一个孤独的人，因为无法单独跟他自己在一起。

单独是自己的达成。一个能够单独的人是很美的，别人已经完全从你的意识中消失，别人不会在你身上产生梦、影子，或欲求，即使你和她或他做爱，也不是出于你的欲求，你们可以相拥入睡，一年又一年，一天又一天，无需性。当然，性也可以有，但那是一种爱的发生，而不是出于欲望和占有。当性是一种爱的发生，你们生下的孩子才是爱的产品。但是现在，孩子都是“因欲而生”，他们是副产品，你带着其他动机，甚至酒醉进入性，不小心她怀孕了，孩子是没有被邀请的客人。我经常跟我的几个沙县老乡朋友开玩笑，问在沙县话中“吻”字怎么讲，大家搜肠刮肚想不出一个对应词，“爱”字也一样。在沙县话中只能找到"吮""吸""舔""嗅"等跟"吻"相近的词,但没有一个对应的"吻"字。我相信在很多地方的方言中,都说不出"爱""吻"这些词。这告诉我们一个极简单的道理,我们祖祖辈辈以来,爷爷奶奶,爷爷奶奶的爷爷奶奶并不知道爱为何物,他们在黑灯瞎火中把我们搞出来了,一代又一代,因欲而生,无爱而死。

子聊先生曰:因为欲求,所以孤独。

神什么事都不做

老友延锋最近大发议论说：信仰，究其实质，就是一个人的世界观和方法论问题。一个文明开化的人，一定要建立自己的信仰体系，几千年来，人类已经建立了几大信仰体系，并且还在不断地尝试和探索。各大信仰体系，其准则和智慧最主要体现在其核心经典上，如《圣经》《易经》《道德经》《金刚经》等，因此，不管你选择哪部经典，让它陪你一生，通过经典的启迪，我们可以获得神的保佑和智慧。

延锋鼓励人们去读经典，获取启迪，这都没错。但以为读《圣经》《易经》《道德经》《金刚经》之类可以“获得神的保佑和智慧”，则显然已经发烧了。我发现那些以往很理性的人，最后都这样：堕入“神性”。神神鬼鬼、神经兮兮、神神叨叨、神门鬼道，一会儿“科学救中国”，一会儿“信仰救中国”。

但真正知道“神”的人，不会把《圣经》《易经》《道德经》《金刚经》“神”化，更不会把神当作创造者。如果神是创造者，那么你必须找出动机：它为什么创造？然后你将会找到在神里面有创造的欲望，于是神变成了跟人一样的平庸。

简单的道理是：神是绝对的、纯粹的“在”，它什么事都不做。但是借着它的“在”，你就会开始跳舞，自然就会开始欢唱，鸟儿就会自在飞翔。不是说你是欢乐的，而是：你就是欢乐。

颠倒梦想：写给一位老友

昨天在一朋友群发了我和延锋的对话录《神辨》，不料引来一位老友的震怒，他说：今天有一好友分享了4个“S”8个字——傻瓜、傻逼、傻屌、洒脱，概括一个人学习和成长的不同阶段，傻屌是一个经历过傻瓜傻逼阶段，有了一定的思想文化积淀后的怪异躁动阶段，在思想交流沟通时经常表现为出言不逊，逞强好斗，咄咄逼人，以至于道理无法争鸣，交流难以为继，好友圈中的“桃花一点点”成长飞快，现在已进入了这个阶段，希望他能尽快跨越傻屌阶段，步入洒脱的殿堂。世界本源，唯物唯心仍然是科学和哲学上激烈争论的课题，可喜的是对垒的两(多)军都能秉承争论不伤天(神)害理(逻辑和实践)的原则，近年来的成果还是很多的。多行善事，莫问前程，无论神创或进化，唯物或唯心，都不应影响自己的判断。

这位老友原来是搞“自然辩证法”的，后去了澳大利亚，现在经商。以他的专业背景，我的言说他不能接受，这早在我预料中，但突然爆粗口，不按“逻辑”说话，则着实让我瞠目。我的第一反应是：傻掉！我想这离他说的“傻屌”确实为期不远了。然后我很快回过神来，并想起了一则古老的故事。

有一次，一个非常喜欢卖弄学问的文法学家刚好经过一个教徒的聚会，他听到那个教主在说：“的确，我们都是来自他，而且我们将会回到他(to him we will return)。”

听到了这段话，那个文法学家开始撕破自己的衣服，在那狂跳，发出怪异的尖叫和哭喊声。

一段经文上的话，居然能让他变得如此狂喜！周围的人全看傻掉。那个教主继续说："的确，我们是来自他，而且我们将会回到他（to him we will return）。"

那个文法学家再度失控，跺脚、呻吟、尖叫、哭喊，摇头晃脑，头发凌乱，最后，一丝不挂。当教主读完整段经文，在场的人已深受感动、感化，大家手舞足蹈，乱作一团。教主将圣水泼在那文法学家脸上，视他为新的入门教徒，并说："请告诉我，教授，为什么经文的一段话会引发你这么大的反应？"

"怎么不会呢？"那个文法学家气喘吁吁地说："在我一生当中，在我每一堂课中，在我的所有文章里，在从古到今所有人的文章里，第一人称复数后面都是用 shall，而不是你这个傻屌所说的：to him we will return！伤天害理哪！"

大家愕然！原来令他疯狂和失态的是：will 和 shall。will 是不对的！shall 是"神创"，是"进化"，你们这群 SG、SB、SD，见鬼去吧！

这是个疯狂的故事，但事情就是这样，它发生了，几千年来愈演愈烈。

如果一个佛陀就站在你的面前，他说：没有神，也没有自己，没有"我"。你一定会变得很焦虑、困扰，无所适从，感到天崩地裂。但其实它只是一个策略：佛陀要带走你的自我，并粉碎你的语言模式、荒谬的逻辑、分裂的头脑。

那个读经的人一直很优雅，很绅士，"出言不逊，逞强好斗，咄咄逼人"的是你，你失去了一个"学问家"应有的淡定，躁动不安。简单的道理是：逻辑只是在创造语言的皇宫。那些陷入在逻辑和语言泥沼里的"学问家"，往往完全忘掉了那个真实、经验和生命的鲜活。在佛门，它就是有知障，它是颠倒梦想。

经云：依般若波罗蜜多故，心无挂碍，无挂碍故，无有恐怖，远离颠倒梦想，究竟涅槃。

月在波心

有一部奥斯卡经典电影，叫“人鬼情未了”，我看过无数遍，也给无数的朋友推荐过。电影里有个黑人演的女巫，惟妙惟肖，精彩绝伦，但大多数人对她的功能将信将疑，甚或不相信那女巫的通灵能力。如果你也这么认为，那你一定是一个很“理智”的人，而理智的人往往缺乏直觉。它不是一件好事，因为那是人类的一种退化。

20 世纪，乃至之前的好多个世纪都是男人的世界，而且我们已经习惯了男人统治世界，但被男人统治的几千年，世界一团糟，光 20 世纪短短的 100 年，就搞出了两次世界大战。进入 21 世纪，女人回来了，你看那韩国、南美、东南亚，乃至欧洲出了多少女总统？

我好山好水好读书，好色如好德，并且我赞成女人统治世界，男人退出历史舞台。这看来已经是历史潮流，浩浩荡荡，连美国都快要出女总统了。

男人是理智型的，女人是直觉型的。巫术(witchcraft)是女人的技术。所以几乎所有的巫师都是女人，而所有的教士基本都是男人，教士咬牙切齿，试图烧毁女巫。在中世纪，有成千上万的女巫被活活烧死，教士无法了解直觉的世界，在他们看来，她们很怪异，很危险。但直觉是理性的进化，从这个意义上讲，女人比男人更“进化”，上帝在造人时，女人迟于男人一天被造出，说明女人更接近人性和神性，而男人更靠近兽性。女人要爱才能做，男人要做完才能爱，所以女人比男人知“道”。幸福婚姻有两条准则：第一条，老婆的话都是对的。第二条，如果老婆的话有什么不对，请参照第一条。女人靠预感生活。不要跟女人去争论，因为女人一步就到达结论，争论是浪费时间的。她一直都知道最终的结果是什么，她只是在等着要宣布它。直觉是结论的，所以女人比男人有更多的洞见，诸如心电感应、催眠、千里眼、天耳通、灵媒，都是女人的世界，我门下就有一大批这样的女人，她们有的还受过外国总统的接见。当然，她们在这个理性的世界里，只能算是凤毛麟角的极少数。虽然中世纪的黑暗已经过去，但那个阴影依然还在，女人也因为灵魂的深度恐惧，渐渐丧失了直觉能力，所以现在满世界的“男人婆”“野蛮女友”，而男人成了“暖男”“小鲜肉”“小白兔”。当然，仅仅具备直觉，那是远远不够的，我说过那只不过是个残疾人，不会走路；同样，落入理智，抹杀直觉，也只能是个瞎子。灵空是两者的超越，对理性和直觉的超越。这在古老的印度瑜伽里叫普拉蒂。

太湖三万六千顷，月在波心说向谁？

把小事做绝

为什么中国人喜欢听赛百味、星巴克、7－11、麦当劳、肯德基的故事，而且误以为这些连锁性企业是一夜铺就的？因为中国人的思维深层处喜欢“大而全”，政客更是好“大”喜功。于是，便有了当今铺天盖地的茶楼、茶叶连锁店，还有数不清的风光无限却昙花一现的连锁餐馆、餐厅。一些神五神六的“创业者”，他们的“创意”动不动就是多少千亿的“商业运作模式”。但其实无论在日本，还是北美等发达国家，连锁经营只是其中的一种业态。遍布大街小巷、社区、楼下，更多的是“分散经营”的便利店、生鲜蔬菜水果店，它们有一点像沙县小吃店。我的许多朋友在海外谋生，混得比较好的都去买店。这事过去是韩国人搞起来的，但那一代韩国人现在已经老迈，而孩子多不愿意继承父业，于是中国人乘势而上，生意做得风生水起，又悠然自得，没有什么“连锁”“做大”“做强”的“宏伟理想”。一爿小店一电脑，老婆孩子热炕头。所以，如果你有心“创业”，无心读书，那么，我建议你研究下“小农经济”的便利店，不要老想着7－11销售额4 500亿元的事。道生一，一生二，二生三，4 500亿也是从“1”开始的。我有一位博士生，山东人，他有个叔叔年届六十，叔叔和婶婶身体很硬朗，又勤劳厚朴，而且肉包做得很好吃。我跟我的这位学生说，什么时候把你老叔叫来福州，在学校门口盘一小店，只卖两样东西：包子和大白菜筒骨汤。就叫“孔梦包子铺”，包子、白菜筒骨汤，吃了保平安。归纳为一句，就是：小的是美好的！把小事做绝，山登绝顶我为峰。

沙县小吃不尴尬

沙县小吃之所以能做大做强，就是因为不听“专家”的话。“专家”们都说什么连锁、统一、上市是“先进管理”，而沙县小吃分散、以家庭为单位、各自为战是“落后管理”，这都是扯淡！什么麦当劳、肯德基？那些足不出户，或者即使出了国门，也只知道麦当劳肯德基的“专家”，他们永远不会明白日本人可以用自己的一生甚至几代人来经营一家寿司店，而且店面只有 10 个座位，即使排队 3 个月到他家店里来吃一次寿司，也只有 10 个座位。为什么？因为他们是在：做寿司！而我们的“专家”教导业主的是：作秀！去看看那些茶叶连锁店，有的企业号称有几百上千家，甚至几千家，盈利模式在哪里？它们又还能支撑多久?！沙县小吃本质上是一种“小农经济模式”，而“小农经济”是我们的“主流”长期唾弃的“落后经济”，但它怎么就落后了?！有一个共同的品牌“沙县小吃”，下面是千村万家小店，在市井，在陋巷，在工厂，在学校门口，在社区楼下。为什么要把它搞成“铁板一块”？你可以做一个沙县小吃连锁品牌，比如某个品牌就做得不错，但你不可以搞“大跃进”“人民公社化”，把全中国、全世界的沙县小吃闹腾成一个“公司”，大而全，那是要毁灭本来生机勃勃的沙县小吃的。沙县小吃是中国乡村几千年小农经济对城市的一个成功占领。它再次证明：小生产是可以做成大市场的。沙县小吃没有尴尬，它自信满满，独步世界，勺扬天下。

“沙县小吃办”的领导说，现在在京的沙县小吃有一半是山寨。什么叫“山寨沙县小吃”？不是沙县人在做就是山寨？没做拌面扁肉就是山寨？或者沙县小吃做了一碗陕西凉皮就是山寨？这不瞎扯嘛！麦当劳在中国的餐厅还卖豆浆、油条呢！懂不懂什么叫品牌兼并，什么叫 OEM?！

一店一品：小的是长久的

在沙县老街的电影院对面有一家“佳兰烧麦”，无论是老一辈沙县人，还是新一代沙县人都知道它。沙县小吃现在名扬天下，它有200多个精选品种，烧麦是其中之一，佳兰烧麦是沙县小吃烧麦中做得最好的，但离开沙县，你就吃不到佳兰烧麦了，因为烧麦要趁热吃，而且最重要的是，蘸烧麦的豆汁油是沙县当地生产的，保鲜时间最多不能够超过24小时。现在，沙县小吃名气很大，很多人都想把沙县烧麦做到世界各地，但由于出了沙县食材就不地道，做出来的烧麦也就南橘北枳，走味了。

许许多多的沙县小吃都这样，如扁肉、拌面、习粿、灯盏糕、小香干、豆腐丸、肉包、艾糍、米粿，出了沙县，就吃不到那个“沙县小吃”味。

尽管沙县人现在在全国及世界各地做小吃，他们给家乡寄来了多少个亿的钱，创造了多少个劳动就业机会，但就“沙县小吃”品牌的维护和“沙县味”的传承而言，意义不大。也就是说，“沙县小吃”不可能因为它在哪个国家、哪个县市开了多少家，形成了多大的“规模”而长期做下去。当然，这些离乡离土现在在外地做小吃的沙县人，绝大多数是回不来了，但他们最终也不可能以小吃为业，“世代传承”。20世纪90年代，沙县小吃遍布福州城的大街小巷，我做过调查统计，总共有3 000家以上，但现在呢？无影无踪。

真正能让“沙县小吃”流芳百世的是类似于“佳兰烧麦”这种坚守在沙县本乡本土，把沙县小吃做到极致的小店！

我们把“佳兰烧麦”这种不是整天琢磨着“做大做强”“跨越状态发展”“上规模上档次”，而是“追求手艺的进步，并对此持有自信，不因金钱和时间的制约扭曲自己的意志或作出妥协，只做自己能够认可的工作。一旦接手，就算完全放弃利益不顾，也要使出浑身解数完成”的精神，称为“匠人精神”。

尽管沙县小吃将来也可能出现像麦当劳、肯德基那样的连锁店，如“淳百味”就做得很不错，但如果号召沙县人“万众一心”走肯德基、麦当劳道路，那无异于把沙县小吃送上一条不归路。未来沙县小吃的“新常态”应当是：遍布沙县大街小巷、千村万户类似于“佳兰烧麦”的小吃专业店，一店一品，它们就是日本的“数寄屋桥次郎”“琴海堂”“电饭煲”。

笑迎天下客，铁锅煮四方。

昨天傍晚，闲来无事在福建农林大学校门口晃悠，偶尔在一家小超市货架上看到了“老潘头”牌香辣豆腐乳，欣喜若狂！买来一瓶吃之，果然30年味道不变。“老潘头”是沙县一家做酱料的老店，我从小吃它的豆腐乳、腌酱瓜、味极鲜酱油，我想它今天能“做大”，不是因为它整天想“做产业链”“做连锁店”“上市”，而是它的专心、专业、专一、专注。从这一瓶豆腐乳中我吃出了“沙县小吃”精神，吃出了“沙县味”。

自20世纪80年代以来，沙县有关部门采取了一系列优惠政策，鼓励沙县农民“走出去”，这给沙县经济带来了辉煌的业绩。面对新世纪，沙县人应当转变发展思路、转变经济增长方式，应当鼓励那些做小吃的沙县业主坚守，比如谁的店老，谁的店已传承了一代两代三代，就鼓励谁。还有，应当鼓励外地人前来沙县做小吃，一人一品，享受税收、金融服务等优惠政策。像乐相森那样的沙县小吃老师傅，应当像保护文物一样把他保护起来，拿“国务院特殊津贴”。他就是沙县的“寿司之神”小野二郎，但他的儿孙们却不愿意传承他的手艺。我们村土旺叔家的烤豆腐干是从他爷爷的爷爷那传承下来的，我从小吃土旺叔家的烤豆腐干。土旺叔现在80多岁了，还经营着他的豆腐坊，但他的三个儿子没有一个愿意“子承父业”。我想沙县有关部门和有关乡镇，应当出台一些政策，让沙县小吃的传统工艺，后续有人，绵延长青。

同时，沙县从今以后应该给全国人民一个观念：要吃沙县小吃，请到沙县来！反正沙县现在有高速铁路，有十里平流水路，有机场，海陆空交通，四通八达。我的许多老同学在三明市工作，他们就经常从三明开车到沙县吃早餐，不过十几分钟的车程。遍布沙县大街小巷的小吃摊点，那才叫“沙县小吃”，住在沙县城关的居民，他们有个习惯，早餐大多上街吃，要么买回家吃，早晨家里鲜有开火煮饭的，尤其是新一代沙县人。我以为这才是“沙县小吃文化”！100 年后，能够留在这个世界的，不是政府斥 6 亿元巨资搞出的“沙县小吃城”，而是类似“佳兰烧麦”式、代代相传的一个个小店。

小的是美好的，也是长久的。

月亮山

这里是沙县南阳乡街道，我从小就在这条街道上晃悠，尤其是我喜欢赶圩。它是我的家乡，老一辈都称南阳叫七都，七都每月逢 4 逢 9 是赶圩日。

前两天我上灵空崖，正好赶上了七都的赶圩日。

好热闹的“七都圩”，南阳乡大大小小村落包括暮窠、竹山、华村、凤坡洋、西坑、坡窠、大基口、大基的农民，都云集于此，还有来自城关以及郑湖、高砂、琅口、南霞等周边乡镇的小商小贩，他们在这里摆满了各自生产的土特农产。那金薯、淮山、大薯、小芋子、土鸡蛋、家养土猪肉、野猪肉、现炸灯盏糕、蜂蜜爆米花、花椒饼都是我的最爱。我淹没在赶圩的人流里，仿佛回到了“清明上河图”。

我是学农业经济的，这是一个潜力无限的学科，但要学好学精很不容易，不像那学石油学电力学地质的，一不小心就出个总理，或部长常委什么的。那些终生献身农业经济光辉事业的学子，他们的境遇大多是：远看像烧炭，近看像要饭，仔细一看这人来自农业局经管站。

由于专业缘故，我的老师、老师的老师从我受专业启蒙的年龄开始，就一直给我灌输“农业现代化”的观念，它的总体轮廓就是机械化、规模化、产业化，而且三四十年来，他们总是老调重弹，一代又一代。官员们也都一个个像背“语录”一样背下了这些“农业现代化”信条。

我 17 岁上大学时就特立独行，天马行空，当我听我的老师们给我讲“农业现代化”的如是概念时，我就持怀疑态度。而且，我对老师们总是对“小农经济”“小生产”抱否定态度，很不以为然，尤其是他们常说“小生产不能适应现代化""小生产无法走向大市场",我总觉得这些观点太老调。

小生产不能走向大市场吗？那么,你去看看清明上河图！有一次,我的一位政治经济学老师被我问得哑口无言,但是我的这位老师给我这门课的成绩是A+。

在绝大多数人的观念里,农业文明、工业文明、生态文明这些东西是对立的,甚至是否定之否定的,但在我的一位朋友看来,它们不仅不是对立和否定之否定的,它们甚至是可以共存的、相推相荡的,我以为,他富于远见,而且见地深刻。

什么是"互联网＋农业"？我的观点是:"互联网＋农业"即是"互联网＋刀耕火种""互联网＋小农经济""互联网＋小生产",当然,这里的"刀耕火种",我指的是一种经营理念,而不是一种"耕作技术"。

"IT业＋农业"是所谓新农人的一种生活状态,未来的新农人就是：几亩耕地一头牛,老婆孩子热炕头。开着"牧马人",在没有雾霾的穹顶下,做着"千村万＋"的大生意、大市场。

印度的农业现代化、绿色革命,在意境上远远超越了欧美发达国家。那才是未来人类文明的发展方向。喜马拉雅山南麓,我灵魂的故乡,它的名字叫月亮山。

负能量：净化社会的活水源头

我们常说佛光普照，所谓“佛光”，指的就是一个人的“灵空体”“能量体”或曰“电体”。能量体也可以被解释为一个人的电场。针灸就是以人体电场为着眼点的。在灵空体之下是肉体，或曰食物体，食物体属土，它必须被食物滋养。你摄入食物，它将变成你的血液、骨头、骨髓，所以，你吃的东西如果是纯净的，你的食物体将一定是不沉重的、轻的、纯粹的，有那么一点仙风道骨的意味。许多人喜欢沉重的食物，大鱼大肉，腻肥甘辛，生冷麻辣，于是气和场变得很浊重，整天昏昏欲睡。如果你是身体导向的人，你将会一直觉得有负荷、紧张、无聊、昏昏然，处于能量的最低点，酒囊饭袋一个。你一直吃，一直吃，像个小孩，无法成长，只是保持幼稚，甚至弱智。所以，古人讲食色性也，饮食男女，人之大欲存焉，并不是叫你整天胡吃海喝，乱吃乱喝，而是要做到食不厌精、脍不厌细。食不厌精、脍不厌细并不一定是整天燕窝、鲍鱼、鱼翅、海参，地瓜、芋头、粗粮、野菜是更加“精细”的食物。当然，一些宗教要求信众禁食禁欲也不足取，尽管辟谷是一种上乘的修炼法门。如果你对食物的摄入是精细的，你的身体会变得越来越轻盈，充满能量，有吸引力，有磁性。灵空体不局限在你的肉体，它在肉体的里面，也在肉体的外面，像微妙的佛光或曰氛围、气场时刻围绕着你。瑜伽、气功、太极、八段锦，都是在灵空体的层面上做功夫。能量体，或曰电体、灵空体是负能量，而负能量使你活力四射，跟你在一起，也会让人感到神清气爽，仿佛被充电。而跟那些食物体层次的人在一起则截然相反，你的能量好像被耗尽，被吸走了。

我们这个社会有一个很怪异的“评选体制”，比如在学校有什么“跨长江跨黄河跨黄浦江、闽江、沙溪河、秦淮河杰出人才”评选，而且你要跨“闽江”，先要有“跨沙溪杰出人才称号”，而要“跨长江”同理要先“跨黄浦江”，这叫“争先”“正能量”“创优”，这都是什么思维逻辑，我一直百思不得其解。更离奇的是，在官场出问题的往往都是这群“正能量”满满的人，他们身上不知道贴满了多少“跨长江”“跨长城”的“先进称号”，结果连自家门前的阴沟都没跨过，就淹死了。我以为，负能量是更高级的能量，老树先生也这么说。事实上，世界如果排除负能量，到处“正能量”，你将没法活，它是一个干柴烈焰的社会，到处是斗争、进攻，尔虞我诈，强取豪夺，刀光剑影，你死我活。而一个负能量的社会是祥和的、接受的、包容的、退让的、给予的，广大虚空、从容淡定、温文尔雅、与世无争。量小非君子，无度不丈夫。“量”“度”，负能量也。我就是一个充满负能量的人，不思进取，雪月风花，云淡风轻。比如像“做官”这种“好事”，我从来不说我在乎不在乎，而是我做到了让“领导”认为我是一个“不适合做官的人”。当我还“年富力强”的时候，有一次有位“组织部长”之类的跟我一起吃茶，他半开玩笑地说我“不适合做官”，并谆谆教诲我“好好做学问”，我差点感激得热泪盈眶，我感激的不是“领导”对我的“了解”，而是感激我对自己的“包装”成功。但即使这样，“差错”总是不断发生。有好几次，“上级有关部门”到本单位搞推选新领导“民意测验”，我一不小心得了最高票，搞得在任很恐慌很尴尬，“想上”的人更是对我心生记恨。还有一次，单位选“教授委员会”，全体员工无记名投票，选举前“领导”千叮咛万嘱咐“教授委员会”一定要有“现任领导”，傻瓜也听得出来他的意思是“其他在野教授可选可不选，但‘领导阶级’你一定要选”，可是选举结果出人意料：我以最高票，而且是全票入选“教授委员会”。“领导”顿时慌了手脚，员工们一散会，他马上把我亲切地拉到一旁，对我说：选举前班子已经开过会，决定“教授委员会主席”由现任某领导担任，便于今后行政领导和“教授委员会”的工作协调。在这“攸关名利”的关头，我的负能量思维再一次发挥了作用，我爽朗而又爽快地对“领导”说：我跟领导的意见是一致的。随后，马上召开“第一届教授委员会全体会议”，会上，我力荐某某领导担任“主席”，由于最高票的我“高风亮节”，其他几个觊觎“主席”位置的教授，也就不敢“造次”。我们的“领导”，是一位讲“情义”的人，后来我听说他在背后多次夸我“识大体顾大局”，“要有些教授向我学习”。再后来，有一次我碰到该“领导”，我笑着对他说：你可不能到处说“向某某学习”，我是一个负能量的人,没有一丝正能量。顺便说一下,我的负能量来自我30年前的"负宇宙"理论,负宇宙理论现在被我的一批又一批徒儿作为东方文化弘扬到世界各地,有的学生还受到了海外国家总理的接见,他们把负宇宙能量传递给了不同肤色的人们。

当然,能量体远远还不是最高层级的负宇宙能。根据瑜伽经典,在食物体、能量体之上还有心理体、直觉体、喜乐体,它们是人真实存在的5个种子。但真实的你,真实的存在,需要超越这5个种子。5个种子一个比一个大,但都还是有限的,当所有种子都被抛弃,你就是无限的。充实之谓美;充实而有光辉之谓大;大而化之之谓圣;圣而不可知之之谓神。你就是一个神。道教里有个叫吕纯阳的,中国人家喻户晓,纯阳,即纯粹的负能量。所以,社会需要负能量。负能量是净化社会的活水源头,老百姓也喜欢负能量,喜欢吕洞宾,不喜欢希特勒。

给予，是诗外功夫

现在你到大街，或你居住的小区、公园、湖边去转悠转悠，一定很难得看到老人牵着孙子、孙女、外孙、外孙女在那悠闲漫步的情景。公园里更多的是那些老头、老太穿着大红大绿的衣服在那唱歌、狂舞，过着“最美不过夕阳红”激情燃烧的日子。

倒是那些“80后”“90后”是值得点赞的，他们对孩子的那份亲情，有时会让广场上的那群大妈无地自容。我有一个博士生，她有一个哥哥，前两年生了个女孩，我看那同学爱她的小侄女爱得就像她自己生的。一到放假就蹦回家，把小东西搂在怀里不肯放。从她嫂嫂怀孕那天开始，她就到香港、台湾四处买孕妇装，买婴儿服。但我们的老人，当然主要是“城里的”老人，我听说是不帮助儿子、女儿带小孩的，他们堂而皇之的理由是：我把你们兄弟姐妹拉扯大已经很不容易了，还要帮你带孩子？儿女当然不应当期望父母给自己带孩子，但父母把带小孙子当作负担，这很违背人性和人伦。夕阳下，银丝烁烁、步履从容的你，牵着一个小孩走在公园的小路上，那是多美的意境？怎么会把孩子当成负担呢？不懂！可能是因为我还没有足够老，或者我已经过早地老了，我很艳羡儿孙绕膝的生活。

有这样一位老人，膝下五六个儿女都已长大成人，而且个个事业有成，孝顺有加。平常，每个儿女定期给生活费，逢年过节他收到的红包更是一个比一个大，人民币、欧元、美元、英镑应有尽有。最大的孙子已经大学毕业，都快给老人抱曾孙了。但这位老人是我有生以来见过的最铁的铁公鸡，其他不说，就说几个孙子念书，从幼儿园到中学，上大学，出国留学，他从来不曾给孙儿们一毛钱的红包，而他枕头下的那张存折少说也有大几十万人民币，都快 90 岁的耄耋老人了，那钱捏着干吗呢？老人从中年以后就罹患便秘，大半生折磨着他没有痊愈过，越老越严重，有时严重到蹲茅坑里哭爹喊娘，老泪纵横。有什么办法呢？谁也救不了他，这是“小气病”“吝啬病”“因果病”“自私病”。

沙县小吃现在名扬四海，全县不过 24 万人口的山区小县有 6 万人在全国、世界各地开小吃店，媒体、专家、官员于是关注到一个“严重的社会问题”：留守儿童。这是纯粹的杞人忧天，无病呻吟，没事找事，什么留守不留守的，难道一定要父母带着小孩到深圳、广州、乌鲁木齐做小吃才不是社会问题吗？小孩跟着老爷爷老奶奶、老外公老外婆、叔公叔婆生活在山青水绿的家乡智商就会受影响？

我有一得意门生，川湖那带人，她父母生下她以后就到福建、广东四处打工讨生活，而她从小是由她外公外婆带大的。我的这个学生有个很好的生活习惯，就是她非常喜欢吃米饭，每餐一大碗米饭，吃得一粒米不剩，只需要几片泡菜。有好几次我跟她一起吃饭，对她的如此简约健康的生活习惯，深感惊叹！因为在“90 后”一代中，她实属罕见。她对我说，这都是她从小生活在乡下，外公把她训练出来的，而她外公是一位地道的“乡下人”。我女儿读小学的时候，我就曾经把她从福州大城市“一流的学校”转学到我小时候读书的乡下小学好几年，跟着我那养蜜蜂的老父亲，假期和假日在田野松林风吹雨淋，后来她回福州上高中，还根据她耳濡目染的养蜂场带了一个团队做出一个《小人国蜜蜂文化园创新设计》，获得省中小学生创新设计大赛一等奖。而我的老父亲，也是个专家教授们眼里“没文化”、带小孩会带来“社会问题”的乡下土农民。但在我眼里，我女儿跟我们家老头生活在一起的那段时间，怎么看都有点“松下问童子，言师采药去”的画面感。

根据密宗的说法，人的生命有 7 个中心，或者说 7 轮。心轮，或曰“心中心”居中。心之下，你保持是人，心之上，你就是超人。心在感觉，吸收爱，直至变成爱。心轮之上是喉轮。如果你的能量上升到喉轮，你就具有了给予的品质，喉咙即是表达、沟通、分享和给予。我们说互联网的本质是分享、协作啥的，但如果你的生命能量没有走到喉轮，什么“分享、协作、自由、个性”都只能是忽悠。一个吝啬鬼是一个人可能堕落到最差的可能性，而一个分享者是一个人可能变成最伟大的可能性。像前面我说的那位老人，吃药有什么用，看医生有什么用，听不懂今天我说的这些话，屎还是拉不出来。神通抵不过业力。所以，圣人说：老年戒之在贪。

心中心之上是喉轮、眼中心或曰天目穴、顶轮。心之下是肚脐中心、丹田、性中心。那些不断攫取的人，能量会越来越低；而一个不断给予的人，能量会越走越高。多数人的能量还没走到中心点就卡住了，他们的心没有打开。你跟他讲什么爱、给予、道、佛、慈悲，是对牛弹琴，我已经对牛弹了 30 年琴了，牛也挺爱听，我的每一篇微信文章，也几乎得到了“万众欢呼”，但真正听懂我在说什么的，没几个，他们只是把我的文字当散文诗读，当“理论”“学说”“学术”看，而不知道“诗外功夫”。给予，是诗外功夫，它跟文字无关。

佛曰：说似一物即不中。

吵吵闹闹一丘貉

“世界因我不同”这句话并没有错！它不是要你去“改变世界”“改造他人”“改天换地”“敢教日月换新天”，而是告诉你：要做好你自己。每个人都“做最好自己”的社会才是一个正常的社会，它就像一座森林，有参天大树，有草丛灌木，有溪涧鸟叫，有虫鸣鼠跳。那个想造就“正能量”“正社会”“正效益”的某“大师”和那个想“扩大影响力”的某“公知”是一丘之貉，现在“大师”和“公知”从五湖四海走到一起来了，惺惺相惜，很有点“相见恨晚”的意味。所谓“行善”“弘扬正能量”跟“影响力最大化”是同一个调调，最后的“能量”和“影响”殊途同归：沽名钓誉。古人说：上德不德，下德执德。这话通俗点讲就是：上善不善，下善执善。比如某甲老父罹患重病，经济陷入困境，你是他同学知道了此事，你悄不作声地用了一个阿猫阿狗或张三李四的“笔名”给某甲寄去10 万元。一年后，也许某甲因为生意或“评优”“争先”“奖金”的事跟你发生利益冲突，他在背后捅你刀子，甚至想取你性命，但你无怨无悔，更不会提及你一年前给他送钱，救过他老父一命的事，因为那是你心甘情愿，发自内心去做的。

同样，我也是某甲的同学，当我听说他的老父罹患重病、生命垂危的时候，我也出手帮助，我给的也是 10 万元人民币，还把“拾万圆”做成大红招牌，在摄像机面前我“亲切地握住某甲同学的手”热泪盈眶地说：这是我的一点小小心意，你千万不要放在心上！这是我应该做的！一年后，也许也是利益上的事，我和某甲发生冲突，我于是暴跳如雷，到处说：那个某甲都是什么人喔！忘恩负义，没良心哪！一年前他老爹生病住院，要是没有我给他 10 万元，他爹早就见阎罗王去了！

我对某甲的帮助就是“下德”“下善”，而你对某甲所作所为就是“上德”“上善”。上德就是：爱到深处了无怨。上德就是李宗吾老先生在《厚黑学》一书中说的“厚黑的最高境界”：厚而无形，黑而无色。

最后，送“大师”“公知”一句话：去说不能做的，去做不能说的。

伦敦眼

这不是伦敦眼
它是宇宙心
人心已被狗咬
它缺个口　还带一条尾巴
那是欲望
摇尾乞怜　摇唇鼓舌

它像红桃 A

你是伊甸园清清流溪
无意滑入泰晤士河的
一颗宇宙心
圆融无碍　无有挂碍
那玫瑰红映入人间的
温馨　温煦　温暖
就像你的眼
长白山那池清澈的水
纯粹　没有欲火没有焰
我徘徊在你的岸
不知已多少年　不知已多少岁

花落又花开　雁去雁又来
几回回想着跳入你的心
我不敢
不是不敢说我爱你
而是月在波心说向谁
伦敦眼是你　也是我
你有你的色彩　芬芳
我有我的铁架　铜肢
你不能没有我
我不能没有你
那潋滟的泰晤士河
是你我相融在长河里的　灵空微笑　从我遇见伦敦眼的
那个时刻会心
我惊呼
原来就是你

BIG BEN

有时　孤独不是
情不在
而是因为
情太满
我默默矗立在泰晤士河畔
是因为情有独钟
凝望你的绰约风采
守望前世的
那个誓言
历尽一百五十七年雨雪风霜
你来了　带着英格兰民族的
庄严　高贵　典雅
玉树临风
像暗夜的启明星
把我呼唤
我依然矗立　不再寒冷
那金色的温暖
是你从天堂为我牵来的
一炬光芒
夜幕是你的眼

你是一片深深的湖
我是坠入你怀里的
一弯月亮　在湖里
轻轻摇晃
像一个婴儿
熟睡在泰晤士河幽香的
柔波里　荡漾　荡漾　荡漾

住院：从彼岸回来，我带给你一瓣心香

一、回向：写给医生和护士

那双手　永远是温暖和煦的
带着阳光的红　蓝　黄
你抚摸着病人的患处
有如从天堂牵来　一盏星光
星光　伴着无数从奈何桥
重返人间的灵魂
现在他们　那样的生龙活虎
舞蹈生命的
万千气象
爱　是热烈
慈悲　是清凉
但你是守护在市井街巷的
榕城老树　三山新枝
绿荫如盖
惠风和畅
呵　又是一个观音华诞
嫩日初生
无数生命在无影灯下

重登此岸
怡山　于山　大梦山
钟磬袅袅
那是每一个脱胎换骨的灵魂
对你的回向

二、那位姓王的好医生

其实，我已经忘记那是多久之前哪一天的事了。之所以让我记忆犹新，是因为那是我平生第一次住院。我住院的原因不能说是大病，也不好说是小病，但那次经历着实有点吓人：我利用暑假，在家乡做调研，有一天，不小心在街边小店吃了地沟油、苏丹红之类不干净的东西，上消化道出血。当时的状况真是可怕喔！我在宾馆洗脸盆里大口大口地呕血，还呕出了血块，还好是在家乡。我给我的妹妹云打电话，她很快从单位赶到宾馆，并把我送到了医院。

我觉得我是一个意志坚如钢铁的人，记得当时车子到医院楼下，我是乘电梯走到8楼病房的。

医院里人满为患，这还只是一家不入“甲”的县级医院。接诊的是一位青年医生，三十出头，皮肤白皙，看上去很面善。后来我知道这位医生姓王。

我略通医理，只用十分简短的几句话，就向王医生讲清楚了我出血的原因和出血过程，医生很快判断出是上消化道静脉破裂。

不是我讳医忌药，之前我从来没有在世界上任何一个叫医院的地方待过，平常也很少生病吃药什么的。这是我生命中的一个“第一次”：它叫住院。这天是7月18日，我已经年过半百。而且，这是我活了大半辈子的第二次挂瓶。

我记得第一次挂瓶是在我28岁前后。那年夏天，我去宁夏出差开会途经北京。我住在总后勤部一个招待所里，接待我的是我的学生陈明。他从他的床铺底下拉出一箱罐头，我当时甚是惊愕称奇：一个个罐头打开，有荤有素，香喷喷，整个屋子充满祖国天南海北味道，那肉那什锦菜足足可以开个“庆功宴”。罐头以辣味为主调，我垂涎欲滴。但不幸的是，贪吃的我，吃多了！上吐下泻，吃药也不顶用。最后，陈明只好把医生请到招待所，给我挂了瓶。这是我第一次挂瓶，效果惊人，只挂了两瓶，第二天我就健康如鸟，作别北京的云，孔雀西北飞，直奔河西走廊。

我躺在小县城医院的楼道上，其实我已经处于半昏迷状态。我血液里的红细胞从我原来的 9 以上，迅速降到 6.5，最后跌到了 6 以下。懂点医学知识的人，一看就知道，我失血有多严重。王医生日夜守候在我的病床前。我被“全副武装”躺在病床上，各种仪器、线路、磁片、瓶管固定了我的手脚，僵化了我的五脏六腑。我当时第一念想到的是王重阳先师的“活死人墓”，我现在是墓中人。但我神志一直清醒。一些医生试图要给我下管子、插胃管、做胃镜等，我一律拒绝。果然，到第三天凌晨，出血就彻底被止住了，而且只挂了几个瓶，输了几个单位的血浆。县医院上上下下的医务人员，个个啧啧称奇。但我心知肚明，是这个小小县城里眼前这位我还不知道他名字的王医生，救了我一命。当我从太上老君“水深火热”的八卦炉里跳出，重获生命生机的时候，我第一次看清了王医生的面容，低眉、和善、憨厚、敦实。他老家东北，从医学院毕业后，只身来到这座小县城医院应聘。在病床上，我写了一首诗《回向：写给医生和护士》，我写的医生，就是眼前这位平凡、不起眼的小医生。我第一次起死回生，当我面对又一轮初生的红日，我泪流满面。我感激的不是我自己捡回了一条老命，我感恩、感动、感怀的是这个小小的县城，还有无数城镇乡村、都市救死扶伤的平凡的医生。

妹妹们担心县城小医院的医疗设备还很落后，怕万一我再出血，技术条件跟不上，无法施救，很快我被他们用 120 急救车送往省城大医院。王医生随 120 及 120 医生、护士把我送到省城医院病床，然后，他默默离去，没有道别，因为那时，我已经被飞驰颠簸的 120 急救车折腾得不省人事。

三、护士是一群陀螺

不是“不省人事”，而是，当我被推车、铁担架、电梯颠簸摇荡到 120 急救车后，我怀疑我已经“不在人间”了。我只记得，我被扔进了太上老君的八卦炉，像石臼里的一坨糍粑，任人蹂躏。120 急救车在高速路上飞驰，这是人间炼狱。我随着 120 急救车左弯右拐被摔打着，从上摔到下，从下再被抛到上，就像韩国人打年糕。我在高高的蓝天上目睹着我的血肉之躯，已肢解成冰冷的肉块，就像杀猪伯肉摊上的那一堆堆腐败难闻的东西，被空调吹着，被蚊虫叮咬着，被污秽寒冷的血渍泡着，被烈火灸着，水深火热。但慢慢地，那堆腐败的东西开始有了知觉和温度。太上老君是个狠心的家伙，但他越是用力地摔打我，我就越觉得舒爽，这是从未有过的觉知，就像沙县人打扁肉馅，肉在木墩上被捶得越泥，那馅更接近鲜活时的生机和活力。圣人出现了！他说：不要对你的身体死抓不放，离开才能再回来。死亡是对身体和欲望的执著，跳出身体的樊笼，神之门就会向你打开。我使尽浑身解数，一脚踢碎了太上老君的八卦炉。一缕和煦的阳光，温润着我的身体、我的灵魂、我的心肝五脏。我身上的每一个细胞都洋溢着快感和喜乐。佛说：极苦极乐，即性即我。

睁开眼睛，我已经躺在省城一家大医院的病房里，我不知道我已经历了多少个世纪，百万亿千劫。今夕是何夕，今日是何日。但我很确定，我已经经历了一次脱胎换骨。

这是一间4人间病房。与其说是一间病房，不如说它是一条走廊。开门进来，右手边是厕所，然后5号、6号、7号、8号床一溜排进去，8号床靠窗，我躺在6号床上。

我分不清东南西北，眼前的一切似梦非梦，有如雾里看花。

在我眼前晃悠的，没有别的，只有穿着一袭白色衣裙的护士。文学作品上都说她们是“白衣天使”，但眼前的这群“天使”，我找不到她们身上天使的感觉，她们更像是一个个陀螺。医院的病房、过道横七竖八地躺着在地狱里痛苦呻吟的人。一个铃声，护士几乎在一分钟不到的时间里就赶到病人的床前。

在多伦多，我有一位德国朋友，年届花甲，我们是在Eglinton公园晨练时认识的，他叫Sige。Sige酷爱八段锦、中医、气功等华夏文化这不足为奇，令我惊讶的是，这位身高1.85米的德国汉子，30多年来从事的职业是护士。第一次得知Sige是医院护士时，我真的有点回不过神来。甚至，认为这男人脑子一定哪个地方短路了。“大男人当惊天地动鬼神”“敢教日月换新天”“大风起兮云飞扬”“彼可取而代之”，这Sige怎么就这么没出息呢？

面对眼前的这群护士，现在我终于明白了Sige的高尚。也不能说是“高尚”，因为我发现穿戴整齐划一的护士，她们脑子里根本就没有“高尚”“伟大”“奉献”“信仰”之类的概念。当她在你床前，为你上完了瓶，你说“谢谢”，她们的回答普遍是:“没事！这是我的责任。”

事实上,我们这个社会并不缺乏“理想”“信念”“梦想”“信仰”“主义”“思想”,我们缺乏的是责任感,以及敢于负责任的人、敢于担当的人。

但在这所医院,我从一个个平凡的护士身上,看到了华夏民族的道德曙光。她们没有豪言壮语,只是尽职尽责;不是对病人尽责,而是对自己尽责。

我的大妹妹 Jenny 这次因为我生病,特意从北美赶来伺候我。劫后余生,我心如止水。精神好的时候,我跟她聊天。我们兄妹五人相依为命几十年,这次我才知道,Jenny 当时上大学并不喜欢她所学的专业,她一直想学医,而且,直到进了大学校门两年内,她还坚持不懈自学医学院本科课程。后来她的一个上了广州医科大学的同学告诫她自学医学是不可能的,因为医学院学生需要大量的临床实践,她才忍痛释爱。

Jenny 说,她之所以对“做个好医生”那么执著,是因为她在上高中时看过一部电影《人到中年》,潘虹主演,讲的是一位叫陆文婷的眼科医生,给无数苦难黎民百姓治疗眼疾,带给人们光明的故事。她矢志不移,要做陆文婷。这事对我们的影视工作者是否有点滴启发呢?

Jenny 还对我说,读高中时,比她低一届的沙县一中尖子班班主任朱老师在班上极力鼓励他的学生报考医学院,结果全班有近 1/3 的同学上了医学院,现在大都是海内外医学界业务骨干。Jenny 一直后悔当时她没有复读一年,进朱老师的班。没办法！那年头,我们家穷,考上大学才是硬道理。考上大学不去念,还想“复读”? 我那爹会拿出菜刀把她给劈了。我不认为学生报考志愿都要听班主任的,但其作为一位老师、一位“人类灵魂工作者”对学生的影响确实是很大的,有时甚至是终生的,尤其是中学老师。

女儿骊妮也远从海外赶来照顾老爹爹,她回去的时候,我对她说:以后寒暑假就不要回国了,留在学校,到社区医院做护工去。

骊妮微微一笑,从包包里掏出一个小本本递到我的眼前,上面写着:最佳义工奖。

哇咔咔！原来你已经是“专业人士”了哈！怪不得这次一把屎一把尿伺候老人家动作那么麻利,技术那么娴熟。

生女儿真好！就像一件小棉袄,越穿越暖和。

四、宝洁大叔

这个病区有70多个床位。一位护士姐姐们都喊他“宝洁大叔”的清洁工负责病区的卫生打扫。宝洁大叔五十出头，四川人。我敢肯定，病房里的患者除了我，没人注意过他，因为在他们眼里，宝洁大叔是病区医护工作者中“最低贱”的人，但我喜欢这位大叔。

每天清晨进入病房的第一个人，一定是宝洁大叔，而且他有一个良好的习惯，进屋一定先敲门，不管门关着还是开着。从日出到日落，再到月亮爬上山冈，如果说病区里忙忙碌碌的护士是一个个小陀螺的话，那么宝洁大叔更像是寺庙里敲钟击鼓的老僧。拖地板、收垃圾、送开水、洗厕所，每一件事他都做得有条不紊，准时如钟，整个病区一尘不染。宝洁大叔很少说话，也没人跟一个“民工佬”讲四川话，但我总觉得他像《天龙八部》里的扫地僧，深藏不露，武功绝伦。果不其然，有一天宝洁大叔对我说，他平常生病都是自己打针。而且更让我惊诧的是，他深谙中医，有一天，他当着我的面把《汤头歌》背得滚瓜烂熟。

宝洁大叔还是个幽默的人，他对我说，有一天，他收完垃圾，有位患者说垃圾袋里有个3 500元红包，而宝洁大叔没经其许可就把垃圾袋拿走了，钱一定被他拿走了，还告到了院领导那里。医院领导对那患者说，我们整个院区有900个垃圾桶，你自己一个个去找吧！

现在，大江南北、举国上下都在胡吹某家餐饮企业的“企业文化”，我不知道这是脑残呢，还是脑病变。以践踏服务人员的人格、尊严为乐趣，热衷“帝王享受”，这种心理显然有那么点不正常，不就吃个火锅嘛，有必要做得那么肉麻吗？媒体经常报道有乘客打空姐的事发生，其根性即是我是“皇上”，你是“奴才”。病区里有些患者或家属对护士、清洁工颐指气使，我目睹这一切，痛彻心扉：不知这些人从小都受了什么教育，他们最基本、最核心的价值元已被毒化，从根部被毒化。

华夏民族正经历一场文化和文明的刮骨疗伤，但我深信它将很快死里逃生，脱胎换骨，就像我这次生病。

这是2015年七夕节凌晨。东方刚露出鱼肚白，遥远的天穹传来一个声音：人人生而平等！

桃花一点点说：自在、和平、大爱。

五、医院是一个什么地方

我现在住的是内科，之前在本院外科做过短暂停留。外科和内科的最大区别，在我看来就是内科女医生多，而且个个年轻温婉，眉目间若有慈云缭绕。

在外科，我发现那地方的"人口流动量"非常大。一个大手术的病人从手术台抬到你身边的床上，没过三五天就出院了。

在我进外科之前，有个年过六旬的老者不知做了什么手术，才三天医生就要他出院，他说他流水袋还没拆，不想出院。医生对他说等你拆了流水袋，我这张床至少还要被你占半个月。那老者无奈亦无助，兜里揣个流水袋，第二天出院了。我看他走的时候，两位亲人架着他的双臂，他像踩在棉花团上，"飘"出了病房。躺在病床上，我的眼前常常浮现这位老者的身影，他走在岸柳成荫的西湖栈道上，兜里揣着一包屎尿。我不懂什么西方医学，但我熟悉华夏医理、命理、地理。就这位老者现在这个状况离开医院，将来他只能跟医院的病床结为"终身伴侣"了。

病房的另一位患者是位 40 多岁的女人。这位老妹子对我说，到这家医院之前，她已经辗转了两家大医院，她得的是胆结石，但在确诊之前，她被各大医院的胃镜、CT、B 超、彩超等折腾了一遍又一遍。各种各样的诊断结果：胃息肉、溃疡、这炎那炎，挨过一次又一次刀，但"心口痛"依然如故，当然，最后还是找到了病因胆结石。她是典型的"住院专业户"，而医院里此类"住院专业户"塞满各个病床。

现在，我在内科，躺在我身边的是一位壮汉，他在我身边日夜呻吟着，可见的病灶是左腹腔插流水管的那个洞洞溃烂，流着黄水、绿水、血水，我没敢问他当时动的什么手术。但我想他出院时一定是像上述那位老者，踩着棉花团离开病床的。

医院为什么病人越看越多，表层的原因是：那里头住满了太多"住院专业户"，深层原因是：患者和主治医生缺乏沟通。

在北美任何一家医院，患者都是独立的病房，病房里配一部电脑，医院的每一次抽血、每一次检查电脑里都有详尽资料，但这些资料除了病人本人和医生，谁都没有权力查看，除非病人写授权书。病人随时可以在电脑上和医生沟通，也可以随时把医生叫到病房，咨询疾病和治疗情况。我以为，这就是现代西方医学的“望、闻、问、切”。

但国内的状况就惨了！国家每年都补贴给公务员及相关的公职人员做免费“体检”。于是，经常出现的壮观场面是，一个单位的员工在约定的某一天里，几十上百号人像赶鸭子似的被赶到一家医院，一个科室一个科室地“检”。最后，医生出现了，一排地坐在那，白衣整齐，道貌岸然，但对着体检表你若问他一些指标的生理及疾病表征，他们只会讲些云里雾里不着边际的话，就像鼓山山门前那一个个席地而坐的“算命先生”。当然，医生们最常用的一句话是：“病很重，可以治，但很贵”，据说闻名全国的某某系就是靠这句话打造出一个“医疗产业”的。

即使你住了院，三天两头地抽血、检查，不管在哪家医院，你也是对自己的身体状况两眼抹黑。这就叫患者和医生、医院之间的信息不对称。而且，这个信息不对称，完全是医院单方面屏蔽信息造成的。更离谱的是，你在同一家医院，当你转科的时候，你还要先办“出院手续”，再办“入院手续”“住院手续”，明明昨天患者在A科抽过血，今天到了B科，还抽血。

由于对患者及家属屏蔽了所有病况信息，于是在一些人为的医疗事故上就可以信口雌黄，编造理由。比如，做手术前都应有一个心脏承受力测试。好了，这时有位患者来了，或许医院没有这种测试设备，或许有这设备但他们根本就没对患者在上手术台前进行这项测试。结果，这位患者的手术也许只是为了取一块卡在喉咙里的鱼骨头，却因为他的心脏承受力很弱，死在了手术台。更多的情况是，也许有些患者只是因为割一个良性的小肿瘤或息肉什么，丢了性命，医生在这时候最好编的“理由”是：××癌晚期，已扩散。

我所说的这些医院的内幕只是冰山的一角，但我的出发点并非想让患者仇恨医生。我以为，不管医生对患者做了什么，有过什么失误，手段如何残忍，我都不认为那些医生是天生的“刽子手”“屠夫”，因为那不符合人性，我一以贯之的看法是，每一个医生就其本性而言，都是纯良的，因为他们选择这个职业，就说明对社会他们比我们更具济世情怀。一些有着伟大济世情怀的人，比如孙中山、鲁迅等年轻时都怀抱仁术济世的理想。

有一天我偶然得知，就是我在很久前住过的那家医院的那张我躺过短暂几天的外科病床，每年该科室要向上面上交的"利润"是170万元。我听了以后，脊梁骨拔凉拔凉的，并由此对那家医院的外科医生们心生恻隐。170万元一张床的"承包价"，对于一位专科和专业医生来讲，就像某些高校规定的教授"科研考核指标"：每年要保证100万元甚或1 000万元的"科研经费"进项。高校的许多教授退化为"叫兽"，就是被所谓"科研指标""论文指标""CSSCI指标"造成的。教授为"课题""论文""经费"殚精竭虑，教书育人的讲台沦为一片思想和文化的荒漠，一批批灵魂残缺的、营养不良的"博士""硕士""本科生"被源源不断地送入社会。就像那位怀揣着一包屎尿的老者离开医院一样，只不过大学生离开大学时揣着的那包屎尿，不是搁兜里，而是搁脑袋里，走的时候不是踩在棉花团上，而是踩在云团上。

医院、学院、法院围绕人类的身体、心灵和社会公义，用规则和纪律，呵护、保护、保证着社会的健康发展，它是护荫整个社会机体、放大版的西方"百丈神规"。

但人类历史如此伟大的创造和文明，到了今天的中国，为什么就"南橘北枳"了呢？

为什么？为什么！

六、没吃过猪肉，也没见过猪跑

S是我妹妹Jenny在多伦多的邻居、好友。她20世纪90年代初从我门下本科毕业，并以优异的成绩进入某"211"学校当老师。S到了这所"211"学校后发现，能进校当老师的都来自名牌、著名、一流、五星六星大学等大学，所以，尽管S教学科研业绩突出，但因"出身不好"，总受歧视。S工作几年后，发现这鬼地方狗眼看人低，实在是混不下去了。于是，S携老公和5岁的女儿通过技术移民来到了加拿大。到了加国的S如鱼得水，没几年就和她老公一起双双考取了英文注册会计师资格证。她老公现在是多伦多市政府卫生局的一名公务员，S经营一家公司，麾下是一群来自世界各地的青年才俊。20世纪八九十年代一直延续到21世纪初的中国移民潮中，大多是在国内混不下去的一群人。他们资质优秀，身怀绝技，但"不谙世事"，总得不到重用。于是他们心灰意冷，背井离乡，S和Jenny正是他们中的一员。他们到了国外几乎无例外地出类拔萃,事业做得风生水起。

不久以后,S 怀孕了。Jenny 对我说,她看着 S 的肚子一天天鼓起来,直到有一天她和她老公一起送 S 住院。但是,没过一个礼拜,S 竟推着摇篮车出现在了小区阳光明媚的花园里,Jenny 与她邂逅,又惊又喜。S 告诉 Jenny 说,她已经出院。

我们都以为外国人的体质比中国人好,其实不然,至少都差不多。S 在医院分娩后身体之所以恢复得那么快,完全是因为医院的护理做得很到位。古人云:无长生之术,有卫生之道。看来西方人比我们更懂医理医道。

在北美国家的医院里,也并非一些中国人想象的,门可罗雀。医院里虽然就诊的病人也很多,但安静得出奇,每位患者都静静地坐在那排队。即使是急诊,也无需争先恐后,因为有医护人员在那巡回检查监控,他们根据每位患者的生理指标反应,决定谁先就诊,家属不急不躁。

住进医院,无需家属看护,连生孩子都这样,而且母亲和孩子是分开护理的。更不需要家属每天从家里提来大罐小罐,给患者吃这吃那。而在国内,有条件煮来吃这吃那的还算好的了,远道而来的患者,每天只能吃医院几十年如一日毫无变化的一日三餐,一大桶稀饭,洪湖水浪打浪。

记得我这次住院的很多年前,我到医院看望一位朋友,他只是动了一个小手术,却住了近两个月出不了院,当然,我去看他时,他已转了好几个科。他躺在医院走廊的一张病床上,奄奄一息,肚子鼓胀得像只青蛙,床铺支架杆上挂满了瓶。我注意到其中有个营养袋,装着像豆浆样的东西,容量是 1 500 ml,这东西从他住院的那天起就一直挂,每天挂一袋,从上午医生查房后,一直挂到通宵。我略懂医理,便找了他的主治医生,以家属的名义叫他马上拆了这个营养袋。当晚,我的这位朋友的腹腔流水袋排量少了 2/3,第二天,他胃口大增,能喝一碗米汤。试想看,如果一个人喜欢吃肥肉,你要他吃一个月,天天吃,不出一个礼拜他也会崩溃掉。但我们的医院,大大小小的医院就是这样“护理”病人的。

在北美,医院里都有图书馆,什么病该吃什么饭菜,信手可查,针对每位患者的身体情况,医院供应变化多端的三餐饮食。医院和医院之间的书刊是相互流通的。家属可以在规定的时间段探望患者。

北美的医院也没有什么“一甲二甲三甲”之分,更没有荒诞的医院“入甲”

评选，就像中国高校，年年搞“排名”，什么“一流大学”“超一流大学”“名牌大学”“知名大学”“星级大学”，这些自慰的“称号”，就像“一甲二甲三甲”之类的东西折腾得各大学校长心力交瘁。这所谓的“评估”，除了能让几位你评我我评你的“评审专家”发点小财以外，并无其他用处，而且极大浪费国家人力物力财力，误导百姓视听，造成“大医院”人满为患，“小医院”门庭冷落鞍马稀。

在多伦多，医院就像图书馆一样，密集度很高，各医院虽然没有等级之分，但有专业之别，各医院都有它擅长的领域，比如肝胆、心肺、肾、妇科等。根据患者的病情，专科医生会推荐他离住处较近的医院住院。医院和医院之间有来回的免费 shuttle，即免费公车。只要是加拿大公民或持有枫叶卡的外国居民，所有的医疗费用均由政府买单，患者只要用 ID 刷下卡。若遇到有些用药不在报销范围，而你经济又无法负担，那么，医生会核查你收入的真实情况，为你写个免费报告，无需“单位盖章”“领导批示”“证明”，你就可以拍拍屁股走人。

Jenny 有个加国朋友 F，福清人，得了什么病不知道，但需要心脏搭桥。F 住院时恰逢该医院进了一台新设备，它可以将心脏的搭桥管从小腿的动脉送到心脏，而且整个手术过程在一个电视大屏幕上显示，F 看着电视屏幕目睹了他的整个心脏搭桥手术，术后，叹为观止。根据政府规定，用这套设备，患者应当付一定比例费用，而医生核查他的实际收入情况，F 可以申请补贴。但 F 是个豪迈的人，他觉得手术这么成功，在医院这么几天被伺候得这么舒坦，自己花点小钱应该，值得。这就是遍布多伦多许许多多福清人的豪迈。

Sushi 来自东南沿海，是早年移民加拿大的一员，所以，她的父母后来也很快随她移民加拿大，随即拿到了枫叶卡，但年迈的母亲到加拿大住了没几天，就被查出得了“不治之症”：肝癌晚期。根据 Sushi 母亲的年龄和症状，医生认为她已不适合任何手术治疗。Sushi 出于对母亲心理承受力的了解，一方面对母亲隐瞒病情，一方面四处寻医问药。有一天，Sushi 从一家医院了解到，有一种刚出的新药 Sorafenib，可以治疗她母亲的病，而且效果比化疗更好。Sushi 欣喜若狂，但医生提出在他给患者开出这药之前，他必须当面给患者说明其患的是什么病、吃这药的副作用等。Sushi 听了认为这好办，反正她母亲听不懂英文，到时她瞎翻译一番不就混过去了。但医生比她更认真，当 Sushi 把母亲带来看医生的时候，医生请来了医院里的中文翻译。因为事情很突然，Sushi

只好先把母亲带回家，跟家人商量后再决定要不要给母亲吃这款新药。

这就是医院，也正是西方人给我们这个时代的文明和精神。无数的中国人，住过无数次的院，但事实上，我们既没吃过猪肉，也没见过猪跑。

七、病友是位美女老乡

躺在我身旁的那位来自武夷山一带的男人，日夜呻吟着，他的疮口依然流着红、黄、绿脓液，我没敢问他得的是什么病。但医生宣布医院已无能为力，要家属用担架抬他出院。那患者每听说要他出院就号啕大哭，一直不肯走。一周以后，医院几乎是下了逐客令，他要出院了。临走时，我对那患者说了一些很励志的话：老哥，不要担心，不管你得了什么病，说什么"不治之症"，但在中医上并没有什么"不治之症"的说法。我们村曾经有一位跟你年龄相仿的邻居，得了什么癌晚期，医院说他活不过3个月。他回家后，养了一群蜜蜂，天天吃蜜，现在十几年过去了活得好好的。还有，我隔壁村的一个农民，医院对他下的结论也是：无药可治。但他回家后，天天炖水蓟草的根吃，有时加两个鸭蛋一起炖着吃，现在也没死，都快10年了，水蓟草也叫奶蓟草，沙县及闽北一带叫"老鸦枪"，你家乡那一带满山遍野都是。担架上的老男人看着我噙着热泪。

这几天，因为我病情好转，被放行来看我的朋友也越来越多，但乐极生悲，我的肺部感染了炎症，医生给我挂了消炎药，我处于低烧中，整天昏昏欲睡。隐隐约约中，我听到隔壁来了新病友，好像会讲家乡话。

3天后，我烧基本退了，神志开始清醒，转头一看，让我眼睛发亮，这位新病友不仅是老乡，她大伯是我大学的同学，而且她是位大美人，姓高。她那村我去过，叫垄东十八窟，有个很美的土楼叫水美古堡。

小高住进这家医院前，已经在外面医院折腾了两三个月，聊天中我大概知道，她症状是来月经时出血量很大，严重时还呕血。在几家医院住院，有的说她静脉有什么疝气，有的说她消化道什么地方少了一块肉，但检查、挂瓶、吃药、打针，整个人被折磨得只剩下一把骨头，血还是照样流，照样呕。

依我一点肤浅的医理知识，我看小高并没有什么大病，用中医的话讲，她只不过是：阴虚火旺。肾阴虚，肾火旺，固摄能力差。只要加强锻炼，活动五脏六腑,增强体质,就是个健康人。

到了这里,小高又开始了痛苦漫长的“检查”,反正医院的“检查”就是那些千篇一律、千人一律、千病一律、谁也逃不过的“九九八十一难”,但不小心,小高多做个“胃肠动力测试”,结果发现,什么疝气、少一块肉都不是她的病根,这些“病”100个人中至少有1个都会有,不至于导致大量出血,而是肠胃缺乏运动,收摄能力差。建议她做胃肠动力检查的那位医生欣喜若狂地跑到病房来对小高的家属说,做这个检查是他的建议,他的那份高兴就像小学生在期末考试中拿了全班第一名。

小高就要出院了,这是我住院以来看到的最健康的出院者。医生开了一大包药,并吩咐她回去要多锻炼,每天坚持跑步之类。

“每天坚持跑步”? 我心里在想,这简直要小高的命。简单的生活常识是:跑步怎么增强胃蠕动,而且她这样的体质怎么跑得动?

因为是老乡,她大伯又是我同学,心想她不至于把我当未登庙堂的江湖游医,于是我对小高说,跑步你肯定坚持不了,你最好的锻炼是每天练八段锦。接着我讲了八段锦的功能、来历、动作要领、文化内涵,并带她们比画着。在场的小高妈妈也兴致盎然,跟着学,没练3节就全身发热,五脏六腑咕噜咕噜响。

小高的老公小李来接她了,原来他是闽东Z县人。Z县我很熟,我大学同学老爬就是Z县人。我才想山高水冷天寒地冻的Z县小伙子怎么能把家乡如花似玉的姑娘拐到那的,见了小李我才望洋兴叹:他们确实是天造地设的一双。聊天中我跟小李谈起Z县的好风光仙凤山、蝙蝠洞等,出乎意料的是他竟都没去过,直到我说到什么“鸟鱼溪”“百丈漈”大瀑布,小李才回过神来。

我跟小高开玩笑说,出院后不要回Z县,先到咱老家吃点好吃的,什么荠菜汤、热腾腾的刁粿、烧麦、扁肉、豆腐丸、金薯汤,我现在想到就流口水。原来小高和她妈妈正准备回老家住一段时间。小高一家子走了,病房里洒满阳光。

八、翩然一只云中鹤

20世纪六七十年代出生的那代人,都对电影《闪闪的红星》铭心刻骨,我就是那个时代生人。电影中潘冬子的生活,跟闽北山乡孩子的生活很相似,比如上山砍柴。砍柴要翻山越岭走十几华里山路,大半天一担。我们跟着大人们去。小孩们有时也自个儿结伴上山砍柴，无论寒冬腊月，还是夏日炎炎。记得我们村的上山砍柴路，行至到家的一半，有一天然草坪，大树参天，浓荫如盖，树下有一巨石，可排列卧十几人，巨石下岩缝中冒一眼甘泉，清澈甘冽，沁人心脾。烈日下挑担大汗淋漓的砍柴人，都会在这歇息，大家放下担子恨不得一头扎进泉眼牛饮。但大人们告诫：不能一放下担子，在汗流不止的时候马上去喝冷水，否则会没命，本地人叫生"乌痧"。要稍歇会儿，等汗停了，再饮水。那时喝到肚子咕噜咕噜叫也没事。

同理，病人在发高烧冒热汗的时候，我们那村的左邻右舍都晓得要捂紧被子，喝热开水，让汗发个够，才能开始喝凉水，用凉水擦身。

但是，在医院里，不管是这科那科，还是这院那院，当患者告诉医生他发烧时，医生统一的"药方"是：赶快用冷水给病人擦身。无论是大医生还是小医生，无论是护士长还是小护士，同一个"答案"，同一个"药方"，同一首"歌"。俺乡下人对城里人的做法，真的是很困惑。

我从小青梅竹马、两小无猜的大表姐，在我读大学时，刚好在同一座城市的一所妇幼保健院当门诊医生。没事的时候，我经常到大表姐那蹭饭，也经常到她的门诊室转悠。那妇科门诊，多为女性。去多了，我突然间也成妇科医生了。有一天大表姐在开药时，我竟比她先说出用药名称，她一脸惊诧。因为没到几次妇科门诊室，我就发现那些穿着白大褂的所谓"医生"，对每一个来就诊的患者问话都是一样的：月经正常吗？白带多不多？接着问一些夫妻性生活方面的事。然后就是B超、CT、X光等"十八般武艺"，对患者"九九八十一难"的检查。过几天，化验单出来了，医生便"对症下药"。药都是中成药，说明书上写得好好的，该怎么吃。我凝望着患者提着大包小包、大盒小盒的中成药，步履蹒跚地离开医院，心想，吃完那一大袋子药，那可怜的女人，不半身不遂，也一定会肝炎爆发。是药七分毒呢！怪异的是，同一种药有十几、几十甚至上百个牌子，但全院上下的医生只开同一个牌子的药，据说这是院领导下红头文件规定的。一个有执业资格的医生还要按"规定"开药？我感到匪夷所思。简单的法律逻辑是：医生有处方权！"领导""组织""上级""班子"并没有处方权！

再深入一点接触这群医生，你会发现，当他们脱去白大褂，走出医院门口的时候，跟菜市场上提着菜篮子的大妈大叔大爷并无二致，在他们身上嗅不出一丝书卷味，有的甚至更像肉摊上宰猪的摊主，满脸横肉。恐怖的是，他们身为某科专科医生，大多数人家里没有一间书房，甚至看不到他们桌子或床头有一本相关的专业书籍。我那大表姐也一样。有一天，我忍无可忍说了她几句，指出她根本没资格当医生，那样开药，那样“治病救人”“救死扶伤”，无异于孙二娘开肉包店，是谋财害命！接着我跟大表姐讲了多个古代杏林名医的故事。她的灵魂似乎受到了震颤。不久以后她就申请换岗。再后来她提前退休，抱着我推荐给她的几卷古书苦读。有一天，她突然对我说，她要到西藏去一段时间，我们心有灵犀，不是一段时间，而是很长的一段时间。12 年后，当我再见到她时，她已经是一位贯通道、佛、禅，精通医理、命理、地理的“仁波切”“道长”“孙不二”。她现在依样给百姓治病，但不取分文。守道在灵空方寸，惠民于大化之中。

翩然一只云中鹤，明月松间渺无踪。

九、K 患者的生死“保胃战”

记得那是一个星期一。清晨阳光明媚，惠风和畅。但隔壁病房忽然传来了不和谐的噪音，有个患者 K 和医生发生了激烈争执。

K 住院已两个多月，从入院第一天起医生就给他挂保胃药。但 3 天前，当保胃药再挂上去的时候，K 当即产生剧烈反应：恶心，呕吐不止。护士手忙脚乱地停挂了保胃药，并一停 3 天。但出乎意料的是，从停挂保胃药的那天中午起，K 突然胃口大开，屎尿通畅，肚子也不胀了。可是那星期一，护士又拎来了保胃袋要再给 K 挂上。K 要求再停几天。护士坚持要挂，K 也毫不退让。护士无奈叫来了医生，医生用几乎是命令和恐吓的言语对 K 说了一大通道理，大概是说这袋能修复胃、肠道溃疡，控制胃酸等书本上“很经典”的理论，但未能说服 K。我想 K 一定是个“乡下人”，不吃“理论”那套东西。医生只好亮出底牌：这是医院的规定！只要你躺在这张床上，你就必须把这袋子挂住。如果你反对我们的“规定”，那么，我下午拟一份责任书叫你家属签字。K 哀求说，医生我并没有反对你，反对医院那是阶级敌人干的事。我是一名患者，我对你的精心治疗心存感激！我是在哀求你：饶了我吧！那东西我已经挂了两个多月了，本来我也以为很有用，但最近 3 天的事实表明，现在拿掉它，对我是一种解放！对我是一种解脱！被解放的人，不可能再被重新戴上镣铐。我只乞求你，医生！你面对的是一条鲜活的生命，而不是木头，更不是“规定”“指示”“指南”，你心里装着的不应该是“被问责”，而应当是救死扶伤，它叫悲悯情怀。我也并没有叫你停挂，我只恳求你再观察几天，若真像你刚才所说，停挂保胃药会导致严重后果，随时再挂回去完全来得及。我人就躺在你床上，上面还有数不清的其他瓶在挂着，我能跑哪里去？他老泪纵横。但医生似乎毫无恻隐之心，他昂着高贵的头颅，扔下一句话：下午叫你家属到我办公室签字。

之后的几天，护士依然送来保胃瓶，K 坚持不挂。那就扔着，局面很僵持。我看见，K 的床头柜上堆满了像泡茶时茶盘那条软管流出的液体包。不过，没过几天，K 的保胃袋真停了。听说 K 的女儿已经从北美飞来跟医生签了什么“生死书”。

今天，又是个好日头。窗外，天蓝蓝，云飘飘。庄严气派的医院大楼屋顶突然飞来一只鹰。我转头的那一刻，苍鹰奋力拍击了一下屋角，直搏长空。

这地方真好，简直是一块“风水宝地”，我头枕这座城市的西面怡山，面朝东方，左手边那扇宽敞明亮的大窗，每天给我送来云霞雾霭，流岚虹霓，飞鸟蓝天，绿树轻风。至于夜幕低垂后的窗外，我一无所知。但每一个夜都很香，自从遇见了“伦敦眼”，每晚我都似乎躺在月亮床。呵！那爱的摇篮。

十、未来 30 到 50 年内，医院必亡，中医必兴

这是一个月圆的晚上，农历是十六日，话说十五的月亮十六圆。本来家属已经“严防死守”，不让前来探望的亲朋好友进入病房，以保证我有足够的休息。但是，从美利坚飞来的大学时代梦中情人，让我又一次破戒。我们长谈了一个多小时。女儿骊妮坐在旁边心如火燎，但也不敢制止师姑。她噤若寒蝉，时不时地把我的话题接过去跟师姑用英语叽里呱啦几句。

由于一整个下午说话，我体力消耗太大，吃完晚饭，有点精疲力竭，8 点不到就睡去了。

一觉醒来，朝窗口望去，一片火红，接着出现了一尊佛像，从东方缓缓向我迎来，我双手合十。迷迷糊糊中我了然那是佛光，因为过去我目睹过几次佛

光,都在日出时分。比如1988年初在闽东白云山,1999年在四川峨眉山。我以为天亮了,但一看表是凌晨子时。我随即进入“跏趺躺”,即仰卧在床上两腿双盘。

天真的亮了!昨天是月光菩萨圣诞日,而且正刮着台风。月光菩萨和药师如来、日光菩萨并称东方三圣。月光菩萨显像,吉!我想我该要出院了。一小时后医生查房,她通知我一周内出院。

一说要出院,我反而有点舍不得离开这张陪伴我一个多月的病床了。我现在感觉是,这一个多月我简直过着帝王般的生活,饭来张口,衣来伸手,想吃就吃,想睡就睡,尽量受尽九九八十一难。

我精研地理、命理、医理,熟谙中医、经脉、穴位、武林秘籍、达摩易筋经,但对西医似懂非懂,因为我不感兴趣。不过很快我就对西医豁然顿悟了。我的结论是:未来30到50年内,医院在中国必亡,中医必兴!注意:这里我说的是“医院”,不仅包括西医,还包括以西医方式行医的“中医院”,而且是在中国。我这话也绝不是一些“爱国者”所理解的“东风压倒西风”,更不是什么“西方文化已经走向没落”“东方崛起”的寓意。

“医院”到了中国已经南橘北枳。无数的中国人,从南到北,从东到西,四处求医,捧着人民币,苦等苦喊着住院。到底有多少从医院出来的患者痊愈,或者是没有病的脏器被治出病来,无人知晓,你也不可能知道。

那些号称××医院“第一刀”的外科医生,一天做七八台,甚至十几台手术,人们都把他们当作神医,但他们的治愈率多少、死亡率多少,没有一个第三方机构可以监管。许多身穿白大褂的医生,不是医生,而是猜谜者,他们普遍缺乏作为一个医生所应当具备的人文素养。不是他们医德不高,而是他们跟患者沟通太少。

沟通在中医上叫:望闻问切。一个病患者就躺在他的病床上,但他要见到医生,就像宫女等皇上临幸,盼星星盼月亮,每天也只有“查房”那么一瞬间。领头的医生像一只凶悍的白公鸡,后面跟着一群穿着白大褂的企鹅,每天问的都是屎呀尿呀的事情,然后鱼贯而出。不是这些医生不敬业,也不是医生对生命漠然,而是他们的知识构架实在无法面对患者。那些必须挂在你头顶的瓶瓶袋袋,是他们的心理安慰,否则他们就很忐忑。曾经有位市立医院院长亲口对我说:有些患者住进来医生没搞清楚得的是什么病,住院住了三四个月出院了,医生也没搞懂患者得了什么病。

我在××医院××科的时候,一进门就千篇一律地被挂上五六七八个吊瓶,什么保胃的、保心的、保肝的、脂肪乳、蛋白奶……药还有五六七八种,什么治胃溃疡的、润肠的、平衡肠道菌群的……我知道这些药对我毫无用处。是药七分毒,而且这些药要通过人体各脏器解毒,这是常识,但医生们熟视无睹,盲目下药,下猛药。

虽然是这样,但你千万不能对医生说这药对你没用,更不能因此退药,最佳的处理方式是取几种你需要的药,其他偷偷藏起来,药钱你默认了。我就是这么干的。我把他们胡乱开的各种药,塞进抽屉一个垃圾袋,只选了两款对症药,而且这两款药我也不吃他们配发的,是我女儿从海外即时买来的。不到两个月时间,我发现他们开给我的那些垃圾药,足足有 2.5 千克。如果按他们给的药,天天吃着,我知道我不仅还要住院一年半载,而且还有可能落下半身不遂,半死不活。

这是个互联网时代,我并不是什么“神人”“神医”,我告诉你一个简单的办法:假如你住院了,医生给你开了一大堆药,挂了一大堆瓶,你只要查看一下这个瓶那个药的作用和副作用就可以了。当然,我的这一做法,也不能胡乱模仿。似我者死!如果你对自己的身体各脏器的健康状况不了解的话更不能模仿。

此刻,我的耳边正回响着此起彼伏的呕吐声。我心如刀割,泪流满面,悲悯之情油然而生。我们不能说那些医生是刽子手,因为他们的愿望是善良的,出发点是好的,但他们确实是一群不学无术的庸人,有灵性的医生凤毛麟角。而且,医院大量使用实习生,这简直是在践踏生命。

有一天,我挂某瓶产生剧烈反应,我让家属马上去叫值班医生,进来的是一个实习医生,他开口问的第一句话是“什么时候进院的”。我不是反对医院用实习生,但不能这样胡乱用,把他们当廉价劳动力用,当临时工用。他们是来你这“实践”,来你这学习的呀!你必须带着他们,手把手地教。比如在高校,导师若要自己的博士生上课,第一要经过严格的审批程序;第二你的博士生上课,你必须坐在课堂下面专心听课,否则就是教学事故。医生面对的是生命,怎么能如此随心所欲呢?这个行业已经太乱,很多情况下简直就是在为非作歹,再大的“官”其实也拿这没办法,而且你官越大,他们越好忽悠你,用几个“专业术语”就可以把你吓退。他们只怕一种人,那就是无赖。因为无赖不讲道理,伺候不好动不动就拿刀砍医生,于是,全国各地“医闹”不止,而“医闹”的根源就在医生平常跟患者沟通太少。救死扶伤的圣地,被搞成天怒人怨的“大泽乡”。谁之过?

十一、一位没病找苦吃的平潭老妈妈

快要走了!我忽然想起不知在哪个病房遇见过的一位患者。她是一位老妇,老伴24小时陪伴着她,到了周末有一大群子女来探望她,衣着都很光鲜,热热闹闹,然后两位老人又回复到孤寂,像两棵面对面的枯藤老树。老人的子女年龄跟我相仿,所以她应当是我的妈妈辈。后来我问他们,果然都70多岁了,但看上去一点不像70多岁的人,最多也就60岁出头。

我比他们早进入那个病房一天,那个伺候着老伴的老者温文尔雅,一有机会就向我点头示意。有一天,在跟老人闲谈中得知,原来他是一位退休的中学教师,而且教的是语文,姓郭。于是我就把新近出版的一本《青年博览》送给郭老师,里面有我的一首短诗《回向:写给医生和护士》。他如获至宝,几乎把那本杂志翻烂,并对我的那首诗频频发出赞叹。我在医院待这么久,第一次看见这么喜欢看书的家属、护理,除此之外,满室病人,满屋家属,我没有看见一个在无事的时候会拿起一本书或杂志,或一张报纸,专心地读15分钟以上的。他们大多目光呆滞、惊恐、迷惘、惊慌、无聊、厌烦。他们不是来照顾病人的,而是把自己当成了清洁工。你瞧那边的家属,不知跟病人是什么关系,在卫生间刷个尿壶,就磨蹭十几分钟,双手还套着硕大的橡胶手套,这边的病人被撩在屎盆子上苦苦呻吟着。这一个又一个、一床又一床的家属,个个像沙县话讲的“木枯斗”,傻呆呆地坐那,有的两眼直勾勾地盯着病人头顶上的药瓶子。

郭老师的老伴之所以住院,是因为前几天发高烧,家人很紧张,因为她以前得过急性甲肝,虽然十几年并没有复发过,但为了保险起见,家人还是把她送进了医院。

我看了一眼躺在病床上的老妈妈,对郭老师说,她发烧前一定全身发冷。郭老师说:对!你真厉害,这你也知道。我继续说,而且在这次发冷发烧前,老人家一定过度劳累。郭老师说:完全正确。他说老伴发病的前几天,全家人为了庆祝小孙子的生日，通宵达旦地打麻将，然后还破例去泡了温泉。接着就发冷发热。我对郭老师他老伴的病已经了然于胸，但因为刚认识不久，也就没敢多说什么。

几天后，老妇的主治医生来了，查看了她经历的“十八般武艺”“九九八十一难”的检查，得出的结论是：这老妇得的是坏血症。我不知道坏血症是种什么病，但我知道这医生是胡扯淡，说什么她肝不好，得过肝炎以后，病毒一直潜伏在身体里，这下进入了血液云云。

眼前的这位老人，清隽矍铄，面如古铜，在她这个年龄，很少有她那样的身材，跟郭老师一样，她还能骑自行车。她饮食习惯良好，无烟酒嗜好，爱吃鱼，平潭多的是鱼。虽然她过去得过肝炎，但现在身体已经完全恢复健康。她这次发烧，完全是个偶然，而且她会发烧，是个好的征兆，说明她身体的免疫机制很灵敏。要知道，如果一个人连续 20 年连发烧都没有，那他一旦得病，麻烦就大了。这次她之所以得病，是因为乐极生悲，高兴得透支了体力，身体虚了，所以，她发病前一定发过冷，只要静静躺在家里三五天，发冷发烧时再盖上一床被子，多喝热蜜水，让她出大汗，病自然好。

我 30 多年来，没住过院，也极少打针吃药，都是靠我的伯公教我的“土办法”。针对不同的病，“土办法”有千门万种。家乡人都叫我伯公：水媒先生。水媒先生活到了九十好几，我的伯公母，即水媒先生夫人更长寿，到一百零几岁才去世。水媒先生在世时，我村附近方圆几十上百里的几个乡镇，老百姓看病就靠像他一样的两三个老中医。而老中医都出在我们村，我记得还有两位名气稍微比我伯公小一点的，一位叫秋子先生，字：庆西；一位叫吴家栒，村里人都亲切地叫他栒先生。栒先生按排行，小我伯公一辈，属“家”字辈，所以，当年在我们吴家村算年轻中医。我伯公按字辈排是“庆”字辈。我是“声”字辈，“声”以下是“秉”。我看过我们吴家村的祖谱，上下离我最近的排行是：耀裕庆家声，秉礼遵和睦。所以，我给我女儿上祖宗排位的字是：秉懿。

我们村的这支吴姓，属吴氏乾派。我是第二十代裔孙，属炎帝的正宗后裔，可溯之华夏最古老的姓氏源头。而关于吴姓的更远根脉，据考证，它源出姜氏，5 000 多年前的古姓，以仁虞兽为图腾，虞、吴二字古代通用。姜、吴皆当过炎帝，黄帝为其外孙，后裔中也有姓吴。炎黄合脉，唯此一姓，故狭义的“炎黄子孙”，有学人认为，可归吴氏独享。

驻此崖岸，游彼灵空

今夜，惠风和畅

我很欣赏古人“慎独”的精神濡养。所谓慎独，其实质就是：不做恶。不仅不在光天化日之下做坏事，即使一个人独处在一个房间里也不做坏事，没有害人的想法和念头。

害人的念头就是“负能量”，而“负能量”或者负面的东西对你和他人都是危险的，它将给你和他人创造出痛苦，创造出地狱。

正如佛经上说，人们每做一件事，每生一个念头，都将记录在“第八识”的种子里，这些种子一旦有缘，就会发芽开花。思想、感情、意识或行动其实是一样的，它们并没有什么区别，它们就像种子、花草和树木。一颗种子在那，花草树木就已经上路了。所以，如果你想要杀死某人，你已经杀死了他。那个人也许还活着，但是你已经杀死了他的一点点，他已经没办法像以前那样完整地活着。

你一定住过宾馆酒店，当你走进一个新的房间，突然间在你里面就会有一种改变，那是一种很奇怪的感觉，好像你变得不是你自己了。细想起来，这一点都不奇怪，宾馆酒店那是什么地方，年年月月，夜夜天天，进进出出，来来往往，多少思想、意识、感情、行为被释放在那，被留在那。它们在那里震动着，萦绕着，你今天来了，能不感应到它们的能量吗？

我喜欢旅行，走走看看坐坐，累了就躺躺，幕天席地，漱石枕流。在旅行中，我常有一种更加强烈的漂泊、冒险、无畏、新奇、浪漫的感觉，有时甚至意想不到地写出“语不惊人死不休”之作，我想那可能跟我住的和玩的地方有关。

我在想，那些佛教圣地，或者古人修炼修真的地方，一定像那宾馆酒店，留存着思想、意识和情感，而且一定都是善念，是慈悲，是爱。

当然，最高的能量场是“无念场”，是“灵空场”，是“无思想无意识场”。因为，灵空场能够在它的周围创造出一个“空”的空间。

在那个空的空间里，也许你某一天变成了一个佛。

没有水，没有月亮，今夜，惠风和畅。

一剑倚天

儒家讲中庸，佛家讲佛魔不二，道家讲道法自然、万法归一。其实要表达的都是同一个意思，即去掉“二分性”。

去掉“二分性”就是：不执著。以我们对自己身体的态度为例，所谓不执著，就是你必须修炼到处于一种很深的平衡之中。

但就是这么一个简单的平衡，人们要做到简直比登天还难。当然，如果你做到了，事实上你确实就是登天了。我们经常会在影视作品里看到一些邪教什么的，它们是那么厌恶人类自己的身体，信徒或躺在荆棘的床上，或每天用鞭子把身体抽打得皮开肉绽，鲜血淋漓。它们是反身体的。反身体其实是一种执著，或者说对身体的一种反执著。

而与反执著对应的，是有的人又走到了另一个极端：太爱自己的身体。尤其是一些女人，一天到晚抓着镜子，这其实是自恋，自恋就是执著。

每一个人都必须照顾好自己的身体，因为那是上帝的杰作，神的赐予，身体是神圣的。但你不能够放纵在身体里，不能迷失在身体里。

站在灵空的角度看身体，你应有的态度是：我处于身体里，但我不是身体。

是的，你处于身体里，但你是超越身体的。这就像露水掉在荷叶上，你在叶子上，你又不在叶子上。

万花丛中过，片叶不沾衣。

竹影扫阶尘不动，月穿潭底水无痕。

一只小鸟飞过天空，没有痕迹，但小鸟依然朝着它的方向奋力飞行。

身体是一座旅馆，你来去匆匆，生不带来，死不带去。身体是一座庙宇，你是庙里的佛龛。佛龛是你最内在的核心，但很多人不知道佛在心中坐，却对庙宇，甚至庙宇的外墙顶礼膜拜，当然，更愚蠢的另一个极端是：去拆除庙宇、摧毁庙宇，把自己折磨得不人不鬼。

两头俱截断，一剑倚天寒。

枯　荷

身体需要淤泥
所以终将枯萎
灵魂渴望单独
今日我终于
入圣超凡
我已枯　我已死
我没枯　我没死
池塘里　徘徊着一缕荷香
那是我今生
心的韵律
爱的回甘
我走　留一把泥给
池塘　我来　做一只鸟
来生为你歌唱

舍弃淤泥

两脚任从行处去，
一灵常与气相随。
有时四大醺醺醉，
借问青天我是谁。

每天傍晚或清晨，我喜欢在金山校园里走走看看，湖光山色，水岸栈道，绿荫如盖，鸥鹭荷香。

有智者说：当你完全忘掉身体，你就是健康的。

所以，东方是智慧的，也只有印度和中国才能给出这么美的健康定义。

而现代西方医学给健康下的定义是：当没有疾病的时候，你就是健康的。这等于废话。它并没有对健康下定义——把疾病带进来定义健康，这算哪门子事？

当你牙疼的时候，你才会感觉到牙。呼吸是健康的，你觉知不到它，你也不会去觉知它，但是当你得了哮喘或支气管炎之类，你就觉知到它了。

健康就像阳光、空气、爱，当它在的时候，你觉知不到它。

四大醺醺醉，问天问地我是谁？这就是东方的健康概念，大健康概念。这是作为一个"人"的第二次诞生，它超越地心引力，仿佛在天空飞翔，尽管你的苦恼是无法时时刻刻都在飞翔的。身体很粗重，灵魂轻盈如风。身体需要跟他人在一起，而灵魂需要单独。身体需要链接，需要人群、QQ 群、微信群、俱乐部、会所、社会、组织，但在这些乱哄哄、吵吵闹闹的群众中，灵魂会感到饥渴。狂欢是一群人的孤独。

所以，我的S论描述了这样一种人生意境：出入自由，是为自在。有的时候你进入关系，有的时候你离开它；有的时候你在官场上，有的时候你在南山东篱下；有的时候你在酒桌，有的时候你面壁佛龛。

但一个修炼者却已经“不来不去”“不进不出”，如如不动，无论是他的灵魂，还是他的身体，那个跟别人接触的渴望已然消失。他已化作池塘里的那朵莲花，不！连花也不是，因为花还根植于淤泥，他只是莲花的芬芳。他只是一道光。

你越超越身体，你就会变得越轻。

因为舍弃淤泥，枯荷究竟涅槃。

龙象无争

随着印度总理访华，中国掀起了一场瑜伽热。佛学是灵性的，而瑜伽是灵性超越的。

在某种意义上来说，印度瑜伽其实就是中国气功。它们的核心内容是：锻炼和修行。无论是瑜伽行者，还是气功修炼者，他们都从身体入手。当然，它们都是很容易出偏的修炼法门，如果没有明师指导，最好不要贸然涉足。许许多多的修炼者，尤其是一些“遁入空门”的宗教人士，他们几乎把身体视为“大患”，然后用各种触目惊心的“法门”折磨自己的身体。

对于一个瑜伽行者、一个气功修炼者而言，规则是必需的，辟谷、吃自然的食物、深而有韵律的呼吸、静坐、优雅的瑜伽体位、太极、八段锦、武术，甚至书法、绘画、音乐，八万四千法门，目标只有一个，那就是让你过一种更有弹性、更柔软、更干净无毒的生活。

修炼是一把火，所以古人把它叫作“炼丹”是很科学的，它将摧毁你身体中不纯的东西。它在你的身体内点燃一把火，把那些不干净的东西焚化，就像一块黄金丢进火里，那些不是黄金、不纯粹的东西将被烧毁。

当你的身体变得纯净，你的周围就会出现一个微妙氛围。有些人也在很努力地苦修，但你观察其行为举止，虽然表面娴静优雅，但内心焦躁、迟疑、鲁莽。这就是瑜伽和气功内在修为粗浅的典型表征。

一个修为深的人，其内在将有一种最大的力量被唤醒，那就是：不死的感觉。当你经过千锤百炼，你变得很纯、很完美，超能力于是诞生了，比如你能够“灵魂出窍”，把你的“星灵体”移出你的身体。星灵体是瑜伽的说法，它即是真正的你。它是不死的。到时你自然会明白,什么“理论”“学说”“哲学”“宗教”,都是幻灭的;身体更是灰飞烟灭,化作春泥;功名利禄就是淤泥浊水,耗气又耗神。我问你一个极简单的问题:你知道你爷爷奶奶辈的名字吗?也许你知道。但再往上数三代,或哪怕一代,几乎没有人知道自己的祖先叫什么,是杀猪的还是卖米的。一切有为法,如梦幻泡影,如露亦如电。但是你,那个星灵体将继续保持,生生不死。

菩提本有树,
明镜也是台。
本来有一物,
是你没修来。

当你看到了那个“不死的你”,你便超越了死亡。当死亡被超越,恐惧就会消失,爱就会产生。

是的,也许现在你也在“爱”,你寻找伴侣,珍视友谊,但那只是在寻找关系。事实上,你的寻找是出自恐惧,你试图忘掉你自己,于是,把你自己拉进一个关系里,它并不是爱。

所以,只有一个超越死亡的人,才能够去爱,才有能力去爱,除此,就是“以爱的名义”,在逃避死亡,逃避恐惧。那些在宗教场所祈祷唱诵、念经拜忏、晨钟暮鼓的人,99.9%不是出于爱,而是出于恐惧,当然,他们很艰苦卓绝,很虔诚敬畏。

做事奸邪,任尔烧香无益;居心正直,见吾不拜何妨。

气功是一条龙!
神龙见首不见尾。
瑜伽是一头象!
大象无形。
龙象无争,天造地设。

身体是一张琴

身体是一张琴,若要它发出最美的声音,你必须把它调适到最佳状态。调适身体,于是便有了八万四千法门。瑜伽和气功就是上乘法门,而基本功是盘坐。

静坐可以使身体很稳定,很舒服,浑身充满内乐,那是和谐之乐。身体的每一个部位都处在最佳状态,就像乐器处在正确的形状和秩序,伟大的音乐于是诞生了。

静坐没有什么秘诀,开始的时候可能很痛苦,但必须坚持,必须忍受! 不定规矩无以成方圆。痛苦过后即是喜乐,最佳状态是坐到忘掉你的身体,是为坐忘。

这是修炼的基础入门,我 30 多年来,无所作、无所为,唯一坚持的就是这一件简单的事:清晨早起,静坐听心。

所以,实际上我是个无聊而又无趣的人,整天就知道拿一本书傻呆呆地坐在我书房的罗汉床上,如果遇上假期我甚至可以十天半个月把自己关在我 45 平方米的小屋里,除了静坐看书,给自己做最可口的美食,别无作为,一无是处。

我很享受这种与世隔绝的“止语”境界,它调适着我的身体,也让我的灵魂历经一次又一次的洗炼,历久弥新。

南台静坐一炉香,
终日凝然万虑亡。
不是息心除妄想,
只缘无事可思量。

爱，是一缕芳香

出福建农林大学东大门过马路，是浩瀚的闽江。闽江边有一个下安古码头，条形的青石板台阶缓缓向闽江深处延伸，码头上的那几棵古榕树是我的至爱。夏日的傍晚，我几乎每天都晃悠到这里，躺在清凉的石板上。闽江水自在流淌，江风轻拂我的脸庞。偶尔有一颗榕树籽砸在前额或脸颊，刺痛，但震颤百脉，很爽很爽。

在老榕下，或躺或坐，你会变得宁静、享受、喜乐，突然间你会觉知到那树好像跟你以同样的方式在呼吸。接着，有一个片刻来临，你会觉得跟天地、宇宙，跟整体在一起呼吸。

我想这大概就是瑜伽说的 Pranayama（呼吸控制）了，Pranayama 和中国的气功有异曲同工之妙，所以，气功在古代也叫吐纳术。

古之真人，其寝不梦，其觉无忧，其食不甘，其息深深。真人之息以踵，众人之息以喉。

名实不入，而机发于踵。是殆见吾善者机也。

中国文化中，儒、道、禅诸家，尤其是道家对吐纳术的研究，可谓博大精微。在它们看来，“息”指的是一呼一吸中间那段，而所谓“止”的境界，就是“息”的境界。

所以，瑜伽和气功是教导正确对待死亡的艺术。人们都很害怕死亡，但瑜伽的观念是：你面对死亡就是面对神，因为当你死掉，神就会住进你里面。

当呼吸停止，你所处的状态刚好跟死亡时的状态是一样的。在那个片刻，你融入了死亡。身体的呼吸和头脑的思想是平行的，如果你能跟呼吸分开，你就跟思想分开了。当思想消失，头脑不在，你就是一个“空”。空意味着你跟整体在一起。你的生命能量正跟着那老榕树，那闽江水，还有山岳、星星、月亮、白云扩张，然后有一天会到来——到了那一天你就变成一个佛，而你完全消失了。

就像你和你爱的那个人，手拉着手坐着，你突然会觉得你们的呼吸是同步的，这时她就是你，你就是她。没有你，没有她。但有一个韵律，在天地间脉动，它似一道光，一缕芳香。

爱，是一缕芳香。

大梦谁先觉

现在的人真是痛苦，竟会被睡觉这种事折磨着。我发现有的朋友，凌晨4点还在那发微信，原因是：睡不着，真是求生不得，求死不能。

之所以睡不着，是因为你"太努力使自己睡着"。事实上，我也偶尔睡不着，在这种情况下，我不会"努力使自己睡着"，我的秘诀是：不努力。我只是静静地躺着，享受着围绕着我的黑暗那柔软的感觉。枕头清凉，被子温暖，有时翻个身，百脉舒畅。就这样，在对睡觉漠不关心的情境下，我睡着了，带着享受，无梦无想。

这个使你睡着的道理很简单，有一个叫艾米莉·库的心理学家称之为"反效应法则"。松掉那个努力，睡意就来了，睡觉就发生了。

你坐在那棵老榕树下，你只是坐着，而不是像有些气功师教你的，什么采气、吸吸呼呼之类。让一切自然发生，神于是就降临了。神即是爱，是祈祷，它无法用意志达到。透过努力你可以到达罗马，条条努力通罗马，但达不到涅槃。

从小到大，我们的老师、长辈、上司都谆谆教导我们要"战胜自我""超越自我"，许许多多的人因此误入歧途，你"战胜""超越"自我，结果是，创造出一个更加微妙的自我。我见过此类形形色色的人，他们或辞去很体面的工作，或提前退休，然后跟着市场上哪年哪月碰到的"大师""真佛""老道""神尼"，四处晃悠。显然，它伪装成具有宗教性的样子，它是更加危险的自我，属于彼岸，只是看起来很美；它似乎更伟大、更强而有力、更微妙，你将被它抓得更紧，没有退出的路。很多"堕入空门"的善男信女都感慨：刚出地狱，又坠苦海。

佛说，末法时期，邪师如恒河的沙，遍满世界。

一个简单的道理是：自我只有在抗争的时候才能够存在。我曾讲到呼吸，它是跟宇宙保持一种韵律的方式。进入这个韵律，唯一的法门是不抗争。你是在漂浮。只要你顺着河流漂浮，“自我”就会消失，“你”就会消失。你无须“抛弃自我”，你也无法“抛弃自我”，或所谓“战胜自我”，因为“抛弃”和“战胜”就是自我。自我只是一个梦，一个人生大梦，只要你了解了自我是一个梦，它就消失。就像你早上从“黄粱美梦”中醒来，那个梦就消失了。

大梦谁先觉，平生我自知。

因为了解，所以知道。

包容，生出你自己

在华夏文化和印度文化中，都以天、地来象征男女。天是男人，地是女人。中国人经常讲“天行健，地势坤”，似乎更崇尚阳刚或男人，男尊女卑，其实，这是2 200多年来被儒家思想洗礼后的所谓“传统观念”。它显然是肤浅的，是文化肤浅。

这个世界变得越来缺乏爱，残忍、暴力、色情、冷漠，跟男人一直在主导、领导这个世界有关。

一个简单的事实是，如果一个女人爱上一个男人，她可以一生都爱他，但男人很难，男人喜欢女人有点像他喜欢车，永远都想换新的。

在我看来，女人是一个“子宫”，她的天性是包容。但男人是不靠谱的，他是天生的流浪汉，如果没有女人，这个世界不会有家，最多只有鸟窝，或吊床、帐篷。客观地说，整个文明的存在都是因为女人。

如果你要成为一位瑜伽行者、一位气功修炼者，一个最基本的前提条件是：你必须有能力摒弃外在客观的吸引。比如你在书房里静坐，电话却一个接一个地响，微信一个接一个地来，你就永远无法回到家。正如鼓山摩崖刻朱老夫子晦庵的4个字：静神养气。

土地和女人意味着包容，一颗种子掉落土地，就好像孩子找到了母亲，没有了恐惧，感觉到了温暖，然后种子的壳便裂开，它现在无需那坚硬的“盔甲”来保护自己，然后它消失在泥土里，开心发芽。

所以，包容是一个奇迹，一种伟大。这就是为什么人们最后把观音塑成女相的文化意蕴，即使她成道前是个男儿身。这个意蕴是：除非你有变成“子宫”的能力，否则你无法找到佛、菩萨。与其说是“找到”，不如说是生出。就像那颗种子，在土地母亲的子宫里生出它自己。

静神养气！包容，生出你自己。

脱落，因为我走过

哲人都教导我们要主宰自己的命运，做自己的主人。

但做自己的主人，你必须回到源头，回到家，抛弃外在的吸引和诱惑。

昨天跟一群做企业的朋友讨论“钱”的问题，让我很惊诧的是，有的企业家竟耻于谈钱，认为谈钱很“俗”。

把钱看成俗物，这不仅有悖宗教精神，也很违背自己的良知。16 世纪初宗教改革家加尔文奠定的新教伦理，从来就不排斥钱，他不仅不认为钱是臭的，而且认为钱是香的。

许许多多的人自命清高，甚至“坚壁清野”，把钱、性等东西看成肮脏透顶的东西，其实他是在想钱、在想性。

所以，如果你想放弃一个东西，意志是无能为力的。在我看来，意志是自我的一部分。

如果你试图用意志来放弃、拒绝、放下什么，你已经分裂成“二”，你在抗争。抗争是更加执著的追求。恨不是爱的对立面，冷漠才是爱的对立面。

因此，抗争、拒绝、逃避、禁止、抛弃，你仍无法消除外在的吸引。就像 20 世纪 80 年代有人提出禁止邓丽君“靡靡之音”，但是越禁邓丽君越红火。

不要相信什么“仪式”“誓言”，什么“金盆洗手”之类，如果你想要抛弃某事，你就彻底地去了解它、经验它。《乱世佳人》里白瑞德之所以那么懂爱，是因为他了解爱。因为成熟，所以归根，就像一粒种子脱落，投入土地。

我从来不用意志来抛弃任何事，我也从来不曾抛弃过什么。任何东西我都是走到它的深处，然后我了解，最后我回家。有人把我看成“李白”，认为我很“潇洒”，于是当我跟她谈“赚钱”的时候，她认为我“俗不可耐”。李白真有那么“清高”吗？他还想着杨贵妃给他洗脚呢！

生命是一所大学校，你不必匆忙，可以慢慢经验。

钱肯定不是个东西，性也肯定不是个东西，但你说抛弃钱、抛弃性是不对的。真正视金钱为粪土的人，从来不说钱是狗屎。

当爱来临，性自己会消失。消失不是你跟所爱的人不做爱、不能做爱，而是做爱已经不是你们爱的源头。你的源头是你自己。那个爱你的女人或男人也是她或他自己。你们现在只剩下一个欲望：知道自己。

当你向内走，当你回家，回到源头，你就可以驾驭你的所有感官。你成为你自己的主人。

据说达摩来中国面壁 9 年，人们问：你东来干什么？他回答：我在寻一个不被人欺的人。

如果你没有回到源头，向内走，而是向外求，你就是一个奴才。你的被奴役是无限的，因为你所欲求的东西无限多。

坐在一个会议大厅里开会，放眼望去，无论台上的还是台下的，想坐台上，想把台上的人拉下台的，都是受奴役的人。没有人奴役你，是你自己在奴役你自己。

所以，奴才和乞丐未必都住在棚屋乡野，庙堂处处都是；国王和富翁更未必都住在宫廷豪宅，山谷中、海岛边到处都是充盈而富足的人。

灵空崖的老松高耸入云，直指青天。我持一函经从树下走过。

山岭。

山雨。

一颗松果脱落。

宇宙流

专注即是把飘散着的能量归流。

如果你试图把一碗油倒进一个瓶子，你需要专注，否则油就会到处洒。那个专注的流，它是一条线，就像光从火把释放出来，持续不断，气焰辉煌。

很多人到老了都一事无成，问题出在：不专注。比如你想成为一个画家，比如你现在要画一棵松树，那么，你必须变成那棵松树，从内在去感觉那棵松树：你在灵空崖的山岭上傲然挺立，听风听雨，听布谷鸟的声音。这样，你才能画出那棵松树，否则你只能像照相机一样照下松树。照相机属于科学的世界，它只能显示出松树的"客观性"，但一位画家看一棵松树，他不是从外在看，他会放掉他自己，然后跟松树会合、交融，自我消失，然后变成那棵松树。所以，科学家会带来一些东西，它来自外在的客观世界，艺术家也会给这个世界留下一些东西，它来自他自己。一幅画，一首诗，一部交响乐，那是他深入自己之后从自己的源头流出来的。当我在歌颂那朵红玫瑰、那轮圆月，我其实是在歌颂我爱的那个人。

一生只爱一个人，一生只做一件事，能量就会归源，否则能量到处洒，你会活得像地沟油，污染环境。但现在遍地都是贪得无厌的人，当了教授想着当局长，当了局长想着当教授，就是不专心做自己该做的事。

一花一世界，一叶一菩提。如果你集中精神在一朵百合花上，那朵百合花就变成整个世界。所以，要集中精神抛掉"许多客体"，而只选择"一个客体"。你看那许许多多的人在那里忙忙碌碌，被捧为"大咖""大师"以后，就没有过过一天安宁的日子，生命不息，心乱不已。星星之火是可以燎原，但燎原意味着森林火灾。无论是“互联网＋”，还是炼钢炼铁、种稻种麦、创业创新，有些人总喜欢把它乱搞成“燎原之势”，最终祸害无穷。但你是一炬火把，一条溪流，你只要专注地燃烧，专注地流动，没有间断，那湛然的海，朗朗的夜空，就将化作你。

专注，是一条宇宙流。

不得有二

致心一处即为道。这句话的意思是告诉人们做事情要专注、专心、专一。用瑜伽或气功的话讲，它就是以一念带万念。

但要进入“一”，谈何容易。不信你试试，你在那静坐，但你真的“静”下来了吗？没有。因为头脑是个麻烦，它意念飞扬，一秒钟的时间里，有一万个念头从你脑海中闪过。头脑是一条“意识流”，不断地从一个客体跳到另一个客体，你无法融入一个客体。如果你能够集中精神，把你的意识集中在一个客体，比如一朵百合花，或一朵红玫瑰，你就可以抛弃头脑那个流动的习惯，达到完整。

你爱上一个女人，你发现她的价值观、兴趣爱好，甚至饮食习惯都那么似曾相识。我们说，那是前世的因缘，你们能相遇，走在一起，是好多世修来的福分。几生几世爱一个人，它能够给你一种完整、洁静、清明和纯粹。你生生世世都在爱，但由于头脑的原因，你造下很多业，你必须偿还，你一直无法扎根，你陷入轮回，就好像一棵树，一而再再而三地被连根拔起，从来没有时间将你的根送进泥土深处，你只是名义上活着，因你无法开花。

当你面对一朵红玫瑰，你看呆了！10 秒钟之后，你说：“多美的红玫瑰！”当你说出“多美的红玫瑰”，你已经错过了它的美，美在你“看呆”的那 10 秒钟里。

事实上，在那 10 秒钟里，你首度遇见了神，玫瑰花的芬芳并非只是玫瑰花的，它是神的芬芳。一花一世界，一叶一菩提。青青翠竹无非般若，郁郁黄花皆是妙谛。我的老友莱笙把自己的住处命名为“发呆楼”，那是很高的境界。当你对一片云发呆,你就会化作那片云,随着它,你将进入你自己。当你深爱一个人,专注地去爱,你遇见的不是她,你遇见的是你自己。紧握她的手,坐在那棵老榕树下,你们将变成那棵树,根紧握着大地,叶相融在云里。

不可无一,不得有二。灵空门是不二法门。

天容海色

传说在一个炎热的中午，佛陀带着他的弟子走在一条乡间小路上，每个人都口渴得喉咙冒烟。佛陀在一棵大树下停了下来，对阿难说："你回到先前我们经过的那条小溪为我们取些水来。"

阿难回到了小溪那里，但他发现取水已变得很困难，因为刚才有几头牛经过，弄脏了小溪，溪里漂浮着朽枝烂叶。阿难进入溪中，他把那些朽枝烂叶往下压，试图让它们沉淀得更快些，但那溪水反而变得更脏。

阿难回去向佛陀报告说，那条小溪的水不能喝，他能不能换个地方取水。佛陀坚持说："你回到原来的那条小溪，我只要那儿的水。"阿难很无奈，但师命难违，他还是走回去了。

当他回到原来的地方，发现有一半的脏东西已经沉淀下来。没有人试图将它们压下来，它们就自己沉淀下来了。阿难恍然大悟，也明白了佛陀的良苦用心。

于是，他悠闲地坐在溪边，什么事也不做，只是在那等着，看着，那小溪里的水慢慢地就清澈起来，最后像水晶般清澈。

当你静坐，开始的时候你意念飞扬，入不了静，不要急，你不要"试图入静"，你只要静静地坐着，任意念的云朵，来来往往，你只要观看，你只要观照，漠不关心地观看，像蓝色的天，任云卷云舒；像无垠的海，随潮来潮往。

云散月明谁点缀？

天容海色本澄清。

流动，柔波千顷

诗性、灵性、神性、宗教性是我常说的几个词。我的身边聚集着许许多多会写诗的朋友，他们充满诗性，整个人都诗情画意，但兼具灵性者凤毛麟角。他们在诗人的状态下，卡住了！许多画家、书法家、音乐家、舞蹈家也一样，他们没有移动，没有流动，卡在画家、书法家、音乐家、舞蹈家的状态下。所以，静心是必要的，静坐是必要的。静坐和静心就是进入灵空态。在灵空的状态下，能量才能像源头活水，源源不断地注入生命，你的诗、你的画、你的字、你的音乐、你的舞才能保持鲜活，历久弥新。因为灵空即是整体，当你进入灵空，你就是进入了海洋，存在的海洋。整体是无法用语言表达的，因为在灵空中主体和客体已融为一体，谁来表达，表达谁？只要开口，就意味着分割。此中有三昧，欲辨已忘言。

于是，那个叫白居易的大诗人困惑了，他说：言者不如知者默，此语吾闻于老君；若道老君是知者，缘何自著五千文？这位伟大的诗人卡住了！他还没有到家，他永远也回不到家。回到家的人，不在深山幽谷，不在喜马拉雅山，他在市井陋巷、菜市场。致心一处即为道。所以，科学家、艺术家是比较容易入“道”的一群，这叫“心一境性”。

道不可以须臾离，可离非道。

前几天有位朋友对我说，她刚刚神奇地经验了我说的“一”的状态，原因是她生病了，但时间很短，只有那么 10 分钟不到的时间。是的，很多人在生病的时候变得很宁静，他静静躺在床上，不用应酬，无事可做，很放松。突然有一天，他看着窗外嫩叶上的那滴晨露，时间停止了，空间停止了，嫩叶、露滴消失了，他消失了。突然间“万物为一”，就好像每一样东西都变得井然有序、完整一片。这种“入道”的感觉，有时候也发生在两个深爱的人灵肉交融以后。在一个全然的高潮之后，每一样东西都变得很宁静，和谐有序，那个冻结已然消失，你随着风、随着雨、随着雾，流动，仿佛在河里漂浮，像躺在懒懒的阳光下，和风拂面，黄沙万里。

流动，在宇宙的千顷柔波里。

天地精神

所有宗教都必须回答死亡,如果一门宗教没有对死亡作出回答,它就不能成其为宗教,它或许只能算是一门伦理学、政治学、社会学、人类学、民俗学、心理学、超心理学或心灵学。宗教一定是在寻找那个"不死的",但那个"不死的"唯有透过死亡的门才成其可能。

死亡不是结束,它是生命的"三摩地"。人类第一次窥见死亡的三摩地,是在性高潮的经验中。在一个很深的性行为里面,你会到达一个顶峰,它叫性高潮,它令人满足、兴奋、癫狂、喜悦,你被净化了,仿佛彻底洗了一个澡,所有的灰尘都纷纷抖落,你变得鲜活,再度年轻,充满活力。事实上,性是一次小小的死亡。一个能够达到性高潮的人是一个允许他自己在爱当中死亡的人。生命是一个调情,死亡是最大的性高潮。性造就新的生命,死亡造就你。整个生命只不过是在学习死亡,为死亡作准备,除非你修完了死亡的功课,否则,你这一生是无效的。就像你一次又一次地做爱,一次又一次地进入高潮,沉迷于高潮,沉迷于性,却一直悟不到爱是什么。爱即是神。当你和他或她做爱,那叫性,当你跟整个存在、整个宇宙做爱,它叫三摩地,它叫涅槃。

庄子曰:独与天地精神相往来。

你，是一座山

有一次，圣者在他的园子里讲学，这时来了一个人，大家一看他就是来者不善，果然，他一开口就出言不逊。圣者保持沉默，而且很专注地听那人说，等那人说过瘾了，圣者慢慢睁开微闭的双眼，然后说："谢谢你！"那人一脸疑惑，说："你不会是一根木头，或是个呆瓜吧？我在侮辱你，伤害你，而你说'谢谢你'？"圣者说："是的，谢谢你！我在这里已经等你很久很久了，等了好几世，在过去我曾经侮辱过你，今天你是来算这笔账的，现在账已清，我自由了。"

圣者在这里向世人阐释的只有一个字：业。我们常说：人生酬业。业包含你所有的作为、思考、感情等，前世的、今生的、当下的，百万亿千劫的。如果你能活得像圣者那样通透，你就能为自己消"业"。如果你碰到上述境况，你对那人作出反应，你的业就会越积越多，越积越深，并且他会一而再再而三地来。于是，你给自己创造出一重又一重的锁链，你将一直处于枷锁中。不仅你受到侮辱时对那侮辱你的人说"谢谢"，而且受到赞扬、赞美、褒奖时你也都要"不动心"。那才叫：得道高人。一切侮辱或赞美，就像竹影扫街，但尘不动；像月穿潭底，但水无痕。这时，我们说你才是自由的、自在的、光明的、正大的、无边的、超尘拔俗的。

你，就是一座山。站在那，任凭风吹雨打，一任流岚、雾霭、虹霓、烈日、严霜来去。

说说那“不可说的”

孔子说：未知生，焉知死。他说这话为的是强调“入世”，目的是教导人们好好活，充沛地活，过好今生。但站在“出世”的角度看生死，孔老师的这句话其实是有大问题的。它应该倒过来说：不知死，焉知生。

我们说，当你致心一处，万物唯一，从“多个头脑”“多个客体”归于“一个头脑”“一个客体”，你将变得沉稳、深入、集中、归于中心，心无旁骛，坚壁清野，但这远远不是究竟。究竟是“一”也要被抛弃，否则你依然留在自我里面。当“一”也被抛弃，你就“归零”了，归零就是三摩地。入三摩地，你将洞彻生死。为什么庄子死了老婆，他一点都不悲伤，还击缶而歌？因为他知道妻子死后将去到哪里。事实上，妻子并没有死，她将进入永生。所以，一些得道高人到最后都“止语”，不是“道不可说”“天机不可泄漏”，而是你不在“零态”“灵空”“三摩地”，他无法跟你说，就像夏虫不可语冰。

有一次，雪峰问皎然：“光明和境象都消失之后，剩下的是什么？”皎然答：“如果宽恕我的过失，就敢于有所应对。”雪峰说：“宽恕你的过失，怎样应对？”皎然回答：“我也宽恕你的过失。”雪峰说：“放过你二十棒。”皎然便行礼下拜。

弥勒是你的朋友，不是什么“佛”

在学界，我曾经提出过一个理论，即S论。于是，许许多多的门人、学人开始研究S论。有人认为它是基于智商IQ、情商EQ之上的灵商SQ；有人认为它是传统文化中太极思想的现代演绎；有人认为S即是哲学中的“度”，是儒家文化里的“中和”，甚至有人认为S论即性商SQ。这些研究和定义都对，也都不对，但每个人的研究都拓展了S理论的思想视野，正所谓“横看成岭侧成峰，远近高低各不同”。

就文化意境而言，S论中的S指的是Samyama。Samyama这个词来自印度瑜伽，它的意思是：不分裂的镇定状态。这是修行的极致。不分裂的镇定状态就是：定。佛门讲戒、定、慧。所谓的“定心”，就是“不动心”。六祖出道时有个“风动、幡动、仁者心动”之争，讲的就是一个“定”字。我们说一个修行者通过静坐，最终可以“入三摩地”，即忘却客体、主体，甚至抛弃意识，抛弃思想或曰头脑，那么，之后呢？之后必须回来，回到这个世界。不仅回到这个世界，还要回到菜市场，回到“朋友圈”，带着慈悲、爱和善良。佛陀曾经说过：下一次来到这个世界，我的名字将会是弥勒(Maitreya)。Maitreya就是朋友的意思。弥勒不是什么“大师”“法师”“宗师”“仁波切”“活佛”，它就是朋友、亲人。我们不要去管佛陀是否真的会“回来”，但佛陀的这句话我们必须领悟：在一个人变成一个佛之后，他必须变成朋友。变成朋友意味着友善的，即整个人散发着友善的气质。

有圣贤说：借着融入大象的力量，达到Samyama的状态，你就会达到大象的力量。这句话同样也可以这样讲：借着融入魔鬼的力量，达到Samyama的状态,你就会达到魔鬼的力量。心定万物即定。所以,Samyama 是一把双刃剑,它就像“科学”:原子能可以用来造发电厂,也可能被制成原子弹丢进某个城市,造出更多“长崎”和“广岛”。佛魔不二。

鸡寒上树

一个师父的两个徒弟在寺院门口的一块巨石上打坐。过了一会儿，其中一个说："如果师父能允许我们抽烟，那就棒极了。"另一个说："那怎么可能，师父绝不会同意的。"前面一个又说："要不我们去问下师父，反正即使他不同意，我们也不会有什么损失。"

第二天他们就分别跑去问师父。出乎意料的是，师父对一个说："不行，绝对不行。"但对另一个说："可以，完全可以。"

两个徒弟又凑在了一起，他们简直无法相信师父怎么会这样回答他们，前后矛盾。然后，其中一个徒弟问："你是怎么问师父的？"那个被拒绝的徒弟说："我问：'在静心的时候可以抽烟吗？'你是怎样问师父的？"前者回答："我问：'我在抽烟的时候可以静心吗？'"

现在，"国学"很热，官方的、民间的纷纷"上马"，搞各种各样的"国学院""书院""论坛""讲座"，但林林总总的专家、教授，他们都只是在"解释""注释""国学"。然而，易、道、佛、禅这些东西不是用知识可以解释的，它无法被解释、被注释，它甚至无法被思考。它只能被接受，它是体验。所以，我经常讲佛、道、禅、易以及阴阳五行八卦，我并不是在给你"理论"，我是在给你一种能够蜕变你的"方法论"，或曰"法门"。"理论"是非常危险的东西，因为千万人 5 000 年来都在玩弄它，利用它，使用它。理论是一个筐，什么东西都可以往里装。那些"大师""理论家""导师"，还有政客，他们都想把"真理"带进每一个人的意识。但是他们无一例外地都失败了。所以，明师不强加真理，他带着你体验真理。5 000 年来，凡是成为“师”的人，都这样，比如佛陀，还有道门中无数明师真人，如吕岩、王重阳、张三丰。

道为何物？鸡寒上树，鸭寒入水。如鱼饮水，冷暖自知。

丢弃你的衣服

Rose同学对我说，她最近在修炼，每天坚持静坐，但有一个困扰就是，坐在那头脑总是意念飞扬，无法安静下来。她去询问“寺庙高僧”，他们给她的回答无非就是“去除杂念”。

其实，杂念、意念、思想无须“去除”，你只要看着它，让它自然来去就可以了，“去除”本身也是一个“杂念”。

我经常讲“没有头脑”的状态，那就是心无杂念、没有思想的状态。头脑是一个过程，就好像一个波浪，它是没有什么实质的。你去看，当波浪消失在海洋里，它留下什么？什么都没有。

人们一直在劳碌奔波，生生世世，很少人会静下来反观一下自己，反观一下内在，抖去身上的灰尘。那些思想、意念、杂念就是你身上的灰尘。你是一位旅行者，衣服上累积了太多的灰尘，因为你已经旅行了一世又一世，好几百万世，百万亿千劫，从来没有洗澡，形成了你的“人格”，你已经变得跟它非常认同，它就像你的皮肤上那件沾满厚厚灰尘的衣服。

所以，最彻底的办法是抛弃那件衣服。瑜伽、气功就是去除那件你的人格外衣，回归清新的你。

personality(人格)这个字的字根persona，意味着“面具”。人格是面具，不是你，它是用来展示给别人看的。你一直在骗别人，而你自己也同时是欺骗的受害者。所以，要抛弃所有人格，只要成为自然的，你就能够流向中心，看到你的真面目。

人类需要那样一个地方，在那里，可以丢弃你的衣服，自自然然地站着。

歇即菩提

“轮回”真的存在吗？无数的人无数次地问过自己，也问过别人。我的答案是：存在。

严格地说，“轮回”就是你今生所有欲望的再生。就像一棵树，当你即将过世的时候，你今生所有的欲望会再度聚集在一颗种子里，那颗种子从你的身体跳出去，然后进入到一个子宫，它再度创造出你。

所谓“出越五行之外，不落轮回之中”，就是你变成没有种子。

没有种子就是客体不存在，你死的时候已经没有欲求。有欲求意味着你今生还有“业”，你的成功、失败、爱、恨、情、仇并没有“了”，你必将又一次地被生出来，或者你的苦还没受够，或者你的乐还没享够。

准确地说，“你”从来没做任何事，你今生所做的一切都是“身不由己”，是你的头脑、你的心、你的思考一直在做，它就像一架轰鸣的机器，永不停歇，渐渐地你跟它认同，生生世世，堕入“轮回”。

而你从来不是做者。因为你无需做，每一样东西都在你里面，你就是那个“最终的”。欲求是愚蠢的，因为你有欲求，所以你变成一个乞丐。

如果欲望消失，你立刻会变成国王。所以，佛说：歇即菩提。

有的人老师当得好好的，却欲求官，结果官当不清楚，却成了阶下囚；有的人记者当得好好的，却欲求钱，下海了，结果不仅没赚到钱，而且被淹得半死。

所以，没有欲求就是活在当下，不做就是当你在做的时候，“做者”消失了。

眼前乔木尽儿孙，

曾见吴宫几度春。

若使当时成大厦，

也应随例作灰尘。

是的，一切成功、失败、利禄功名、情仇爱恨、欲求渴望皆将化作灰尘，若蜉蝣飘零在广渺的苍穹，无依无凭。

大木出深山，全无刀斧痕。

Oh！ My God

什么叫作最终的达成？

最终的达成就是一个人觉得每一件事都被完成了，毫无原因地。

菩提本无树，明镜亦非台。在最终的达成这一刻，连“想着没有思想”的念头都没有，它是最终的纯粹。在那里，镜子就只是在反映着，但是并没有反映任何东西，因为甚至连映像也是不纯物。最终的“你”不会留下任何脚印，因为你没有痕迹。

羚羊挂角无踪迹，一任东风满太虚。

大海没有一个微波，镜子没有一个映像，天空没有一丝白云，它是完全的空无。这就是灵空。

花朵如阵雨般洒落！恩典突然降临。

事实上，恩典一直都在降临，花朵也是一直洒落在你身上，但是你不在灵空态，所以你看不到它们。

见性非眼！如果你不具备一双空的眼睛，你看不到那来自彼岸的花朵。

你一直在走，一直在奔跑，一直在寻找，但是其出弥远，其知弥少。贪看天边月，失却手中珠。有一天，当你坐下，就像佛陀，在那棵菩提树下，你抬头仰望星空，你豁然顿悟！你到了。并且，你发现你一直就在那，那最终的达成，那最终的纯粹，就在此岸。

自在桃花轻似梦，灵空飞雪寂如尘。

Oh！ My God。

因为空无，所以充满

高天新月，雪山飞狐，万径人踪灭，你从一棵树下走过；老树春芽，钟磬袅袅，禅房花木深，檐上的鸟儿在歌唱。当歌声停止，它会留下某种品质在那个环境里，留下一个空在。仿佛整个宇宙都充满了歌的不在。那是宁静的歌。

我听说当佛陀即将过世的时候，阿难哭泣着问他："你在的时候，我们无法达成，现在你走了，永远地走了，我们该怎么办？"

"现在你们要爱我的不在，注意我的不在。"佛陀回答。

我曾经带过一个门徒，20 年来我对她关怀备至，开导、棒喝、捧赞，无所不用其极，我在灵空崖为她说法，门前那鸟窝上的几只都听懂，转世为人去了，而她却依然本性难移。有一天，我对她说，我走了，现在我要把你扔回"原始森林"。她在那哭天喊地。

孔子殁后 200 年，天下之言不归杨即归墨；佛陀走后，有 500 年时间没有雕像被塑造，但人们能感觉到他的那个不在。有一棵石头做成的菩提树，人们在树下静静坐着。无数的人们由此达成了那个"最终的"。

现在的人们已经无法在一棵树下达成，所以寺庙被一座又一座地盖起来，佛像被一尊又一尊地塑出来。

但那个最终的恩典，不是来自土建木雕的寺庙和佛像，它来自空无。

当你远离你所爱的人，有一股气息、有一种氛围萦绕着你。就像头顶的星空，洒落人间都是爱。

大爱无痕，大象无形，大音希声。

因为空无，所以充满。

自在心

真理不是某种你可以去“想”的东西，它是某种你可以成为的东西。

鸡寒上树，鸭寒入水。如鱼饮水，冷暖自知。真理是一个人自己完全单独的经验，没有任何客体。它不是什么“哲学的结论”，没有一种逻辑的三段论，也没有一种理论、假设可以给你真理。当头脑消失，真理便显现。老子说，有物混成，先天地生……吾不知其名，强字之曰道。真理就是道。

所以，西方语言中，“真理”(truth)这个词太干旱了，它携带了太多逻辑品质在它里面，而华夏文化中的“道”，才够得上“真理”的意蕴。它是宇宙洪荒、日月盈昃、斗转星移、季节更替的法则。它是存在最内在的核心。事实上，它是存在的基础。

在真理，或曰道的时空中，不是没有错误，而是那个错误也被吸收了，甚至毒素、痛苦、恶都被吸收了。

曾经有位师父，他收了很多门徒，有个门徒大家认为他“很坏”，因为他做过小偷，骗过他人的钱，大家认为他有辱门风，而且跟这样的人“同门师兄弟”，感到很没脸面，于是众门人要求师父赶走这个人。但师父说，如果你们一定要赶他走，那我跟他走，你们都留下，他是个“坏人”，没人收留，除了我，而你们如果离开了我，天地也许还很宽。我必须收留他，不能让他再流落街头，再成为“坏人”。

无人无我真如体，
不生不灭自在心。

世界就是你

人总是容易无聊和厌倦。你每天上班，从小区的花园里走过，花儿是那么美，鸟儿的叫声是那么清脆，世界是那么多姿多彩，赏心悦目，灵光熠熠。但是，它在你眼里是暗淡无光的，好像蒙上一层灰尘，不久以后，你就感到厌倦，感到无聊，觉得怎么都是同样的花儿，同样的鸟儿，同样的人，同样的行为。

其实生活不是这样的！如果你抛弃所有的衣服，丢弃所有的人格面具，你只是一个赤裸、一个纯粹、一个空，站在这个世界上，你的生命就会变得生机盎然，它有了强度。

带着强度，你可以洞察任何人和任何事，因为东西已经不复存在，目前无物，无人无我。如此一来，即使是花儿也变成了人，即使是树木也成为朋友，即使是石头也安放了睡觉的灵魂。

每一次到灵空崖，我总要到山后那块巨石上跏趺静坐，面对夕阳、沧海桑田、云卷云舒。仿佛有无数个门被打开，仿佛整个宇宙都在接受，在欢迎。不论从什么门进入，都是无限。

你其实就是一个门，进入无限之门。当你爱一个人，你就进入了无限；当你凝视着一朵花，无限之门就打开了。你躺在乌龙江沙滩上，每一粒沙都跟整体一样浩瀚。

两脚任从行处去，
一灵常与气相随。
有时四大醺醺醉，
借问青天我是谁。

打开你的门，世界就是你。

你，就是那朵花儿

为什么你缺乏创新，没有创造力？甚或死气沉沉，没有活力、没有张力？因为你被知识困住了。许多大学的校训都赫然写着“追求真理”之类的口号，但它们只能传授点知识，或曰学问什么的。

但真理跟知识无关！真理是一种经验。真理无法被借用、被传授，只有知识可以，从这个意义上讲，知识是肮脏的，因为它就像钞票，已经经过了很多人的手。

早春的校园，清晨的空气格外清新，路边的花儿挂着露珠，阳光明媚。经验就是清晨的露珠，像花儿一样新鲜，它永远天真，没有人曾经碰过它，是你第一次碰触到它，而不是什么老师“传授”给你的。真理无法被传授，你只能去经验它。如鱼饮水，冷暖自知。所以，当有人问：道是什么？禅是什么？禅师说：吃茶去！

圣人说，要知道真理，它能够使你解脱。

爱过，恨过，现在也许你很痛苦。在我看来，受苦是一种学习，一种训练，因为如果你不曾受苦，你就不可能变成熟。它就好像火，真金需要火炼。如果黄金问：“为什么受苦的总是我？”那么黄金就会保持不纯。唯有借着火，所有那些不是黄金的东西才能被彻底烧掉。这就是解脱。那最纯的留下来，其他一切没有用的东西都被烧得一干二净。你变得纯粹和天真。

所以，不要逃避痛苦，还有黑暗、苦难、饥饿，你要去经历它，全然地经历它，以至享受苦难。

一些成道者常说，他已出越轮回之外，不在五行之中。他的意思是说，他永远不必再回到这个世界，因为他经历了生命所提供的所有考试。而你必须一而再再而三地被生出来，你拿不到“毕业证书”，生生世世，百万亿千劫，被强迫进入同样的生活模式，苦海无边。

那些修行者都是一些准备学习的人，不是学习知识，而是去经验生命。

有位圣贤说，瑜伽的目的就是为了提供经验，这样才能解脱。

清晨，我和我爱的人，坐在灵空崖松风肃肃的岩石上，拉着她的手，看着岩缝里伸出的带露的梨花，我不会说：多美的梨花！或者说：这是一朵梨花。

你，就是那朵花儿。

你的爱人，是梨花上的那滴露。

那是最美的你

一位伟大的雕塑家正在做神像，有个人走过去说："你的创造很伟大！"

这位雕塑家说："我什么事都没做，神隐藏在这块石头里面，我只是帮助他显现出来，他已经在那里，我只是把一些不必要的东西敲掉，我不过是去发现他，而不是创造他。"

我们每个人的里面都藏着一个神，但他一直被一些无用的东西深埋着，比如名利、地位、金钱。当你抛开那些无用的东西，你就成为了人，成为了你自己。

所以，没有必要去教堂寻找上帝，也无须去道观、寺庙寻找道、寻找佛。

那个神，那个上帝，还有那个佛和道就在你里面。寻找者就是那个被寻找的，追求者就是那个被追求的，而你一直骑马找马，忙忙碌碌。

把那些堆积在你身上、不必要的石头剔除、丢弃，你就会发现你自己处于你所有的荣耀中，那是最美的你，五彩缤纷，光芒四射。

一轮明月

爱发生在两种情况下，有的人因为孤单去爱；有的人是单独的，他也爱。孤独和单独，一字之差，但爱的境界天壤之别。在我看来，因为孤单去爱，不能称之为“爱”，它只是一种需要，然后急着去找别人，由此这种“爱”是要得到什么。但一个单独的人去爱，他是要给予什么。前者是乞丐，后者是国王。

单独就是“个体性”，或曰“个体意识”。

都说“若为自由故”，生命和爱情“两者皆可抛”，我以为说这话的人根本不懂爱。爱和自由是一起存在的，它们是鸟的双翼。爱允许自由，不仅允许，而且增强自由，任何摧毁自由的都不是爱，它一定是其他什么东西，比如占有、嫉妒、驾驭、控制或政治争权夺利，五花八门，人五人六，以爱的名义亵渎爱。

当爱飞得很高，高到纯粹的灵空，那就是自由，全然的自由。所以，那些在灵空境界上行事的人，他迟早会碰到爱。当你进入灵空，你将会开始觉知到有很多爱在你里面产生，你的存在会有一种新的品质，生命有一道又一道新的门洞开。你变成了一道新的火焰，现在你会想要分享。灵空的云端是爱的海洋。

同样，爱的海底是灵空。如果你爱得很深，渐渐地，你会觉知到，你的爱仿佛进入了灵空净地，有一种微妙的宁静品质进入了你，头脑消失，思想消失，你碰触到了你自己的深度。太湖三万六千顷，月在波心说向谁?

如果你声称你已进入“灵空”，而它没有变成爱，你一定在某个地方走错了；同样，如果你说你很爱，但没有步入灵空境界，你也一定是在某个地方走错了。

我见过世间许许多多的人，以“修炼”的名义满足他们的色欲和性欲，甚至性变态，他们亵渎了神圣的修炼。

但更多的修炼者、修行者走在错误的路上是因为他们自己，他们变得害怕去爱，认为爱是一种分心，他们逃到了喜马拉雅山、终南山，他们是孤单的，而不是单独的。而且，他们的脸上布满不快乐，你看到他们，就好像他们一直在牺牲，那是一种愚蠢。你无法在他们身上找到谦虚，只能看到他们越来越强大的自我，仿佛时时在说：我走在去往天堂的路，是上帝的选民，你们这群芸芸众生快醒悟吧，不然就要下地狱了。

孤轮独照江山静，
自笑一声天地惊。

面对死亡

死亡是生命最极致的乐章。

但人们都畏惧死亡，于是，便有了宗教、文化、占有、欲望、舍离、痛苦、悲伤。

死亡有点像河流进入大海，你走过了高山、森林、丘壑、平原、岩壁，现在，你的面前是一片广阔的海洋，一旦进入它就等于永远消失了，所以，当河流要进入大海的时候，它也会因为恐惧而颤抖。

但河流无法走回头，面对死亡，你也无法走回头。

你只能向前走。河流也一样，它必须冒险进入海洋，唯有当它进入海洋，那个恐惧才会消失，因为唯有如此，河流才会知道它并不是消失在海洋之中，而是变成了海洋。从一方面来讲，它是消失了，但是从另一方面来讲，它是一个很棒的复活。

所以，死亡并不是结束，死亡并不是消失，而是复活，你进入了存在的海洋。

人类第一次窥见死亡的秘密是在性高潮中，性高潮即是瞬间的死亡，虽然只有短短的几秒钟，但那即是生命的“三摩地”，是涅槃，是存在赐予你的生命狂喜。沿着性往上走，你就能体验到存在的浩瀚。但许许多多的人沉迷醉心于性，它就像煤无法进化为钻石。煤和钻石是同种元素结构的物质，但价值天差地别。煤是性，钻石即是爱。

爱即是丢却你自己，进入存在的海洋；爱意味着死亡，自我的死亡。你不敢去爱，是因为你害怕失去你自己，许许多多的人因此虚度此生，永堕轮回，生生世世。

爱你，我没有自己。

太湖三万六千顷，月在波心说向谁。

灵空，是生命的姿态

小时候，我住在乡下的老房子，房子很大，大厅、下堂、后堂，中间还有个大天井，十几户人家，一“直”一户，一“直”一“直”地紧挨着，旁边的厢房也住家。房子依山而建，坐北朝南。北山是一片老树，最老的那棵树我不知道是什么树，中间有个洞，那洞正好面朝我们家厨房。放学回家，只要不被妈妈逮着干活，我一溜烟就往那洞里钻，坐里头发呆。

我觉得好享受喔！那是一种宁静。这种宁静从孩提时代开始，就一直伴随着我。直到现在，几乎每天傍晚吃完晚饭以后，我就会往学校东大门闽江边的老榕树下走去，静静地坐在那，享受那份与生俱来的美妙。

这份美妙，后来我称之为灵空，灵空就是宁静，宁静就是空无。

但这份空无，不是“没有”，而是洋溢；这份宁静不是死的，不是墓地一般的死寂，而是像神殿一般的祥和，生机盎然！它是一首无言的歌。

有同学问我：我要如何知道宁静？

我说：你永远无法知道它。

想要知道就需要一种分别，需要一种距离，你必须是知者，宁静必须是被知者。这是“一分为二”，宁静不可能在“二”的情境下产生，因为，你也是宁静组成的。它是同一片海洋。我们也称之为自性，或曰如来。

那些圣者，或者说成道的人摒弃了一切非本质的东西，他们只剩下宁静和宁静的洋溢。

你其实也洋溢着宁静，只是你被种种蠢事所迷惑，所以一直没有察觉你洋溢着宁静。

你看看身边的世界,绽放的百合,出水的芙蓉,飞翔的鸟儿,还有那星辰、草木、山峰。

宁静,是宇宙的本来。

灵空,是生命的姿态。

空无是洋溢

空无是洋溢！它洋溢着能量，洋溢着快乐。你可以把一些玫瑰种在同样海拔、同样的土壤中，给它们一样的肥料和生长环境，但做一件不一样的事：用爱心对待其中一棵玫瑰。和它静静坐在一起，用心和它对话。那么，你会见到奇妙的现象：同样生长环境的一片玫瑰，获得额外爱的能量的那一棵，却长得更艳丽、更青翠、更硕大。

你在那棵玫瑰的周围营造了某种爱的能量场，那是无形无色的，肉眼看不见，科学仪器也无法测量，然而花朵展现了它的不同。

你今天拿起一把斧头准备上山砍树，你走在山路上，路边的草木都在颤抖，因为你的身上充满杀气。所以，所谓“布施无畏”，就是让跟你在一起的人，跟你接近的人心无恐惧，充满信任和欢乐，甚至草木花朵溪流鱼虫，飞禽走兽。佛经上记载，佛陀走过冬天的老树，树会发芽、开花，我相信确有其事。

整个存在是宁静而欢乐的！只有人愁眉苦脸。灵空就是带你进入快乐和宁静的海洋，带你回到童年，回到你孩提时曾坐在那发呆的老树洞。

哪里都不用去

我有一位朋友，多年前生了一场大病，后来其实恢复得很好，已经很健康了，但由于在生病期间迷上了气功、佛、道什么的，从此就无心正常工作。她先是经常请病假，满世界地“求道”，什么“道教名山”“佛教圣地”她都待过。最后，她干脆提前退休，住到了东部一个小岛的道观里。她跟我认识有15年时间，15年来，我一直提示她：远处的目标无法给你平静，无法给你“道”。寺庙在你的内在。

贪看天边月，失却手中珠。其实，我的这位朋友的病，也是你的病，是全人类的“共病”。

我听说上帝有一天对他身边的人说：“这世界实在太喧闹，我无法忍受！你们一定得找个地方，好让我搬走。”

圣徒说：“没问题，我们可以搬到喜马拉雅山顶去，没人到得了那里。”

上帝说：“你真是幼稚喔！看不到以后的状况。我看那里安静不了几天了，到时我们又得搬家。”

圣灵建议说：“那么月球一定很棒。”

上帝说：“你不了解难处在哪里。疯狂的人类胡乱地到处攀爬，他们很快就会登上珠穆朗玛峰、月球、火星，反正不管在哪里被找到，他们都会杀了我，因为他们理所当然地认为我要对一切负责。”

最后，有个叫桃花一点点的老头从人群中走出来，他靠近上帝，在上帝的耳边轻声细语后，上帝说：“那是个好地方！”

老头对上帝说的话是：“哪里都不用去！只要进入人们的自性，他们从来就不去那里，那是他们唯一回避的地方。你可以平静下来了。”

人们都以为找个家就能获得平静和安宁。这个想法其实已经把自己赶出了家，因为，它的假设是你已经不在家。但平静、宁静、空无、灵空就在此时此地，你无须去喜马拉雅山“求道”，“外星人”“宇宙人”“高级生命”“飞碟”也不是来自火星、月球。它，就在你里面。

灵空的太阳

当你和你的爱人在一起，进入性，性给了你快乐的一瞥，医学上叫快感。普遍的认识是，那快乐的一瞥来自你的伴侣，其实不是！

快乐来自你！

那快乐的片刻你完全放松，所有的愁云惨雾一扫而空，烦恼不再，时空凝滞。没有过去，没有未来。你在此时在此地。你在当下的片刻里，于是能量从你的内在涌出，你的内在本我流动着。你瞥见了快乐。

而另一个人，你的爱人，只是帮助你融入现在，进入当下。

如果你可以不经由性就来到当下，渐渐地，性就会便得没有用处，它将会消失。

你的内在本我是快乐的源泉。问渠哪得清如许，为有源头活水来。所以，永恒的快乐只能向内走，而不是向外求。

但许许多多的人无法向内走，找不到快乐的甘泉，因此会有寻欢作乐的渴望。

我的体悟是，一个不快乐的人必定会走进欲望。也许外面的世界可以让你短暂瞥见快乐，就像性，但如果你无法回归本我，你将生生世世在欲望中轮回。

苦海无边，回家是岸。

当性消失，性对你而言就不是欲望。它已经开始升华，就像煤炭已转化为钻石，它们是同种元素在不同层次的“同族”物质。假如你要进入性，和你的爱人，那已不再是“泄欲”，你不会对它执著，因为你已不依赖它。

有人无数次地问我,什么是“S论”? S论就是性商。S论就是灵商。

智商、情商、财商的时代已经过去! 2015,我们将开启一个心时代、心中国、心世界。

找一个早晨,在太阳未升起的时候坐在一块岩石上,去感觉你内在能量的流动、升起和无尽的快乐。这个古老东方的神秘静心术叫“梵天摩诃”。在梵天摩诃中,那些透过性而来到你身上的,甚至更深、更棒的,骤然间将从你的内在涌出,它不需要其他人给予你。

你,是一轮灵空的太阳,气象万千。

随流去

希特勒写过一本书，叫《我的奋斗》，我20岁的时候就买过这本书，但奇怪的是，我就是读不下去。

30岁前后，我有一天似乎豁然顿悟：奋斗是一种很不健康的心理状态。并且，30岁前后我就彻底消解了奋斗的“理念”，成为一个“不奋斗”“不努力”的人。

但“不奋斗”“不努力”，不是什么事都不做，我一直“在做”，但我不奋斗。奋斗就像攀岩，掉下来就会粉身碎骨，就像希特勒，我更像是河流流向大海，它并没有作任何努力，只是不慌不忙地往大海的方向流动。

缓缓地流动，即使没有到达，也不会感到挫折，即使100年后才到达，也悠然自得。

我在想，如果你是个教授，就一心一意教好书；如果你是一个大学生，就专心致志读好书；如果你是个鞋匠，就认认真真做好鞋；如果你想出国，就安安静静读雅思；如果你是个和尚，就一丝不苟地敲好钟，当一天和尚就撞一天钟。所以，哪来的“努力”？哪来的“奋斗”？不懂。

圣哲们都说，超越自我。可事实上，奋斗在产生自我，如果你在世界上奋斗，它会产生一个粗糙的自我，你会觉得：“我是一个有声望、有钱、有权力的人！我是一个精英！”那些犯事被捕的“大人物”，都是一些“奋斗者”。

如果你的内在在奋斗，它也会产生一个自我，一个更加微妙的自我，你会觉得：“我是纯洁的人！我是一个修行者！我是大圣！我是菩萨奶奶！”表面上看你是“超凡脱俗”的，“与世无争”的，“面若菩萨”的，但你的那个“我”仍然跟奋斗在一起。所以,一些很虔诚的自我主义者,他们具有很微妙的自我,他们或许是“名僧大德”,也许他们达成了某些事,但是那个成就仍然带着“我”的最后阴影。

而灵空是“没有欲望”,没有欲望的最后一步就是自我完全消失,如此一来,就只有你的本性在流动,而没有“我”,你就化成一条河流,流淌着,歌唱着,你在做,但没有奋斗。

有一次,有位禅师给他的学生上课,他一上堂便说:“好比人行路,忽然遇到这种情况: 前面是万丈深渊,背后是野火逼近,两边是荆棘丛林。如果向前走,就掉下深渊;如果后退,就被野火烧身;如果转向两侧,又被荆棘阻挡,当这样的时候,怎样才能避免灾祸? 若能避免,应该就有出身之路;若不能避免,就堕身丧命。”

圣人说: 立处皆真。

随流去。

现在，你臣服

有一种人一直很努力，一直在努力，但屡战屡败。他永远不明白，他的努力就是失败的原因，因为他的努力变成了自我。

自我累积在那里，那么只有一个可能，他才能得救：交出自我！

也许你以为你已经交出了自我，然后在那哭天喊地：如果只是一次正常的辞行，会不会让人觉得是最后的诀别？有一种无奈若已超过尘世，活着只能是一种屈辱，死去反倒是一种奇怪的想念呢！何去何从？没有答案，全凭感觉吗？总会对谁负些责任吧？活下去，把所有的承诺加倍付出，这才是上帝的赦免与神的救赎！

是的，你似乎交出了自我，现在，你臣服于神，臣服于上帝。

事实上，你并没有完全臣服，没有全然臣服。如果你全然臣服，你就会知道：并没有神。我曾经千百遍地对你说，神是要来帮助你的一种假设，它是一个谎言。

神的假设只是一个帮助，臣服才是重点，而神不是重点。但是你完全搞错了，认为神是重点，认为有神，所以你才臣服。

神是一个顶点，神是最终的开花。以为成为一个信徒，你就臣服了，你就得救了，那不仅是荒诞的，而且是走火入魔的。很多宗教都在说：只有一个神。你以为那个神会来救赎你，那是因为你没有完全臣服。

当你完全臣服，你就会知道其实有很多神，并不是一个神。

交出自我，给我！

现在，你臣服。

大音希声

万法归一，这是气功修炼的最高境界。它跟印度古老的瑜伽是相通的。瑜伽(yoga)这个字根，意思就是会合、结合在一起。瑜伽是主体和客体的结合，知者和被知者的结合，观察者和被观察者的结合。有位哲人经常说，那个观察者变成被观察的。这话其实也暗合了瑜伽精神。主体和客体会合就是"一"。在中国，我们称之为"道"。准确地说，道是一而后零，空，消失。

零也是完整，归于中心，成为自己。完整即是健康。英文的健康(health)很美，它跟神圣的(holy)和完整的(whole)来自同样的字根。

中医讲疾病源于经络、穴位、气脉的不通和堵塞，它意味着身体的能量无法在一个完整畅通的圆圈里流动。

进入瑜伽，进入气功，能量的完整流动是十二分重要的，它是基本功。如果你坐下来这里酸那里痛，这里不舒服，那里麻冷僵，你就无法走远，无法祈祷，无法到达神。

最近有气功修炼者对我说，因为静坐，他变得很喜欢佛乐，尤其是梵音。这是一个很好的征兆。

梵音和咒语是宇宙音声的一个象征符号。当你开始静坐，你意念飞扬，你只听到你自己里面的思想和话语，但你无法听到你本性存在的声音。

本性的声音是遍在的。当你静坐，当你静止，当你随着梵音入定，你里面那些喋喋不休的思想和话语就会终止，宇宙之声就会升起。这叫以一念带万念，以至无念。无念就是归零，就是灵空态。

灵空态就是消失，就是宁静。虚云老和尚在终南山闭关，有一次入定半个月，锅里半个月前放进去煮的地瓜也发了毛，那个时候，就是灵空态。在灵空态中，宇宙本身真正的声音就会被听到。

大象无形，大音希声。

本来有一物

古印度的瑜伽哲学，把物质世界划分为 5 个层级，或曰五大元素：土、火、水、空气、以太，它对应人的 5 个"体"：食物体，或曰肉体；能量体、电体，或曰灵空体、灵光体；心理体，或曰脑体；直觉体；喜乐体。

食物体属土。而在中国的阴阳五行论中，土属脾、胃，居中央，色黄。中国人讲究吃，吃文化异常发达，这其实是有其深刻道理的。近现代许多政治家、社会改造家相信思想、文化、意识形态可以改变人，其实那是很难实现的。能彻底改变人的行为、品性、思想、意识的是身体，而身体的粗重、轻盈，或浊重、纯净取决于你吃什么，怎么吃。所谓一方水土养一方人。几乎所有的宗教都从饮食男女入手，改变人的心性，于是便有了辟谷、禁欲、素食、房中等八万四千法。想用文化、思想、意识形态、主义、信仰、价值观来改造国民，是治标不治本，因为脑袋受身体支配，本质上讲，脑袋也是身体的一部分。所以，你谈恋爱总跟你爱的人说太多无用的"恋爱理论"，那是脑残的！简单的道理是，你只要当好一个保姆，让你爱的那个人吃好喝好就可以了，只要生活在一起，不出 3 个月，你们就会"臭味相投"，如果你们吃的东西足够干净，你们就会变得轻盈、纯粹、通透，彼此相融在云里。所以，爱她，就给她做好吃的，少说废话。

当你的身体清理干净了，你的第二体就会呈现不一样的品质，它是能量体，是你的原生质、气场、氛围，像火焰，光芒四射。第三体是心理体，具有水的品质。有句话说得很深入人心，叫：我思故我在。这是头脑的特性，脑袋就像一条流动的河，奔腾不息。生命不息，思考不停。所以，佛门要修止观，如果你能让脑袋停止思想 3 秒钟，你就会窥见生命的真相。但是，你无法做到 3 秒钟的“无想”，所以，迄今为止，你的生命是无效的，树欲静而风不止。第四体是空气。空气看不见摸不着，但它真实存在，我们可以感觉到它，所以，它是直觉体。老树先生说，人要有一点虚无感，他讲的就是要滋养你的直觉体。而诗歌、音乐、舞蹈、绘画、书法等文化艺术，就是社会的空气。古人讲：以正治国，以奇用兵，以无为取天下。天下就是文化。文化既然是直觉体，是空气，政治、政权、国家机器就不能“管”文化，“管”意识形态，“管”人的神经、精神系统，它应当无为而治。

最后是以太，你甚至无法感觉到它，它远比空气精微，它是纯粹的空间，练功的人都有如是体验，那是纯粹的喜乐。

但是，你是谁？

你不是你的肉体、能量体、心理体、直觉体，也不是喜乐体。你比以太那纯粹的空间更纯粹，更精微。你的真实存在就仿佛是“不存在”的。所以，佛陀说：没有自己。你的本质 being 事实上是非本质的 non-being。有本质都是粗糙的，你是纯粹的“是”。对它无法说什么，对它没有一个描述是足够的。如果要勉强描述，它像是台风的中心，而且它是动态的，它会在它的周围创造出一个能量场：以太、空气、水、火、土。

菩提本无树，
明镜亦非台。
本来有一物，
是你没明白。

天若有爱

土、火、水、空气、以太，是一个人真实存在的5颗种子，或曰五个体、五个阶梯。与此相呼应的是人的7个能量中心。第一个中心是性中心。

性使我们成为时间的一部分。它联结你的过去和未来，联结你和自然，联结你和他人。不是吗？当你有了性欲，你就会开始想到某人。也许你现在在“闭关修炼”，在峨眉山，或喜马拉雅山，但你想着别人，想着那个人。所以我说，性是你跟别人之间的纽带、桥梁。一旦性消失了，你就首度变成一个个人。但“性消失”不是不能或不会，而是：慧而不用。当然，它也不是柳下惠，柳下惠不是不想“做”，而是不敢做，他受道德约束，而不是自然达成的：无欲。

一个活在性能量中心的人是愚蠢的。他每天吃下那么多的鸡鸭鱼肉、山珍海味，然后他觉得负担沉重，想着发泄，于是他找一个人把它丢出去，年复一年，夜复一夜，夜夜笙歌。

所以，修炼就是升华能量，气化能量，它必须向上走。性中心之上是丹田，丹田是死亡中心。如果你能够穿透丹田中心，死亡就消失了。丹田再往上是肚脐，脐中心。脐中心是能量的仓库。能量充满了你的仓库，你就来到了第四中心：心中心。

心中心居7个能量中心的中间，其下是脐、丹田、性中心，其上是喉中心、第三眼(即天目穴)、顶轮。这7个中心的第一个中心性和最后一个中心顶轮是桥梁。其他5个中心相当于五大元素，即土、火、水、空气、以太。

心位居七大中心的中间点。它是一道分水岭，一旦你打开了心中心，更高的可能性便向你敞开、汹涌而来，在心中心之下你保持是人，心之上你就变成了：超人。

我天天讲灵空论，S论。什么是“S”，S就是：Soul。过了心这个S点，你就是自在人，或曰超人，逍遥太空人。心中心即是爱。心在感觉爱，吸收爱，成为爱。喉咙是表达、沟通、分享和给予。如果你把爱给别人，那么第五中心就开始转动。给予将会使你的能量越走越高。一个分享者是一个变成最伟大的可能性。所以，见地、修证的功夫都炉火纯青以后，你将自然而然地行愿。老聃见地和修证都已出神入化，但行愿不足，因为时势不需要他，他生不逢时。仲尼见地和修证都未入究竟，却在那里大行其愿，四处奔波，误己误人误天下。唯佛陀见地、修证、行愿三者圆融。当然，这里我指的是大乘佛法。行愿即是发菩提心。地狱不空，誓不成佛。你看那些“大师”，个个粉墨登场，设店摆摊，明星土豪各入其流。他们也都在行其大“愿”，布施其“法”。

古人云：三千内功易成，八百外行难圆。

走吧！
冰上的月光，
已从河床上溢出。
路呵……路！
铺满红罂粟。
天若有爱天不老，
人间大道正康庄。
何必喊破嗓。

天地正气：对爱、给予和接受的考量

爱是什么？爱是身体，或曰性与心灵的会合。你现在是一棵树，你根植于地球，但是你的枝叶已布满天空。这就是爱！就某一方面而言，它是世俗的，它食人间烟火，受一方山水滋养，柴米油盐酱醋茶，但另一方面它是超世俗的，是彼岸的。你每天可以看到太阳从地平线升起，但是你的根紧握着大地。所以，爱是天与地的会合。爱的经验是地心给予人类最高和最精微的经验。它也是人体 7 个中心中，心的经验，心的能量，心的妙用。

如果你爱的能量能继续往上走，你就到了喉中心。喉中心是接受和给予的中心。那些网络"大咖"们整天都在忽悠创意、创新、创造力，并声称跟着他能培养创造力，那是在骗自己，也是在骗世界。要知道，所有有创造性的人都是给予者。你为我们跳一支舞、唱一首歌、作一首诗、画一幅画、写一幅字，或者说一段寓言、讲一个故事，你就是在给予，而且你因此很开心，因为你在创造。

许许多多的人都在渴望爱，但极少数人在给予。你看那些吝啬鬼，他们是这个世界上最不幸、最可怜的人，比穷人可怜，比乞丐可怜。他们的累积已经成为一种负担、一副重担，而乞丐比他们更自由。

我不反对金钱，我完全赞同它，喜欢它，我同时使用它。嫉恶如仇，挥金如土！这是我的本性。

有些人走入另一个极端，他们能够给予，但是无法接受。这也是偏颇的。一个真正能给予的人，他一定是能够接受的。当你真正的朋友敢对你说，哥们，我今天需要点钱，你给我打 100 万元过来。他一定是一个有能力给予你更多，或者已经给了你更多的人。

养天地之正气，法今古之完人。

你，掉在半空中

现代人的头脑，几乎都被“科学化”、“逻辑化”、神“学”化了。当你说到“神”，人们一定会问：真的吗？它存在吗？请证明给我看！只要能拿出证明，我就相信“神”是存在的。事实上，没有人曾经证明过它，也没有人能够证明它。

但是，我的体悟是，那并不意味着“神”是不存在的，只是它无法被证明。“神”并不是一个可以被证明或反证的小东西，“神”跟“佛”、“道”一样，你必须去经验它才能够知道它。

神就好像爱。当爱来临，你不会说：“等等，让我先去想想爱，看看爱是否存在，然后我再开始爱你。除非爱被证明了，否则我将不爱任何人。”我相信，这世道真有这样的人，但那不是爱。他们也不懂爱，他们只是在想爱，但他们从来不在爱，爱是舍家乘夜随君往，哪还有想的念头。

所以，圣者说，神就是爱。

所以，我说，灵空是存在性的、经验性、实验性的，我无法把灵空拿出来给你看，你必须自己进入灵空。

鸡寒上树，鸭寒入水。

你，掉在半空中。如梁上君子，上不着天，下不着地。求生不得，求死不能。

拭此语锋，映彼心印

微信一对一：灵空崖书院四维空间对话录之一

△ 由于社会风气相当坏，一些不法分子的犯罪活动日益猖獗，我们地方上形成由盗伐到运输再到办理手续的一条龙犯罪"网络"，他们发了大财，就吃喝嫖赌。我在货场工作，很有方便条件，发一次木材相当于我一年的工资，当然我是一根也没发。由于我工作认真，断了一部分人的财路，我遭到了讽刺、挖苦、谩骂直至威胁。我一度想不通，觉得这个世界太不公平了。我曾经有过厌世和出家的念头，思想很消沉，很烦恼，想追求一种常人没有的境界，可毕竟我不是生活在真空中，要彻底排除这些现实问题的干扰，太难了。请您给予赐教如何？

○ 走自己的路，让人家去说；不走自己的路，也让人家去说。居住适宜处，往昔有德行；居心于正道，是为最吉祥。

△ 您认为世间万物都对应着无形的意识体，但意识体是否有大小之分，好坏之分，巧拙之分，简单复杂之分，低级高级之分，沉睡苏醒之分呢？意识体能否相互组合或进化呢？有没有最高级的意识体呢？是否存在可灭的和不可灭的意识体呢？

○ 意识体本身是不生不灭、不增不减的，所谓大小、好坏、巧拙、繁简、醒沉、组合、进化、高低都是人为概念的分别。"幡"无动，乃仁者心动也。

△ 您认为"负宇宙"是有形宇宙的一种稳在形式，就是它使得世间万物都

能圆融贯通。我认为，所谓“负宇宙”就是无所不在的“时间、空间”，而宇宙的本意就是“四方上下，古往今来”。所以我认为您的“负宇宙”应该更名叫作“正宇宙”，而有形的世界才是“负宇宙”。

○ 英国人称“茶”为“tea”，中国人叫“茶”，还有日本人、德国人、法国人，各有各的叫法，但都指向我们称之为“茶”的那个东西。现在你一定要用英语来更正我们对“茶”的惯称。谁之对，谁之错，问心即是。

△ 我认为，“负宇宙”是受“正宇宙”支配主宰的。因为“正宇宙”看不见摸不着无边无际无所不在，并且能进到世间万物的最深处。

○ 是的。道生一，一生二，二生三，三生万物。

△ 无形的时间空间包容着世间万物和世界的一切变化，“天体的生成演化”“人间的生老病死”等都是发生在时间空间中，离开了时间空间什么也不要谈，什么也不会成，为什么会是这样的呢？一句话：时间空间创造了世间万物。

○ 是的。如果你超越了时空，那你就是“上帝”了，天上一日，地上千年，这句话是否在向我们昭示着点什么呢？

△ 现代自然科学自以为懂得了时间空间，我认为它们大大低估了时间空间，它们对时间空间的认识仅仅只有一点皮毛，它们不知道时间空间是活生生的，并且是生命力最强的。那种认为时间空间会消失的理论纯粹是胡说八道的走火入魔。世间万物以及万物之灵的存在都是以时空为依据和基础的，离开了时空，万物将不复存在。而我坚定地认为时空是永存的，把它当作永生的“活上帝”一点不过分。事实上，我一直认为唯有时间是最高的独一真神，永恒的上帝，因为时间本身就意味着永永远远嘛。

○ “上帝”是不可超的。一说超就低于“上帝”；时空是可超的，一说不能超，便生生世世落入暗昧的凡夫。从“百慕大”到传说中的“姆大陆”，大自然早已无言地告示着人类全部的超时空之谜。

△ 时间空间在宇宙中就好比意识在人脑中，灵魂在躯体中。总之，我认

为我们人类对时空的认识远远不够,并且永远不会穷尽对看不见的时空的认识。

○ 因为你的眼前横亘着凝重的"时空十字架"。

△ 您认为"意识是物质的",这是一个了不起的命题。我认为意识和物质都是一种存在,并且是两种性质完全不同的存在,就像上帝和人是两种不同的存在一样。

○ 上帝即我,我即上帝。

△ 我很遗憾地告诉您,您所走的乃是的的确确的旁门左道,您所研究的学问乃是似是而非的学问。

○ 是的。说似一物即不中。我不下地狱谁下地狱?

△ 我承认我起先对您的"负宇宙"理解错了,但现在我认为您的"负宇宙"理论其实也错了,是一个看了似有其理,其实却破绽百出的理论。

○ "负宇宙"本非理论,以"理论"之心度"非理"之论,自然将使之"破绽百出"。

△ 您说万物创造了时间空间,我认为您是把"感觉"当成了"创造"而已。

○ 江上何人初见月,江月何时初照人?

△ 您说心生万物,罪恶之心能生万物吗?这显然是荒唐的,"人脑即宇宙"之说也类似。

○ 要是没有魔鬼怀"罪恶"之心让蛇教亚当夏娃偷吃禁果,那不要说生万物,恐怕连咱们到现在也还只是"液体"。有心即罪,无心亦罪。

△ 上帝能是被创造的吗?永恒的东西能是被创造的吗?绝对不可能!上帝乃是自有永有的造物主,非被造之物!

○ "非被造"是谁之造?

△ 您说您自己能够安排自己,我想请您告诉我:您是怎样安排您自己的?

○ 心安，烦恼自排，是谓“安排”。

△ 从您的作品中可以看出，您有天生的出类拔萃的思维禀赋，但可惜您不信上帝，所以您的思想只能是迷失方向的南辕北辙的理论，只能离真理越来越远。而且我实在地说：您的作品没有神圣庄严的感觉，我读之反而有诡异之感，这样的作品可见是不会有什么价值的。

○ 水母元(原)无眼，求食须赖虾。

△ 我上面所说的，我认为是出于上帝，除了想使您改邪归正而信服真道外，没有丝毫别的意思，因为人的生命只有一次，岂是可以掉以轻心的呢？

○ 心不掉，身何以能轻？

△ 我想如果您精研一下《新约全书》会有好处的，真理就在那里面，但如果一味固执己见，那就像圣使保罗所说：“自以为聪明反成了愚拙”。我但愿您不要如此，我衷心祈求上帝改变您而保佑您。

○ 上帝是博爱仁慈的，有求必应，不求也应。至于你，就不要如此“多心”了。

△ 放眼广大无边、神奇莫测的宇宙，您竟声言宇宙就是人，人就是宇宙，不是地道的狂妄无知和不自量力吗？

○ 天上天下，唯我独尊。耶稣说，在未有亚伯拉罕之前就有我。

△ 我认为，时空才是宇宙的主宰，地球的寿命还有多长决定于时空的意念，这意念不是人们所能测度的。

○ 万能的“上帝”何去也？请对亿万“上帝的儿女”作个交代。

△ 听说有“命运”一说，不知真假，不知能否改变？

○ 命由心定，阴德有回天之功。

△ 在负宇宙中，人们的“灵魂”将如何相处，我想天堂地狱之说不无道理。

我们这宇宙在负宇宙中看是否也是一个“负宇宙”呢?

〇 在“负宇宙”中,无正负之别,无人我之别,无天堂地狱之别。

△“色不异空,空不异色”这句话,您是否能给我一个通俗的解释呢?

〇 酒肉穿肠过,佛祖心中留。

△ 有人说地球上的人是外星人和古猿的后代,您对此有何看法?

〇 外星人和古猿是人的后代。

△ 我很喜欢“心着一处,无分别,无杂念,无我”这句话,也曾试过盘腿打坐,可不到几分钟就腰酸腿痛,想入静很难,一闭眼,总是在脑子闪过一些人或事,我也不知该想些什么,念些什么,根本就达不到无念无我。

〇 妄念本空。

△ 有句话:“平常心是道”,我不太懂这是什么意思。

〇 鸡寒上树,鸭寒入水。

△ 人们常说“人之初,性本善”,也有人提出“人之初,性本恶”,而在看了您的书以后,觉得您一再强调“返璞归真,复归婴儿态”,倒不如说“人之初,本无性”,不知您意为如何?

〇 云散月明谁点缀,天容海色本澄清。

△ 您说“意识是物质”,那么又是什么力量支持这种意识呢?

〇 暂且把它理解为“负宇宙能”,如何?

△ 我以为,唯心主义有两种,一种是“唯妄心主义”,也就是我们这个用的心;一种是“唯真心主义”,此之真心又可分为几种层次。我们一般所用的、接触的、唯物主义批判的、虚幻的,是妄心;而真心,以我之见,唯物主义正是真心的一个层次,很低的一个层次。

〇 真心不问心,问心不真心。

△ 上德不德为无为大法，下德执德落入有为小乘。

○ 下德即上德，小乘即大乘。

△ 魔由心生，佛由心做，一念上德一念佛，一念无德一念魔。

○ 佛魔皆恶。

△ 练功即是练德，无德不可有道，大道不可失德。

○ 道泰不传天子令，时清休唱太平歌。

△ 总一说来，根本为无、空、道，可以用一句话来概之：无中空生虚至极。以您的话来说，即回归自然，无生无灭。

○ 莫道“自然”便是道，“自然”犹隔一重关。

△ 您用意识体、负宇宙的理论来解释一切，其实正如您常说：“在于启迪人们的思路”。一旦人们掌握了思路，就可以抛弃这些东西，所以，求长生不死也罢，求超人的神通也罢，甚至求成仙成佛也罢，同世俗人求名求利一样，都应当抛弃，正如《金刚经》所言：“无我相，无人相，无众生相，无寿者相”“凡所有相皆是虚妄，若见诸相非相，即见如来”。

○ 非如来，是如来。非相非非相，是相是非相。

△ 我曾看过这样一段话：“天下万事，不在于做什么，而在于你做它时的境界，有了圆圆融融、浩浩渺渺、光光明明的大境界，就有大气、大势、大智慧”。不知您如何看待？

○ 无梦无想时，主人公何在？

△ 我似乎觉得，您正着力破译困惑着人类的种种现象，从而向人们揭示某种真相，而真相和假象，只因它们的表现形式不同，它们的背后，可否有什么是真正的“实体”或曰“主人”？我们的本体是什么？世界的本体是什么？

○ 心无所住为本，认识本性是主。

△ 造化如果是不可见的，那我们如何拥有万物；造化如果是可见的，那我们如何去握它？

○ 锋前不露影，句后觅无踪，是谓“造化”。

△ 我们梦境中看到的和现世中见到的是真是幻？谁真谁幻？无真无幻？有真有幻？

○ 佛魔不到处如何体会？

△ 我有一位乡友，博士生毕业，不到而立之年便素食，诵经修行，过着苦行僧生活，我为之惊佩。不知您对于修行者与素食有何看法，您是素食者吗？

○ 上乘者参禅问道，中乘者念经拜忏，下乘者修桥铺路。布道胜于天下万千布施。我荤腥不沾，但逢酒肉也穿肠；我意气常饱，若有瓜果蔬菜，也喜欢。

微信一对一：灵空崖书院四维空间对话录之二

△ 近来我曾给国内声名赫赫的某老师、某先生、某大师、某宗师写过信。人成了名就难以接受乞丐的建议，看不惯农民头衔，这是人之常情吗？尤其是作为一个有道德有涵养的大师，能算得上得道了吗？我不是来议论大师们的对错，我所讲的是人类文明几千年来的陋习。如果以弘扬民族文化、振兴人类文明为宗旨的古圣先贤们留下的是这样的继承者，我只有哑然吗？因为我第一没名气，第二没权力，我就要疾呼而标榜自己吗？如果我不安本分，只凭狂妄之心，不致今天仍默默无闻。但我坚信人类的文化变革之风暴将来临，我不是观阵者，同样也不必匆匆地将一知半解的道听途说鼓之舞之。最后我采取的态度仍然是自然而然。我不只要将自己的道播向人间，以语言，用行动。不要批评他人，也不要指责别人，但遇到与发现的问题也不必故意藏起来。否则在人类的文明推进或变换中我们将起到阻碍的作用。中国古典文化的一个显著特点，就是天我一体的思想。入身道也！入言语行动，德也！可就这个“O”之中该有多少沉浮啊！

○ 天我既一体，何苦要怨天尤人骂自己；凡圣已无别，为何不站起来俯察品类竞自由？

△ 虽常有心得，却惧被您掐灭拙见，好像惨淡经营一桩事业，不料通知“非法”了似的，故而一直不敢大放厥词。诚如一真语所言：江上何人初见月，江月何时初照人？我如何渲染您的光辉，也将在空旷中迷离的，最好还是各就

其位，力尽其材。这也正是目前的阶段：追求有生命的无秩序，而非无生命的有秩序。您在信中赠言：慈航普度，救苦寻声。所言极是，仅仅内修，不过是封闭视听，无疑将故步自封的。足不出户，自然无法通晓外面的天地，所以要外修。如果说内修是还我本我的话，那么外修才是实现了天我同为一体，这样方可大胆地承认：无生无灭，无幼无老，无内无外，无近无远，一切消融自得，最大限度地抒出“万类竞自由”。因此，由于落于言语、书信，皆要执于一面，以残意奉书，我写给您，总一番为难。没有办法，想标明月亮，就只得描绘手指。

○ 三千诸佛已被你一口吞尽，还有什么“众生”可度？又到哪里去寻找“高知拙见”“月亮手指”“有序无序”？

△ 此次回家，众邻里、旧好对于你的学说有一点见识，尽管好像吃一盘菜，大家觉得味道不对以往口味，但毕竟吃下了，故而他们一面接收，一面又造出我“偏执”“强词夺理”“不可理喻”的结论来。本校的许多同胞，虽然责我“虚妄”，却苦于无确切的推论，姑且投我以“奇谈怪论”。我听后，与一位忠实信徒庆欣不已。虽“布施”之维艰，尤觉不亦乐乎。然我之所以不能从容周旋，概是我六根不敢狠断，只好“望洋兴叹”了。若说：“空不异色，色不异空，空即是色，色即是空”，倒也扬扬得意，可惜我底气不足，不敢这般逍遥。我是消极面对“虚空”了，以淡散陋初之心揣度它，不过是淡泊得苍白无力而已，猛然一惊，老师在某日晚上于陋室门前诠释过“谋事在人，成败由天”的，即“我尽我心，听命天意”。我愿意少了一点“一念”，绝非浅显的“无念”的。写到此，屋下响彻蛐鸣，隔壁笑声哄天，楼道里的鞋底吻着地面，喷出声来，我不意再写下去了。停笔吧，不知申北斗兄近日感慨如何？远山月兄嬉耍得快活不？

○ 心如止水，真妄不二，六根之树成菩提；千般揣度，万般兴叹，菩提之人堕“六根”。

△ 这几天来，我忽然发觉自己的简单了，在世俗的斡旋中，我几乎白得不能再白、白得像一杯白开水。于是，我跟一位相识已久交往尚深的老乡谈论，我诉说了自己的反差。他毕竟学得了一些名词，明白地指出我属于调节型，介于领导者与被领导者之间，一方面不愿俯首听从于长官意识，一旦勉强从命，也试图作反抗，不断地超越原有的知识，所以显得我喜欢抬杠，不服输，好胜心

强;另一方面,又不愿指挥别人,极具宽容心,别人的冒犯或失误我极宽厚地理解,所以显得随和,不让别人设防。听他这般言理,我折服了。人际间区别了其他生物圈,莫过于多了思想,无论是邪恶的,还是真善的。身处人群中,我接受了以往的经历和您的思想,以及芜杂的书籍,如同出世似的,我发觉自己内陷在人群堆里。另外,世间无章可循的评价尺度,我惶然不知所措,真想和其他人沉沦到世人的察言观色中去,也让自己消失在人群中。但违心地适应人前的表达或交流,那份拙劣,那份勉强,够人勉为其难的;远离我的高尚和志趣,又使我饱受真正的寂寞的苦楚,而好像佛家也不否定习俗。您先前与我讲话时,不就是一再强调:自己不是在教化人,而是向"我"学习,顺承思想,便于更好的交流。那么,也就是指明,不应拒绝从俗的。

我的嘴皮子正练到火候了,不过仅局限于少数圈子,在众人中有些笨口拙舌了,在人群里却又轻松自如,我懂的太多了,不会让沉默修补话题的空缺。与我交谈过的,一方面佩服我的才艺,一面却惋惜不已,指明我太纯了,不言而喻,到社会上将忍受许多不是。

○ 大凡练书法的人都知道,不管你学柳体、颜体还是欧体,最后总要抛开字帖,形成自己的体,它既不是柳体、颜体、欧体,又包涵着每种体的韵味。擅长烹调的人也都很清楚,一盘美味佳肴上桌,它必须依靠两种以上的味道的佐料调和,最后形成第三种味道。这就如同"白马入芦花",马还是马,芦花还是芦花,乍看起来浑然一体,其实是有本质区别的。修炼的旨归,在于使你认识这种超越了平等、差别即平等的境界。

△ 我决定去考研究生,您的意见呢?估计您会极力推崇我随缘的,"未知生,焉知死",有入世方透彻出世,否则先前的出世将是不完整的。倘若您赞同,那么我的举动呢?

○ 昔有学步于邯郸者,曾未得其仿佛,又复失故步,遂匍匐而归。问:吾如何举动?答:即心即是。

△ 我听说一个女孩子从小可看见别人看不见的外星人,并借外星人的力量治好自己和乡亲的病,这事真奇妙啊!请您解释一下好吗?

○ 你常照镜子吗?外星人正是"静"这面镜子中的"你"。

△ 我经常反省自己的行为，可总是喜欢犯同样的错误，我的心不坏，可有时自私的心理特重，这很难改变是吗？我从小家里情况就不好，爸妈很少给钱，有时给也很费周折，所以我比较小家子气，我也很想大方，可不自觉地又自私起来。真烦人。

○ 常言道：人不为己，天诛地灭。杨朱说：拔一毛以利天下而不为。看来"利己"并不能与"自私"画等号，关键是利己不可损人。

△ 我冬天睡觉，一般是一觉到天亮，可夏天几乎天天做梦，有时梦得稀奇古怪的。梦是否与本人有很大关联呢？看过的小说，我有时也觉得是看过这本小说拍成的电视剧，可问别人，别人都说没放过这种电视剧。

○ 小说的原型是生活，但情节却是虚构的；梦的素材也是生活，但梦的内容也大多是虚构的。如果你能"白日做梦"，那你就是"小说家"或至少是个"故事大王"了。因此对做梦之事不可太执著于好坏，好梦噩梦皆宁可信其无，不可信其有，不以物喜，不以己悲，其喜洋洋者矣。

△ 我家历代贫困，用语言是难以表达的，总之浸透了血和泪。父亲多年患有慢性胃病，母亲患风湿关节炎，弟弟右手半残疾，妹妹出生时双腿全乌留下后遗症，今年为我参军而辍学，同时患有骨质增生病，她还仅仅 13 岁。至此，我不知道痛苦是什么，欢乐又是什么。5 年前，我心灰意冷过，几度想自杀。倘若当时有机会的话，也许我就出家了。对于我的成长，全家对我格外照顾，因此我现在的出路只有一条：振作精神，与命运之神相搏，绝不能辜负他们的期望，然而又不知出路在何方，苦恼彷徨困扰着我。

○ 把苦恼和幸福同时放弃；把彷徨和出路同时放弃。

△ 我认为，迄今为止现代文明所形成的科学体系正面临一场深刻的危机，它对宇宙、生命的解释是片面的甚至是错误的，需要彻底改造。就像印度瑜伽大师史米华马·巴布巴说的："现今社会由一些瞎眼愚人领导。……现在的那些所谓科技人员、科学家、哲学家不明了生命的真正目的。……现在的情形是瞎子拖着瞎子走路。"

○ 某夜，有一瞎子拜访一友人，临走时友人交给那瞎子一灯笼，瞎子说：

"我根本就看不见光,何苦多此一举?"友人说:"你是看不到灯光,但你有了这灯笼,别人就可以看到你,你就不至于被别人撞了。"瞎子觉得在理,便提着灯笼走了。行至半路,瞎子被一急匆匆的赶路人撞个狗吃屎,赶路人连忙道歉,说没看见他,对不起。瞎子说:"我不是提着灯笼吗?"赶路人说:"你的灯火早已灭啦。"

△ 当今自然科学的可悲在于,它固执地声称必须也只能用物质的手段来验证事实上客观存在的多维空间和意识体,才承认它们的存在,认为用人体本身作为工具和对象是属于心理学范畴的,或者说是属脑细胞活动的结果,是不确定的、虚幻的,是幻觉现象。于是一些科学家就试图用种种现已形成的所谓科学理论根据来解释。由于现代科学技术奠定了人们的物质文明基础,极大地改善了人们的物质生活,再加之现有科学体系在教育界的权威性,人们自小至大就接受这种教育,必然就会"迷之者众,悟之者少"。

○ 大家的眼睛都不瞎,干吗你一碰到人就要人提着灯笼走路?

△ "明心见性""心物不二"应该是建立新科学体系的出发点和最原始的立论根据,这样才有可能逐步揭示宇宙和生命现象的本质。这一点,古代东方的佛教和道教建立了不朽的功勋,特别是佛教的阐述是多么深透啊!一个人如果把佛教的重要经典真正读懂了,就能深刻地领悟到"明心见性""心物不二"的真谛,对当前气功界出现的一些特异现象就很容易理解了,如耳朵认字、手指认字,原来《楞严经》上早就说了"六根互用"。又如,遁术,原来一切山河大地,乃至自身根器,皆为心识所变现,当色荫尽、受荫尽、想荫尽、行荫尽、识荫尽时,法身遍满宇宙,或者原本没有什么时间、空间,只要证到罗汉果的人就可以做到这一点。

○ 桂琛禅师问僧人:"哪儿来?"答:"秦州(今甘肃天水一带)来。"禅师问:"带了什么东西来?"答:"没带东西来。"禅师问:"你为什么对大众说谎话?"那僧无法回答。禅师又问:"秦州不是出鹦鹉吗?"僧人答:"鹦鹉出在陇州(今陕西陇县一带)。"禅师说:"也差不多啊!"

△ 我认为,观音、王母、上帝、神、佛是客观存在的,他们可能是在很远古

的(甚至地球人类未形成以前)就在宗宙中存在的,因为菩萨、佛是应化度生,在地球人面前就呈现地球人的形象,在外星人面前就呈现外星人形象,在汉人面前是汉人象,在西人面前是西人象。神佛本无“象”,映在哪类人心中就现什么象。

○ 可记得“盲人摸象”之说?

△ 一个人真正修炼到“明心见性”是很不易的。但如果真的修到了“明心见性”的地步,宇宙的奥秘就一目了然了。在下相信您的修持已有一定火候了,不然就写不出一系列的著作文章的。如果您不嫌在下粗鄙的话,愿恭请您赐教。

○ 看看我的眉毛还在吗?

△ 原本也想写点文字寄给一些杂志阐述一下自己的观点,但由于客观原因,如果写的文字与现在已形成的传统科学体系相悖太明显的话,恐招来非难,何况在下是一介草民,不必去锋芒毕露。如碰上知音能交流一下,亦不乏快意。

○ 影斜只因身不正。

△ 几年来,我除了收集和阅读气功、特异功能、超心理现象、心理学的著作与报道外,又读了一些五花八门的奇闻逸事的书刊,通读了《圣经》和一些佛教、道教经典及研究著作,还读了柏拉图、苏格拉底、黑格尔、老子、孔子、庄子等的一些著作,甚至购买和阅读了一些飞碟方面的书刊,可以说整个业余时间全花在这上面。现在的打算,就是如何去证悟“明心见性”。只有改造自己,才能再造乾坤,只有先度自身,才能去度他人。如不能证悟,也可以培植善根吧。

○ 好啊！那你就等着太阳从西边升起吧！

△ 有人认为,现在的人们已隔真理很远,当务之急是让人们尽快看清真理的本来面目,过多地包装真理,使那些本来就浑浑噩噩的近视者们更不易看清真理,甚至曲解真理,瞎子摸象。现在智者的工作,是设法洗除蒙在真理面上的污垢,而不是在已蒙上污垢的真理面上再加一层包装,拾起传统科学的陈

词滥调,实际上就是一种无益的包装。

○ 僧人问:“手指就不问了,什么是月亮呢?”文益禅师反问:“哪一只是你不问的手指?”

△ 我很崇敬一位大师,从他的著作可以看出他差不多快要“开悟”了,也许他已经开悟了。我曾写过一封信向他请教,可惜地址不详,被邮局退回来了。如果我知道他的确切地址,我一定会去信请教。

○ 其出弥远,其知弥少。贪看天边月,失却手中珠。

△ 您说什么鬼神其实都不存在,这是否为您的真实想法?或者您也认为它们是存在的,但是是一种声光物理现象,而不是真实的生命现象?

○ 心想什么,就是什么;说了什么,不一定就是什么;没说什么,也不是什么;什么都是,什么都不是;去掉“是”,也去掉“不是”。

△ 一个觉悟的人与其言不由衷地热热闹闹“教”人,还不如默默无闻地看守自己的信念。

○ 教也没教到,看守也没看守住。

△ 我猜想您的文章并非您的真实思想。我耐心地等待您对我披露您的真实思想,其实,在您的文章的字里行间已透露了您的一些真实思想。

○ 揭下你脸上的遮羞布,你就会发现我本来一丝不挂。

微笑，拈一朵花

△ 您喜欢什么样的小或中或大学生？

○ 答：我眼中的小学生应该是天真的，是粉红和金黄的颜色；中学生是充满理想的，是绿色和蓝色；大学生是富于激情、向往真理的，是红色，像火焰。

△ 福建农学院农业经济系，目前最值得校友们骄傲的人物是哪位，事件是哪件？

○ 答：是我！从 1983 年 21 岁登上大学讲坛的那一刻开始，31 年来的每一节课，没有让自己失望过。没有什么惊心动魄的"事件"，平凡和简单是 31 年来最不简单的"事件"。什么叫"不简单"？就是大家都认为简单的事，你日复一日、年复一年地去做，并且把它做好，这就是不简单。

△ 我们知道您是福建农学院留校的，大学 4 年哪本书最影响您？

○ 答：是的，我是福建农学院农业经济系 1979 年复办后的首届毕业生。4 年大学我读的书太多，但没有哪本书"最影响我"。被书影响说明你没有读透书，这就像你吃东西，你被吃的东西"影响"，说明你消化不良。而我很健康，吃完拉，拉完吃，但我确实成长了，一直在成长。

△ 如果改行从政您愿意吗？会有什么举措？

○ 答：吾岂匏瓜也哉？焉能系而不食？

△ 您的人生观、价值观、宇宙观和世界观有什么特点？

○ 答：我的人生观是：享受。我的价值观是：分享。我的宇宙观和世界观是：宇宙是心，心即世界，心心相印。

△ 如果有下辈子，您愿出生在哪国？

○ 答：在中国！中土难生哪！但我怀疑我“前世”生活在印度。

△ 您能评价一下您教过的 90 届毕业生吗？

○ 答：情深义重，但不懂爱。

△ 您能评价一下当年农业经济系大学课程安排的利与弊吗？

○ 答：课程不存在“利与弊”，老师却有三六九等。幸运的是我碰上了不多的那些好老师，比如刘子崧、王振邦、陈学画、吴敬辉、陈四端、叶大根、周瑾飞、李耀福、郑家驹、刘传芳、林春今、辛梅松、罗霄南、梁之军、周霞青、叶延庠、王光英、李丹、高志强、陈箴、许和明。这些老师，一直是我心目中的：先生。但我同时也庆幸自己碰到了更多不好的老师，他们时刻都在提醒我，当一名老师若连课都上不好，没劲！会短命。

△ 您是如何分配时间的，日出而作，日落而息吗？

○ 答：与季节同步，随子午流注。

△ 您最想奉劝提问者的是什么？

○ 答：学会聆听。

△ 您最想提问者问您什么样的问题？

○ 答：我从来不“想”问题。因为我不用脑，只用心。

△ 您最想传承给学生的是什么？

○ 答：微笑，拈一朵花。

△ 我在思考，在思考你，在思考你们这些所谓“高人”。你们有同样的毛病，都很自我自恋。面对我等“芸芸众生”，你很担心，怕有一天，我说：“你子崖同学不过如此！”这些年你一直绑架自己，把自己吊在很高的地方！你以为你是圣人，在你看来你超越一切，俯视一切！把你一层一层扒光，看看你还能不能独立行走！

○ 说得好，给个赞！

其实我一直在独立行走，而且没穿衣服。抛开你脸上的遮羞布，你就会发现我原来一丝不挂。这就是我跟你说的那些“高人”不同的地方。

你之所以看我被吊在很高的地方，是因为你太冷。高处不胜寒哪，同学！如果有一天回归人间，去掉你身上的“佛气仙气”，你就会发现我只不过是老外公头顶上的一盏被熏黑的矿灯，布满尘土，但很温暖。世人弃之如敝屣，唯你珍爱有加。

我确实俯视一切，但我真的没有“超越一切”，我只是超越了我自己，一个小小的自己。

△ 除开你的“道”，你是谁？

○ 是你！无我亦无“道”。

△ 你要去哪里？

○ 我动过吗？

△ 你真正明白吗？

○ 不明白！如果明白，就不会跟你说这么多了。

△ 你说你神秘，只是怕被人看个精光，所以故弄玄虚，遮遮掩掩的。不然你的象不会如此呈现，让我不敢靠近你。

○ 有小儿在哭，我只是顺手给了他几颗糖，别那么“兴师问罪”嘛！我并没有“象”，你之所以看到我的“象”，是因为曾经有很多人在你脑子里树立了太多“象”，你必须看清那些给你造“象”的“高人”，把他们从“象坛”上拉下来，鞭挞！就像你现在鞭挞我。但请你手下留命，他们可不是我，很容易一命呜呼的。而我之所以这么经打，越打越“乾坤屹立”，是因为我八辈子欠你的。我欠揍！

你之所以不敢靠近我，是因为你揍我揍得不够狠，当你把我揍扁，你就会发现，原来你揍的也是你自己，一个我深爱的你。

△ 请看看那个孤独的你，好好爱他，他会告诉你答案。

○ 没有你，我确实很孤独，很空虚，很无聊，就像庄子没有了惠施，伯牙没有了子期，范蠡没有了西子，但没有“我”，我确实很充盈，窅窅冥冥。这就是我的答案：你不能没有我，我不能没有你，不然这个世界不热闹，太孤寂，冷冷冰冰。

神辨：桃花一点点与延锋对话录

——延锋是我30多年的同窗好友，大半生历经官、商、学诸界，好学好思，好“道”如好色，常在微信上发飙，提出一些自以为振聋发聩的观点。今晨，这病他又犯了！我刚好路过，就回了他几句。半路有李江、小柯、景福等诸君纷纷冒泡，现把我们的对话记录在此。

Y：信仰，究其实质，就是一个人的世界观和方法论问题。一个文明开化的人，一定要建立自己的信仰体系，几千年来，人类已经建立了几大信仰体系，并且还在不断地尝试和探索。各大信仰体系，其准则和智慧最主要体现在其核心经典上，如《圣经》《易经》《道德经》《金刚经》等，因此，不管你选择哪部经典，让它陪你一生，通过经典的启迪，我们可以获得神的保佑和智慧。

信仰杂乱的人群，其社会也一定是杂乱的。信仰的深度和纯度，决定一个民族的高度和美度。

T：你这个“信仰的深度和纯度”，是“文化恐怖主义者”们常说的，怕怕！

Y：信仰是人类文明之树的根，西方的基督教信仰之根，千年演绎和持续，催生了西方文明的前行和发展，东方社会，仔细研讨其信仰之根，我们也看到了其巨大的作用，如果做比较性研究，我们能得出什么结论？

所谓的文化问题，其底部是信仰问题。

T：文化的“根部”不是什么“信仰”！文化的根部是信任！信仰是信“神”信“主义”，信任是信自己！

什么叫“信仰杂乱”？难道你要来一次“统一思想”“废黜百家”?!

行了！你太孤独！而又缺乏敬畏心。到处寻找“神”是白费力气，空耗生命的！我也没空跟你这么耗，面壁去吧！

(J：更愿意相信，任何信仰的神都是同一位。)

Y：今天早晨3点左右后，迷迷糊糊，半梦半醒，思考神的问题，得出一些思维碎片，如下：

1. 世界肯定是神推动和创造的。

2. 神在地球上到目前为止还没完整地显现和表达。

3. 各门宗教和各位先知，都是部分地摸到和闻到了神的气息，都对又都不全对。但是，任何虔诚信神的人，都是有福的人，都能得到加持、祝福和保佑，最起码能得到心理暗示的力量和同信仰团队的互助帮扶与关爱的温暖！

4. 暂时未入教的人，其实也是在用理性逻辑和科学思维在寻找神，他们也是神的儿女，而且是优秀儿女。

5. 用世俗的比较成果看，基督教的神对世界表现得更有说服力和影响力。

6. 世界可能会出现一个宇宙教，主张诸神平等，大家依自己的感觉、悟性，选择性信仰，没有对错高低之分，相互尊重，共同和谐地生活在这个非全灵管制和关照的小小地球上。梦中思考，欢迎拍砖！

[J：教是人创造的，包括教的规定、戒律。“神性”是无处不在的，对世间万物都是平等的，或许神就是我们自己，或许是宇宙其他未知的力量吧。

我高中在家庭最困难的时候到上学必经的寺里大哭过一场，尼姑和寺里的游客告诉我那天是大势至菩萨诞辰，后来一直对信仰这件事半信半疑的，但是日子确实感觉越来越顺(在知足的心态下)。后来在那个寺皈依了，就清规戒律来讲，我肯定不是合格的佛教徒，我觉得规矩都是人定的，你和“神”有多亲近，只有你自己知道。或者绝大程度上，是自己心态的变化帮了自己。]

(K：心无挂碍故无有恐怖，不要让神成了挂碍。

上大学时，人生最迷茫的痛苦，迷于经卷，寻找答案，追寻达·芬奇密码，汝等须自寻圣经。)

T：明治维新一声炮响，给我们送来了“暴力革命理论”！此后各种“理论”涌入国门。20世纪80年代开始的出国潮，又有一批知识分子奔赴“西方极乐世界”，他们食洋不化，又不懂东方，就搞来了“信仰”。信仰自由，个人信什么都无妨，但想把“神”“宇宙教”之类的塞给中国人，这群人虽然在西方国家待了三四十年，显然是身入宝山空手回！如延锋者辈，你早晨还在梦中时，我就已经知道你要搞出个“创造者”了！华夏民族历经文化劫难，但现在民智已开，你这“义和团”思维，看来不仅是落伍了，而且显然已经出偏了。

洪老师搞“拜上帝会”时，跟你的“宇宙教”同一个嗓门呢！

Y：虽然只中五环，但是依旧痛快淋漓！

神没有及时显现，你可以自由任性！神已巧妙地表达，你可以闻香寻兰！

T：我都已经在唱歌、跳舞、飞翔了，你却还憋着一泡“神”马屎，到现在还没拉出来。

Y：一本书，近2 000年不变，还几乎导演了整个西方文明史，这是一种怎样的力量在后面?！这才叫这本书经典！不是信仰，信仰的面太广了。

T：爱的力量！跟书半毛钱关系都没有！那本书现在连基督教内部都争论不休，而且争论的都是很无聊的问题比如耶稣他娘是不是处女之类！

只有你这种脑残的人会相信这“经”那“经”，而且相信那东西“推动文明史”，但你从来不相信爱！这叫缘木求鱼！刻舟求剑！

（L：对自身灵性的坚守，是为信仰。对言行规范的坚守，是为修身。从而，和谐，平静，喜悦。

有信仰未必要入哪个法门，或拜某个神，读某本经书，心中有便是有了，任何宗教的教义都是高于形式和载体的。

佛教讲布施，基督教讲爱，本质都一样。只要心中有大爱，并坚守之，人人都是神。）

佛性：答诗人余女士

诗人余女士是我的微信朋友，某日她在朋友圈提问“佛性”，刚好我路过，就回了她一句。今顺便记录于此。

问：经云：但尽凡情，别无圣解。又云：狂心不歇，歇即菩提。这两句怎么理解，请姐夫和各位解释一下。我想问的是当和一个人睡觉的时候，身上有佛像，此刻是人性多一些还是佛性多一些？

答：但尽凡情，别无圣解，意思是说该吃饭的时候吃饭，该睡觉的时候睡觉。佛在吃喝拉撒中。

狂心不歇，歇即菩提，意思是说有些人该吃饭的时候不吃饭，该睡觉的时候不睡觉，千般需索，万般计较。若能不需索、不计较，别整天想着出这个名，当那个什么“作家”“诗人”“大腕”，就能安然无扰，安心无忧，安然成佛。

和一个人睡觉，身上有佛像，此刻你既无佛性，亦无人性，只有魔性。